本丛书由四川师范大学教务处、文学院资助出版
"中国现当代文学文本细读"丛书

中国现当代小说文本细读

谭光辉 主编

中国社会科学出版社

图书在版编目(CIP)数据

中国现当代小说文本细读/谭光辉主编．—北京：中国社会科学出版社，2014.7（2024.3重印）

ISBN 978-7-5161-4557-9

Ⅰ.①中… Ⅱ.①谭… Ⅲ.①小说研究—中国—现代②小说研究—中国—当代 Ⅳ.①I207.42

中国版本图书馆CIP数据核字（2014）第156748号

出 版 人	赵剑英
责任编辑	周晓慧
责任校对	刘 娟
责任印制	戴 宽

出　　版	中国社会科学出版社
社　　址	北京鼓楼西大街甲158号
邮　　编	100720
网　　址	http://www.csspw.cn
发 行 部	010-84083685
门 市 部	010-84029450
经　　销	新华书店及其他书店
印　　刷	北京明恒达印务有限公司
装　　订	廊坊市广阳区广增装订厂
版　　次	2014年7月第1版
印　　次	2024年3月第5次印刷
开　　本	710×1000　1/16
印　　张	16.5
插　　页	2
字　　数	266千字
定　　价	49.00元

凡购买中国社会科学出版社图书，如有质量问题请与本社联系调换
电话：010-84083683
版权所有　侵权必究

国家级汉语言文学专业综合改革试点项目系列教材
四川师范大学规划教材

"中国现当代文学文本细读"丛书

丛书编委(以姓氏音序为序)

白　浩　　邓　利　　段从学　　姜　涛
李　春　　李　琴　　刘永丽　　谭光辉
王　琳　　余　旸　　张洁宇　　张桃洲
赵毅衡　　周维东

中国现当代文学文本细读

编　委(以姓氏音序为序)

　　白　浩　段从学　李国华　李　琴
　　刘永丽　谭光辉　赵毅衡

目 录

总论　什么是文本细读……………………………………………（1）
小说卷导论　什么是小说文本细读………………………………（15）

第一讲　《狂人日记》中的悖论与反讽…………………………（40）
第二讲　《沉沦》中的个人、欲望与国家………………………（54）
第三讲　怎样解释概念化的小说《缀网劳蛛》…………………（74）
第四讲　《竹林的故事》的潜在文本……………………………（89）
第五讲　蛮荒着的美丽与现代了的阐释…………………………（103）
第六讲　超越善恶的"人性冒险"…………………………………（119）
第七讲　《骆驼祥子》的"故事"与"主义"………………………（132）
第八讲　《呼兰河传》的"写法"和主题…………………………（151）
第九讲　"恶母"是怎样长成的……………………………………（166）
第十讲　巴金《寒夜》中的牺牲问题……………………………（178）
第十一讲　《永远的尹雪艳》中的象征…………………………（191）
第十二讲　撬开当代文学性爱闸门的古典人格叙事……………（206）
第十三讲　《大淖记事》的诗化问题……………………………（218）
第十四讲　现实背后的"父法"世界………………………………（232）
第十五讲　《黄金时代》——叙述在否定中展开………………（243）

后记……………………………………………………………………（257）

总　论

什么是文本细读

　　文本是文学活动的核心对象。文学创作、阅读、评价的唯一依托只能是文本。文本包括中心文本和伴随文本。在文学批评术语中，中心文本一般被简称为"文本"，除中心文本之外，一切与文本发生关联、可以影响文本意义解释的文本被称为"伴随文本"。细读的对象是中心文本。细读不但拒绝对伴随文本进行解释，而且主张刻意抹去伴随文本。然而，某一次具体的文本解释必然依赖伴随文本才可能将意义固定，文学解释不可能完全抹去伴随文本。所以，细读只是一种试图排除阅读过程中意图倾向性的冲动。

一　什么是文本

　　文本（text）的拉丁词源是 texere，意为编织，例如纺织品 textile；也可表示制造的东西，如建筑 architect。[①] 从词源看，文本是为某种目的和意图组织的符号系列。

　　"文本"在不同的学科中有不同的含义。语言学意义上的文本是指由一系列语句串联而成的连贯序列。巴尔特认为："文本就是文学作品所呈现的表面；就是构成这部作品的词语结构，这些词语的排列赋予它一种稳定的和尽可能独一无二的意义。"即文本是把语言的意义固定下来的结构，

[①] 转引自［美］诺曼·N.霍兰德《整体　文体　文本　自我》，赵兴国译，中国艺术研究院马克思主义文艺理论研究所外国文学理论研究资料丛书编委会：《读者反应批评》，文化艺术出版社1989年版，第196页。

是意义痕迹的保证。巴尔特所说的文本主要指书写文本："文本的概念意味着，书面信息就像符号一样被表达出来：一方面是能指，即实际的字母以及由它们所组成的词、句子和段落章节；另一方面是所指，一种既是固有的，又是单意的和确定的意思，它为表达它的符号的正确性所限定。"保尔·利科在《解释学和人文科学》中认为："文本就是由书写固定下来的语言。"①

符号学意义上的文本指一切可以表意的符号组合。洛特曼认为文本就是整体符号，赵毅衡认为只要满足以下两个条件，就是符号文本：

1. 一些符号被组织进一个符号组合中。
2. 这些符号可以被接收者理解为具有合一的时间和意义向度。②

这个定义涉及六个因素：一定数量的符号；组合；接收者；理解；时间向度；意义向度。只要接收者能够把一个符号组合理解为一个"合一"的时间和意义向度，那么这个符号组合就可以叫做一个文本。一个符号组合是不是一个文本，主要取决于接收者的解释。读者通过解释，使符号组合具有了文本性。所以，一个特定场合的眼神、一套时装、一首诗、一张邮票，都可以是一个文本。完全孤立的符号，不可能表达意义，要表达意义，符号必然形成组合。这个组合不仅指文本本身的组合，而且指读者对文本的再组合。语言学意义上的文本强调文本对意义的固定，符号学意义上的文本则强调读者对文本意义的理解。

洛特曼认为，任何文本必然具有如下三个特点：第一，它是外现的，它用一定的符号来表示；第二，它是有限的，即有头有尾；第三，它有结构，这是在横组合层面上内部组织的结果。③ 文本的这三个特点决定了文本解释的三个特点。第一，文本一定可感知和可解释，未形成可感形式的任何意图均不是文本，也不能成为文本分析的对象。例如，作家有某种意图，但是并未在文本中表达出来，我们就不能通过分析作家生平与思想的方式判断该文本具有某种意义。不可解释的符号组合不是文本。一个符号

---

① 王先霈、王又平：《文学理论批评术语汇释》，高等教育出版社2006年版，第213—214页。
② 赵毅衡：《符号学：原理与推演》，南京大学出版社2011年版，第43页。
③ 参见［荷兰］D.W.佛克马、E.贡内－易布斯《二十世纪文学理论》，林书武、陈圣生等译，三联书店1988年版，第50页。

组合要成为文本，必须具备下述三个意义中的一个：意图意义，文本意义，解释意义。发送者有一个意图意义，文本自身有一个假定意义，二者最终都须以解释意义的方式被呈现。因此，文本之所以是文本，是因为解释者假定它有三个意义中的一个或多个。第二，文本必然以完整的形式呈现，以不完整的形式呈现的文本不可能拥有一个完整的意义。任何未完成的文本均须被假定为一个完整的文本才可被解释。例如茅盾的《霜叶红似二月花》，因为未完成，所以只能以茅盾的大纲作为假定依据，或者假定故事到此结束，才可以被解释。文本分析是从有限指向无限。文本是固定的，但是解释者却是变动的，因此，解释意义也是变动的。意图意义只存在于创作的瞬间，文本意义是一种假定，只有解释意义才是阅读的结果。解释意义表面上是对意图意义或文本意义的还原，实际上是所有意义的中心。因为解释者可以无限地对解释项进行再解释，所以解释意义没有完结的时候，文本意义因此也就趋向无限。第三，文本分析的基本思维方法是共时性分析。文本分析不考察版本变迁，一旦涉及版本冲突，文本分析便面临解释悖论，所以文本分析必须以某一个版本为依据。

在通常的理解中，文本被看做不可变的、最稳定的因素。文本一旦离开作者，它的解释意义便不再受作者控制，所以作者不是影响意义接收的重点，作者死了。一个文本创作完结之后，可能永远没有人会阅读，或者即使阅读了也不能理解，对这个文本而言，读者也死了。但是，只要这个文本的载体还在，它就还是一个文本，它仍然具有被解释的潜力。因此，文本最有理由成为文学解释的中心。常识赋予我们对文本的最重要理解：文本是一个静止的形态。

这个观念遭到洛特曼的彻底解构。洛特曼认为，文本有一个运动的过程。

文本尽力使读者与其自身一致，迫使读者使用它的符号系统；读者也以同样的方式回应。文本包含了它自身理想的读者形象，而读者也有自身理想的文本。文本选择了它自身的读者，创造了与自己形象一致或相似的读者。

第一，作者与读者互动创造文本。作者与读者之间的沟通依赖于他们所拥有的共同记忆。当一个文本不是发送给特定的私人对象时，它不具有任何个人化的东西。文学文本假设了说同一种语言、属于同一文化文本接收者中的任何人的记忆容量，它可以发送给所有不同的人。发送给所有人的文本和发送给某个人的文本，文本的建构是不同的。因为作者创作文本时设定了读者，按读者的需要进行创作，所以读者事实上参与了文本创造。

第二，文本塑造读者。我们可以通过重建文本和其读者共享的记忆类型，发现文本中隐藏的读者形象，正如我们可以从文本中推论出作者的立场一样，我们也能重建它的理想读者。理想读者的形象能积极地影响实际读者，使他们变得和自己相似。

第三，读者改变文本。文本理想读者形象并不能自动决定文本的类型，而是随着实际读者的变化而改变。例如把一首爱情诗发表。爱情诗本来是模拟发送给某一个人，但是发表后，它的读者变了，读者的变化使文本和接收者共有的记忆容量发生了变化，文本意义也就发生了变化。

第四，读者与文本是互动的关系。在文本阅读过程中，作者可以使读者达到他想要的那种亲密程度，同时，读者又继续存在于和文本的真实关系中，读者真正的语用和作者加诸文本的语用之间的互动构成了文学作品的特殊经历。一方面，作者可以随意改变读者的记忆维度，使他们记起他们并不知道的事情。另一方面，读者不可能忘记自身记忆的真实内容。因此，文本塑造着读者，读者也塑造着文本。①

由于读者与文本的互动关系，文本就不可能是一个静止的形态，而是一个运动的过程。读者与文本的关系是作者与文本关系的逆向运动。洛特曼从陀思妥耶夫斯基写作文本时的草稿研究和汉语的回文现象中得到启示，用一个很精妙的比喻来概括读者、作者与文本之间的关系：

> 在某种意义上，可以把作者到读者的关系比作从两个不同的方向来阅读回文。首先，他们与文本的关系是不对称的。从作者的角度而言，文本永远不会完成，他深知文本的任何细节都只是可能实现的范式之一，因此他总倾向于重写和改变文本。任何要素都是可变的。对读者而言，文本是铸铁一样的结构，一切都在它只可能在的地方，一

---

① 参见［俄罗斯］尤里·M. 洛特曼《文本运动过程——从作者到读者，从作者到文本》，彭佳译，曹顺庆、赵毅衡主编：《符号与传媒》第 3 辑，四川大学出版社 2011 年版，第 194 页。

切都有意义,不能改动。作者将最后的文本视为最后的草稿,而读者把最后的草稿当作最终的文本。①

洛特曼的文本观告诉我们,文本意义并非一成不变。从作者的角度看,因为文本具有未完成性,所以意图意义可变。从读者的角度看,因为读者的现实经验不断提醒他与文本的真实关系,所以文本的解释意义在不同的读者那里是有巨大的差异的。从文本的角度看,因为它不断面临具有不同经验的读者,所以它与读者共享的经验与记忆永远都处于变动之中,文本意义也可变。对同一个读者而言,因为文本意义会改变他的经验,所以他对文本的理解也可变,读者经验的变化又会导致他与文本共享记忆的变化,所以对同一个读者而言,文本意义也永远无法固定。因此,文本永远无法获得一个固定的意义,这与语言学的文本观极为不同。

洛特曼把读者、文本、作者设定为三个不同的主体,却没有考虑读者、作者合一问题。

一个文学文本,必然有一个作者,一个读者。任何文学作品,它的第一个读者就是作者本人。任何读者,必然要把文本加工成一个可接收的文本,所以读者是文本的第二个作者。对作者而言,他必定会假定一个读者以进行创作,这个读者叫做隐含读者。隐含读者是文本的第一个读者,是一个人格,而这个人格是由作者赋予的。事实上,隐含读者与作者首先是合一的,但这一点至今没有得到充分论述。对读者而言,他必然会假定一个作者创作了这个文本,这个假定的作者叫做隐含作者。在对隐含作者进行推测的时候,读者本人正是这个隐含作者。对文本而言,情况又不一样。因为无穷的读者会推测出无穷的隐含作者,而文本也会面临被无穷读者解释的可能,所以文本的隐含读者与隐含作者数量是无穷多的。从文本的意义上说,隐含作者与隐含读者就只能是一种虚拟人格,这个人格包含了所有的隐含读者与隐含作者,包含了文本的一切解释可能。文本的意义不是由作者所决定的,而是由隐含作者所决定的,隐含作者由隐含读者所决定,隐含读者由现实中的读者所决定。因此,读者是文本意义的最终决

---

① [俄罗斯]尤里·M.洛特曼:《文本运动过程——从作者到读者,从作者到文本》,彭佳译,曹顺庆、赵毅衡主编:《符号与传媒》第3辑,四川大学出版社2011年版,第208—209页。

定者。

读者虽然享有文本意义的解释权，但是却不享有文本的改编权，文本在读者面前永远保持不可被更改的特点。读者必然在一定的语境中按一种知识范型和解释方式对文本进行解释，文本成为现象，读者人格则成为意向，读者只能以一种意向性结构在一个知识结构中对文本进行解释，而解释反过来又改变读者的知识结构。在这种互动关系中，文本与其他文本发生关联，文本便得以在整个文化系统中延伸与生长。文本以不变的形态寄生于变的文化之树，反过来又成为文化的根本。

一个文本是如何被理解的呢？

首先，读者面对一个文本，假定该文本有一个意义，且假定作者有一个发送意义。解释就是还原这两个意义中的一个。要使该文本具有其中一个意义，必然要假定该文本是一个整体，属于该文本的一切元素均是为了表达这个意义，读者先对文本进行"文本化"处理，文本只是读者对其进行"文本化"处理的结果。文本化是对文本各单位之间的组合关系进行解释的过程，是对文本组成元素片面化解释的综合。综合必须避免"分散谬见"，整体不是部分的叠加，对整体的解释必须依赖读者的聚合能力。盲人摸象，不可能认识到一头完整的大象，对文本中某部分的解释，不能机械相加成为文本的意义。所以，通常的文本解释，都为避免分散谬见而倾向于从整体出发给文本一个合一的解释。

其次，无论读者给文本一个怎样的"合一"解释，这个解释都是读者的解释，而非作者的意图或文本的意义。因为解释与发送必然有一个时空的差距，所以解释永远无法还原作者的本意。即使作者本人面对自己创作的文本，也无法准确还原自己创作时的意图，甚至有的作家可能会被自己创作的文本左右而改变意图意义。所以对解释行为而言，决定意义的只能是读者，读者似乎成了中心。

最后，虽然读者是文本解释的中心，但是读者无权改变文本，他对文本的任何解释都必须在文本中找到印证。读者与文本的关系，就像函数中常量与变量的关系，文本是常量，读者是变量，意义是结果。意义不能确定，是因为不存在一个恒定的读者。任何文本解释都是假设将读者暂时变成一个常量，然后得出一个结果。洛特曼的文本理论存在一定程度的偏颇，因为在文本与读者的关系中，文本只能是一个常量，文本的意义和读者都是变量。读者变量决定了意义变量，意义变量改变读者，从而导致意义的再次改变。文本的运动是意义的运动，而非文本本身的运动。对读者而言，文本只能是一个不变的常量。只有这样考虑，对文本的解释行为才成为可能。在作者、文本、读者三者的关系中，起沟通作用的是文本，创作的中心是文本，解释的中心也是文本，离开文本，文学活动即无可能。没有读者的创作是可能的，没有作者的阅读也是可能的，因为这二者都可以只是对方想象中的存在，但是，没有文本的创作与阅读都是不可能的。

综上所述，文本是一切文学活动的中心对象。一切文学研究、文学活动，都围绕文本展开。对文本的解释，都需读者依赖一定的知识结构和聚合能力，对文本的意义实现"合一"的解释。

二 什么是伴随文本

除中心文本之外，一切与文本发生关联、可以影响文本意义解释的文本被称为"伴随文本"。伴随文本处于文本边缘或文本之外，影响读者对意义的解释。伴随文本分为副文本、型文本、前文本、同时文本、元文本、链文本、先/后文本。

副文本是处于文本边缘的、与文本一并呈现的一切框架性因素，例如文本的标题、作者名、落款、出处、封面、序跋、扉页、装帧、插图、版本等。型文本是对同一个文本类型或集群的抽象概括，例如属于同一种文体、同一种风格、同一个流派、同一种题材类型、同一个作者、同一个奖项的文本等。以上两种文本都是显露的，是显在的因素，是显性伴随文本。

广义的前文本是指该文本产生之前的全部文化史，狭义的前文本是指文本中所包含的各种引文、注释、典故、剽窃、暗示、戏仿等，前文本是文本产生的原因和要素。"同时文本"是一种特殊的前文本，是指与文本同时产生的影响文本生产的因素。例如红学界认为脂砚斋的评语对《红楼梦》的创作影响非常重要，对《红楼梦》而言，因"脂评"与其同时产生，所以脂评就是它的同时文本。以上两种文本是在文本生成过程中起影响作用的文本，是生成性伴随文本。

元文本是文本生成后，影响接收的一切评价性文本。例如关于作者或作品的一切评论、传闻、轶事、花絮、标签、介绍、推荐语等。链文本又叫超文本，从理论上讲，它可以指一切通过该文本联想到的文本。接收者主动或被动地将文本与其他文本一起接收，其他文本就成为该文本的链文本。例如参考书、延伸阅读、比较文本、网络链接等。先/后文本是指两个有特殊先后关系的文本，仿作、续作、后传是后文本，先前的作品则是后者的先文本。①

许多传统文学研究往往执着于关注伴随文本，而忽略对文本自身的解释。例如，版本学家倾向于关注副文本，文体学家倾向于关注型文本，文化研究者倾向于关注前文本，考据家倾向于关注同时文本，文学史家倾向于关注元文本，比较文学家倾向于关注链文本和先/后文本。这些文学研究的方法都不同程度地偏离了文本自身。

对伴随文本的偏执性狂热可以使文本得到一个相对稳定的解释，但是也可能导致文本意义可变性的丧失。伴随文本使文本解释带上"成见"，从而干扰读者自主性，导致读者主导性的丧失。为避免"成见"性阅读，需要一种叫"细读"的方法。

三　什么是细读

20世纪20年代，瑞恰慈在剑桥大学任教，做了一个实验：他把一些一流诗人的作品和三流诗人的作品略去署名，只给学生看诗歌的"纯文本"，结果这些受过良好训练的学生的评价结果令他大感意外：他们大捧三流诗人的劣作，对大诗人的作品评价却很低。瑞恰慈认为传统文学教学过于看重作家生平与文学史地位，导致学生在阅读作品时先入为主，失去了独立判断作品价值的能力。瑞恰慈遂逐一评点学生的评价错误及原因，写出了《实用批评：文学判断研究》一书，新批评提倡的以文本为中心的细读法，就是从这个实验开始的。

新批评提倡的细读法（close reading）并不是一种文学批评方法，而是新批评进行批评活动时应遵循的一种原则。对细读法的理解，有如下几种方式：

---

① 参见赵毅衡《符号学：原理与推演》，南京大学出版社2011年版，第141—150页。

1. 将细读理解为"封闭阅读"。这种理解认为，细读就是将文学批评封闭于文本之中，拒绝对作家、世界和读者的研究。这种理解方式最广泛地为中国学者所接受。从符号学的角度看，就是拒绝对伴随文本的解释，主张文学研究要回到文本本身。

2. 将细读理解为对文学作品语词意义的"榨取"。这种理解认为应尽可能地把文学作品语词的意义挤榨出来。

以上两种理解都有偏颇，虽然在一定程度上说明了细读法在操作上的倾向，但并不是对细读法最达意的理解。

3. 将细读法理解为"充分阅读"。布鲁克斯在20世纪70年代末主张用 adequate reading（充分阅读）取代 close reading。但是因为人们已经习惯了用后者，加之 adequate reading 也并不清晰，所以这个概念没有得到流行。但是"充分阅读"这一理解或许更能概括细读法的特点。

结合新批评的批评实践，我们认为细读法是"充分阅读"，但是也带有前两种理解的倾向。细读就是尽可能地排除伴随文本所带来的成见，从文本出发，最大限度地开掘文本及其语词的意义空间，尽可能达到对文本的充分理解。

细读法提出了一系列批评实践方法，有相当成熟的操作模式，提炼了一系列批评术语和实践操作步骤。

（一）新批评细读法的重要术语

1. 悖论

悖论（paradox）又译"诡论"，港台译为"吊诡"，意思是"矛盾语"，似是而非。原来是一种修辞格，意为"表面上荒谬而实际上真实的陈述"，在新批评的理论中被用来描述诗歌语言与其他文体语言的本质区别。这个术语的提出者是布鲁克斯，他认为，"诗的语言是悖论语言"，"诗人要表达的真理只能用悖论语言"[①]。布鲁克斯举了两个例子来证明：一是浪漫主义诗人华兹华斯的《西敏寺桥上作》；二是玄学派诗人邓恩的《圣谥》。他认为前者使用了悖论的"惊奇"一面，后者使用了悖论的"反讽"一面。把悖论看做诗歌语言的本质，与俄国形式主义提出的"陌生

---

① 布鲁克斯：《悖论语言》，赵毅衡译，赵毅衡：《"新批评"文集》，百花文艺出版社2001年版，第354—355页。

化"的概念有一定的相通性,"惊奇"的效果其实就是"陌生化"的效果,矛盾启发读者对诗句进行重新理解,"其方法是把我们思想的注意力从习惯的嗜眠症中唤醒,引导我们注意眼前世界的奇美"①。优秀的诗人都能巧妙地将不协调、矛盾的东西结合在一起,产生良好的艺术效果。布鲁克斯用悖论解释诗歌,但是这对其他文体是否适用呢?

悖论可以看做文学性的存在处,凡是有悖论的地方,都会引发沉思。诗歌的悖论主要存在于语言中,散文与小说的悖论主要存在于整体中。所以,发现悖论是对诗歌等文学文本进行细读时要仔细进行的一项工作。

2. 反讽

反讽(irony)是布鲁克斯着重阐述的批评术语。反讽的词源意是一种佯作无知的戏剧角色,在自以为高明的对手前说傻话,最后这些傻话被证明为真理,让对方丢脸。反讽的基本性质是"假想与真实之间的矛盾以及对这矛盾的无知"②,就是口是心非,真相在话语之外。布鲁克斯之前的艾略特、燕卜荪、瑞恰兹等都谈到过反讽,但是布鲁克斯对该术语作了最详细的解释。布鲁克斯把"反讽"定义为"语境对一个陈述语的明显的歪曲"。布鲁克斯对"反讽"的理解有矛盾,在《悖论语言》中,他认为反讽是悖论的一种效果,在《反讽——一种结构原则》中把反讽看做一种独立的性质。事实上,反讽与悖论在新批评派那里经常被混用,并无多少差别。不过,反讽与悖论仍然可以区分,反讽是口是心非,是语言与意指的矛盾;悖论是矛盾语,是语言内部的矛盾。在布鲁克斯那里,悖论也常常被用来描述语言与语境的矛盾,因而与反讽就无法区别开了。

布鲁克斯在《反讽——一种结构原则》中认为,现代诗歌的主要技巧是重新发现隐喻并充分运用隐喻,隐喻使主题思想的呈现中包含一个间接陈述的原则。同时,诗的各部分有机地联系在一起形成整体,整体表达一个统一的意义,语境使诗的每一部分都指向这个共同的意义,任何特殊的意义都受到语境的修正。语境对一个陈述语的明显歪曲,就是反讽,反讽是诗歌语言的普遍性质,诗的语言就是反讽语言。细读要求批评家发现文

---

① 布鲁克斯:《悖论语言》,赵毅衡译,赵毅衡:《"新批评"文集》,百花文艺出版社2001年版,第359页。
② 《赵毅衡文集·重访新批评》,四川文艺出版社2013年版,第148页。

本中的反讽，看到文本中言非所指的意义偏离。赵毅衡认为，反讽有多种亚型，第一种是言非所指的基本型，包括克制陈述、夸大陈述、正话反说、假作疑问等；第二种是语言反讽，包括复义兼反讽、同一词语二义正好相反等；第三种是悖论型反讽；第四种是浪漫反讽，如果将反讽相反的两极拉得很长，就得到浪漫反讽，浪漫反讽往往是自嘲式的；第五种是宏观的反讽，矛盾的双层意义可以出现在主题思想人物形象与语言风格的各个层次上。这个分类并不是严格的分类，但是指出了反讽可能有各种变体，是文本分析不得不重视的重要层面。

3. 含混（复义）

"含混"（ambiguity）是燕卜荪在《含混七型》一书中提出的重要术语，他认为复杂意义是诗歌最强有力的表现手段。燕卜荪对含混的定义是："任何语义上的差别，不论如何细微，只要它使一句话有可能引起不同的反应。"他把"含混"分成七种类型，用大量篇幅说明诗歌语言的多义性（含混）使诗歌具有美感。燕卜荪指的不是作为语言必然性质的含混，而是具有审美价值的含混。

"含混"一词本身具有含混性，燕卜荪并没有说清楚复义的机制，也没有明确宣称复义是诗歌语言的力量所在，对语境原则理解不够。赵毅衡认为，对复义的理解应有如下几点补充：

一、同一陈述被语境选择出几个同时并存的意义，这些意义不是分立的歧解，而是能互相补充互相复合，组成一个意义复杂而丰富的整体。

二、这种复义应是同一民族经过一般阅读诗歌训练的大多数读者都能领会的。

三、诗歌中，尤其是现代诗歌中，充塞着大量"无能含混"，这不是真正的复义，应仔细剔除。彻底研究复义，必然要进入文学作品的总体性研究。[①]

我们认为，复义是诗歌语言和文学的基本特征，文学作品中的语言受

---

① 参见《赵毅衡文集·重访新批评》，四川文艺出版社2013年版，第145页。

到语境压力，意义会发生扭曲、变形，产生多重性，不同的意义在同一次解释过程中指向一个整体意义，就是文学的特殊审美效果，细读对复义现象必须加以认真考察。

上述三个术语，最终都指向了同一个意思：文学作品的语言与日常语言和科学语言不一样，不是能指与所指的固定关系，而是在语境中因受到压力而发生了意义变形，指向超出常规语言的新的意指，文学解释就是要解释新的意义之所在。

4. 张力

张力（tension）是退特在《诗的张力》一文中提出的重要术语。退特认为，诗歌语言中经常有两个因素起着作用：外延（extension）和内涵（intension），因而提炼出一个词"tension"，用以包含这两个因素，中译为"张力"。新批评派把外延理解为"词典意义"，把内涵理解为"暗示意义"或附属于文词上的感情色彩，与逻辑学上的外延、内涵不是一个意思。退特认为，诗既倚重内涵又倚重外延，诗是"所有意义的统一体，从最极端的外延意义，到最极端的内涵意义"[①]。说得更简单点，退特所说的张力，是指优秀诗歌的一种品质，优秀诗歌兼顾外延与内涵，并能实现二者的辩证统一，其本质问题是感性与理性的结合问题。张力是新批评派发现的重要术语，后来的批评家早已从退特的原意引申开去，但张力至今仍是文学批评的关键术语。细读法主张，任何词语的引申意义或比喻意义，都不会损害文字陈述的外延意义，而是二者的统一。因此，任何细读分析都应从文本本身出发，分析文本所可能具有的最大可能的丰富意义。

（二）细读步骤

1. 古尔灵的"细读"三步

古尔灵将细读法概括为词义分析、结构分析和语境分析三步。

词义分析是指要分析文本中词语的词源意义、直接意义、引申意义。这就要求读者熟悉与该词相关的各种典故、历史、文化含义等可能具有的意义。结构分析是指要找出词语之间的结构和模式，分析词语间的指代关系、语法关系、语气关系、系统关系等，找出文本的"隐喻结构"。语境分析不但指传统意义上的"上下文"语境，更指文本与文本外因素的关

[①] 《赵毅衡文集·重访新批评》，四川文艺出版社2013年版，第46页。

系，语境是文本产生意义的原因与决定因素。古尔灵认为细读法是一种形式主义分析，但是他同时认为，"只有当作品中的全部内容都根据作品的整体形式得到解释之后，形式主义分析过程才能宣告结束"。也就是说，细读只是进入文学文本的过程，通过细节分析，逐步深入文本的结构，最终达到对作品意义的最丰富的解释，实现作品价值的准确评价，才是细读的真正目标。

2. 莱奇的"细读"十六步

莱奇将细读法总结为十六个步骤：（1）选择一简短的文本；（2）排除"发生学"批评方式；（3）避免"接受批评"的研究方法；（4）把文本看做自治的、与历史无关的客体；（5）设想文本是错综复杂又高效统一的客体；（6）多次重复地进行细致研读；（7）把每一文本视为内在相互对抗力量的戏剧性展示；（8）把注意力集中于文本、语义和修辞的多层次相互关系上；（9）强调文学语言本质上的比喻力量和奇异效果；（10）避免意义阐释或综述大意；（11）关注和谐的文本成分，探寻全面平衡的或统一的结构；（12）对不和谐处和矛盾冲突方面不予重视；（13）把悖论、朦胧、反讽作为克服或消除分歧的结构；（14）把（内在的）意义仅作为结构的因素之一；（15）阅读中注意文本中的认知与经验的成分；（16）力争做"理想读者"，创造唯一真正的阅读，包含重复多次的阅读过程。[①]

莱奇的细读十六步，有几步并不符合新批评的细读原则，但是部分内容概括了细读法的特点，例如第（5）、（6）、（8）、（9）、（11）、（13）条，都很有借鉴价值。

3. 本教材采用的细读步骤

本教材的细读步骤，既参考古尔灵与莱奇的细读步骤，又不局限于这些步骤，我们根据文本自身的特点，灵活运用这些步骤与方法，既以古尔灵的细读步骤为主，又会掺入论者的阅读心得，从形式批评出发，但不排除文本比较与参考其他伴随文本，实现对文本意义的最大化理解。

[①] 参见李卫华《价值评判与文本细读："新批评"之文学批评理论研究》，中国社会科学出版社2006年版，第108页。

四　本教材编选原则与批评原则

本教材的目标，是对中国现当代文学史上的重要文学作品用细读法进行文本分析，目的是养成、训练学生对中国现当代文学作品进行文本分析的习惯与能力。

1. 篇目编选原则：本教材所选细读篇目，尽量涵盖中国现当代文学史上小说、诗歌、散文中各时代、各流派、各题材、各风格的代表作家的代表作品，都是已经被文学史经典化了的文本。在精中选精的时候，必须有所取舍，一旦有所取舍，就不可能不带上编选者的趣味和偏爱。因此，本教材不可能做到选出令所有人都信服的经典，但我们尽可能选出值得细读的经典。

2. 导读撰写原则：本教材尽最大努力避免进入各种伴随文本研究，以引导学生学会细读方法为旨归。如非必需，导读尽可能不对作家生平进行介绍与引申，不以流派、时代、文化、政治、他人评论、延伸文本等文本外因素为评价对象与主要参考依据，尽量避免个人化色彩强烈的感悟性批评，尽可能用语义分析、结构分析、语境分析对文本进行解释。本教材尽最大可能遵循古尔灵的细读三步原则，但不局限于这种分析方式。一旦涉及文本解释，不可避免地需要伴随文本参与，伴随文本无处不在地影响着文本的解释，一切文本都处在"文本间性"之中。尽量避免，意思是不被某种伴随文本所左右，所有解释都从文本出发。

思考题

1. 为什么说文本是文学研究的中心？
2. 什么是悖论？什么是反讽？什么是张力？什么是含混？
3. 什么是细读？

小说卷导论

什么是小说文本细读

一　什么是小说

（一）什么是文学体裁

小说是一种文学体裁。体裁就是按文本的功能和形式进行的程式分类。文学作品的程式分类就是文学体裁，简称"文体"。中国古代对文体的分类常用二分法和三分法。二分法是把文体分为散文和韵文，分类标准是语言的特点，因而无法涵盖作品内容的特点。三分法是把文体分为"言""笔""文"。"言"是没有文采的经书类，"笔"是有文采的传记类，"文"是有文采的韵文。与二分法相比，三分法把二分法中的"文"分成了"言"和"笔"，从而区分了文学作品和非文学作品，但仍然基本上不涉及内容，仍然是在语言上进行区分的。

西方传统分类法是与中国古代三分法不同的三分法。按亚里士多德提出的"三点差别"，即模仿所用的媒介不同、所取的对象不同、所采用的方式不同，把文学作品分为三类：叙事类、抒情类和戏剧类。叙事类的主要特点是以叙述为中心，有人物和情节，作者情感隐退，包括小说、叙事诗、报告文学、童话、寓言、民间故事等。抒情类的特点是作者直接表达主观感受和内心体验，包括抒情诗和抒情散文。戏剧类的主要特点是让人物通过舞台活动表现自我，包括悲剧、喜剧、正剧、歌剧、话剧、舞剧等。这种分类法非常科学，与下文将要谈到的四分法相比，优点是其分类坚持了同一个标准，因而十分具有区分性。从根本上看，抒情类是以作者表现为中心的,叙事类是以叙述者表现为中心的,戏剧类是以人物表现为中心的,清楚明了。但是三分法也有弱点:一是它区分了抒情类与叙事类,但无法区分叙事诗和抒情诗,也无法区分抒情散文和叙事散文,从而无法区分人们已经习惯接受的常规文体,把诗歌和散文肢解开来;二是它没有将语言形式考虑在内。

中国自五四以来采用的是"四分法",即将文学体裁分为小说、诗歌、散文、戏剧四类。四分法的优点是,保留了西方传统三分法中的戏剧类,并将抒情类和叙事类重新拆分组合为其余三类:诗歌、小说、散文。这三类体裁基本上能够较全面地概括文学体裁的种类,而且容易理解,也切合中国人对文体的认知常规。但是四分法也有弱点:一是分类标准不统一,诗歌、小说、散文事实上采取了不一样的分类标准。例如,诗歌其实是按语言形式来分的,小说是按内容来分的,散文则是按习惯来分的。二是文体边界非常模糊,例如诗歌与散文的边界就非常模糊,因为这两种文体都可以抒情,而现代诗歌又不断突破分行排列的框架,就造成诗歌和散文很难区分的局面,或者干脆出现一种新的文体"散文诗"。又如小说和散文的边界也越来越模糊,因为二者都可以叙事,所以叙事类的散文很容易被误做小说,造成很多争议和混乱。三是四分法在处理一些边缘文体时显得力不从心,例如寓言,就很难说是小说、散文或者诗歌。同样难以处理的,还有神话、广告、纪实文学、笑话等。

如何处理这种混乱,怎样提出新的分类法,是另一个问题,此处不作讨论,我们需要解决的问题是如何给一个既定的、达成了广泛共识与常规的小说文体做一个比较切合实际的特征说明。

(二) 什么是小说

小说是一种文学程式,任何程式都是一个社群约定的结果,任何约定都是可以改变的,所以任何程式都只能被描述而不能被定义,一切试图探讨小说本质的行为都将是徒劳的。我们只能从既有的、大家认可的小说样式中归纳、总结小说这种体裁的特点。

"小说"二字在中国古代文献中最早出现于《庄子·外物篇》:"饰小说以干县令,其于大达亦远矣。"不过,这里的"小说"不是一种文体,而指没有理论价值的琐屑之谈。中国古代对小说进行文体描述的,最著名的是《汉书·艺文志》："小说家者流，盖出于稗官，街谈巷语、道听途说者之所造也。"《艺文志》实为刘歆《七略》的删节，其中论小说的部分被认为是"现存最早的小说专论"①，然而《艺文志》收录的小说，多已亡佚，所有相关信息均来自班固注，鲁迅描述道："诸书大抵或托古人，或记古事，托人者似子而浅薄，记事者近史而悠缪者也。"②李剑国认为，此时的小说概念不是用来概括一种文体，而是"用来概括诸子中的一个可怜的不入流的小流派"③。鲁迅认为，古人对小说的看法大体一致，"史家成见，自汉迄今盖略同；目录亦史之支流，固难有超其分际者矣"④。鲁迅从整理史家目录的过程中看到了小说分类的问题，把什么文体看做小说，不过是一种"成见"，以致古人把许多今人视为小说的作品不作收录。从总体上看，古人将小说看做"古史官记事也"，"史家所作，正史所遗"⑤，将小说与正史相提并论。那么，鲁迅的年代又以什么为标准呢？从《中国小说史略》的目录来看，神话传说、志怪书、志人传、传奇、传奇文、话本、拟话本、讲史、神魔小说、人情小说、市人小说、拟传奇文、狭邪小说、侠义公案小说、谴责小说都属于小说体裁。鲁迅把古人不愿视为小说的文体纳入小说家族，变更了古人的体例，也完善了今人对小说的看法。或者说，鲁迅是以今人的小说观念重新整理古书中文体类别的，那么今人的小说观念又来自哪里？

我们知道，晚清梁启超发起了著名的"小说界革命"，国人始开始大量翻译西方小说，并按西方小说体式创作了大量小说作品，西方小说的程式极大地影响了中国人对小说概念的认识。事实上，我们对中国古代小说重新归类整理的行为，都是在现代小说观念的指引下重新命名的行为。因此，要弄清楚现代小说的观念，就得从西方的小说概念开始清理。

在英语中，小说被称为"fiction"或"novel"。英国著名文化研究奠基人雷蒙·威廉斯在其1976年出版的《关键词：文化与社会的词汇》一书中，对这两个词语的来源、意义做过认真的考察，梳理出西方小说观念

---

① 李剑国：《唐前志怪小说史》（修订本），天津教育出版社2005年版，第2页。
② 鲁迅：《中国小说史略》，北新书局1927年版，第3—4页。
③ 李剑国：《唐前志怪小说史》（修订本），第8页。
④ 鲁迅：《中国小说史略》，第3—4页。
⑤ 邓楠、刘才林、成慧芳：《中西比较文学》，北京图书馆出版社1999年版，第215页。

的变迁历史。①"Fiction"在现代英语中具有双重意涵：一是想象的文学；二是纯然的虚构。这个词的词源及这两层意涵早在14世纪就在英语中出现了，但其文学意涵的演变却始于18世纪末期，到19世纪，"fiction"与"novel"几乎成为同义。"Novel"有两种词性，作为名词是"散文体小说"，作为形容词是"新的、创新的"之义。到18世纪初，"novel"作为一个名词，也有两个意思：一是故事（tale）；二是新闻（news）。有趣的是，"novelist"（小说家）的意思在17世纪是"创新者"，18世纪是"爱传播新闻的人"及"散文体小说的作者"。到19世纪初期，"novel"已经成为"散文体小说作品"的标准语汇。现在，在英语世界中，"fiction"强调虚构，但经常被作为长篇小说的意思使用，但是"novel"的意思比"fiction"更为狭窄，它们之间有明显的用法上的区别。② 中国人翻译的时候一概译为"小说"，却不知道英语世界中的文体有更为细微的区分。举例来说，篇幅短小的虚构作品，英语称为"fiction"，长篇小说才称为"novel"，在中文中却一概称为"小说"。从这个角度看，中文中的"小说"其实包含了英文中的"fiction"和"novel"两个词的全部意思，最重要的几个要素是虚构的、想象的、叙述的、散体的。鲁迅其实也是在这几个义项中确定哪些是小说的。现在的文学理论家基本上也是在这几个要素之内定义小说的，例如，"小说是文学的一大样式：它通过艺术的语言、完整的故事情节和具体的环境描写，塑造多种多样的人物形象，是一种广泛地、多侧面地展现社会生活的叙事性文学体裁"③。这一定义的基本框架来自《辞海》，只强调"故事的"一项。童庆炳在《文学理论教程》中的定义是："小说是一种侧重刻画人物形象，叙述故事情节的文学样式。"④ 该定义也仅触及"故事"一项。但是，现代中国人对小说文体有了越来越强的自觉意识，虽然有些理解不够全面，但多少都会触及上述几个特征。概括得最全面的是："小说是以散体文字的形式，表现虚构的

---

① [英]雷蒙·威廉斯：《关键词：文化与社会的词汇》，刘建基译，三联书店2005年版，第181—184页。
② [英]罗杰·福勒：《现代西方文学批评术语辞典》，周永明等译，春风文艺出版社1988年版，第299—304页。
③ 钟仕伦、李天道：《高校美育概论》，中国社会科学出版社2006年版，第242页。
④ 童庆炳：《文学理论教程》，高等教育出版社1998年版，第245页。

叙事性内容的一种文学形式。"① 这一定义强调了"散体的""故事的""虚构的"三项。因为我们常常把"想象的"和"虚构的"相混淆，所以综合起来看，最后一条定义是对小说程式最完整的理解。

综合上述理论与实践感知，我们可以总结出现代中国人对小说这种体裁的基本理解程式：第一，小说必须是虚构的。第二，小说必须是散体的。如果是非散体的，那么小说就变成了叙事诗。第三，小说必须是叙述。我们至今很难想象非叙述文本如何可以成为小说。第四，小说是过去向度的。小说可以是已经发生了的"故事"，也可以是刚刚发生了的"新闻"，还可以是想象中的"未来"。这三个概念是指小说情节可能具有的时间向度，可以是过去时，也可以是现在时，还可以是将来时，但是不论哪种时态，其意义指向都是过去时，包括未来小说在内，小说中的故事都被理解为已经发生，哪怕是在未来已经发生。第五，小说是以叙述者为中心的。这一点极其重要，这是小说与叙事散文相区分的要点。叙事散文可以具有上述四点的全部特点，唯一的区别在最后一点。叙事散文引导读者理解隐含作者的情感与态度，而小说则引导读者理解叙述者的情感与态度。

为了把这个问题说清楚，我们必须再了解几个重要的概念。

二　什么是叙述

一切小说必须是叙述，非叙述文本不可能被看做小说，这是理解小说概念的第一条基本原则。不论把小说看做故事，还是看做野史杂谈，抑或是看做虚构、想象的事件，都必然承认小说是叙述。小说文本中可以有非叙述成分，即可以有陈述（评述、描述）部分，但是它的主干部分一定是叙述。

叙述是人类组织个人生存经验和社会文化经验的普遍方式。人理解世界的基本途径是经验，人必须以某种方式处理经验。如果仅仅把经验再现出来，那么这种方式就叫"描述"；如果把这些经验整理成一个有因果关系的序列，形成一个"情节"，并从中看到经验的意义，那么这种方式就叫"叙述"；如果再将这些情节进行抽象化处理，将其上升为一种普遍的

---

① 陈国伟主编：《文学欣赏与写作》，花山文艺出版社2007年版，第130页。

规律，提炼出一个普遍的意义，那么这种方式就叫"论述"。"述"是人类生存于世的基本方式，有学者认为人的必需序列是"食—述—性—住"（food-telling-sex-shelter）[①]，将"述"放在"性"之前。没有"述"，人类的经验意义就落向虚无，存在的理由就陷入荒谬。我们可以把"描述"理解为没有人类经验意义参与的纯客观再现，把"叙述"理解为有人类经验意义参与的"情节"再现，把"论述"理解为仅有人类经验意义参与的意义再现。叙述可以解释描述，论述可以解释叙述。

根据使用媒介的不同，叙述被区分为很多种不同的门类，例如语言叙述、身体叙述、影像叙述、图像叙述、音响叙述等。根据时间向度，可以分为过去向度叙述、现在向度叙述、未来向度叙述。意义指向过去的经验，是过去向度，例如历史叙述；意义指向现在的体验，是现在向度，例如足球赛；意义指向未来的行动，是未来向度，例如广告。根据发送者与接受者约定接收意义的区隔空间，可分为纪实型叙述与虚构型叙述，这一点将在下一节专门说明。不同的分类组合成不同的叙述体裁。小说叙述是这样一种叙述体裁：在媒介方面属于语言叙述，在时间向度方面属于过去叙述，在区隔空间中属于虚构叙述，在语言形式方面属于散体叙述。

赵毅衡给广义叙述下了一个定义：

1. 某个主体把有人物参与的事件组织进一个符号文本中。
2. 此文本可以被（另一）个主体理解为具有时间和意义向度。

此定义涉及八个因素：某个**叙述主体**把**人物**和**事件**放进一个**符号**组成的**文本**中，让**接受主体**能够把这些有人物参与的事件理解成有内在**时间**和**意义**向度的文本。

每一个因素都是叙述成立的必需条件。**叙述主体**指的是叙述者，任何叙述必须有一个叙述者，叙述者是叙述的主导因素，没有叙述者，不可能自然发生具有情节和意义的叙述。**人物**因素是区分叙述与陈述（描述和论述）的要素，叙述必须被理解为有人物（可以并必须是有人的灵性的物）的参与，不然就成为描述，例如一则关于火山爆发的报道。**事件**是叙述的基本组织单元，它通常被理解为有人物参与变化的"情节"。任何叙述都是再现，而不是实在发生的事件，因此叙述必然是一个由**符号**构成的文

[①] Reynolds Price, *A Palpable God* (New York: Antheneum), p. 4.

本。**接受主体**是与叙述主体相对的另一主体,叙述是否成立关键看接受主体能否理解,或者说,只要接受主体能从一个叙述文本中得到意义,该叙述就成立。**时间**向度是指该文本一定有一个时间指向,不然叙述落在时空之外,叙述缺乏因果关联,情节就不可能成立。**意义**向度是叙述的最终指向,是叙述的目的,意义只有用论述才能解释。

传统叙述学是从小说叙述学中发展起来的,不适合用来描述非小说叙述。广义叙述的定义是广义叙述学的基础,适用于一切叙述,包括小说叙述。这里提出这个定义,目的是明确小说叙述分析的基本方向,一切小说文本分析的核心部分,都是对这八个要素的分析。

三 什么是虚构

虚构是与纪实相对立的概念,任何体裁都有纪实体与虚构体的对立,例如纪实文学与小说、历史与神话、记事画与连环画、展览与装置艺术、报告与相声笑话、演示与戏剧、演习与游戏、感应与幻觉,等等,上述每组体裁的前者是纪实型的,后者是虚构型的。从理论上讲,描述、叙述、论述都可以虚构。虚构描述,是虚构一个场景,很多虚构叙述都要由虚构描述组成,很多设计师都靠虚构描述的思维方式工作,小说中也有很多虚构描述的场景。虚构论述是在虚构叙述的基础上进行的经验规律的总结,很多空想理论都靠虚构论述的思维方式工作。虚构叙述仍然符合上文叙述定义的规定,只不过它在一个与纪实型叙述不同的框架中执行,八要素的任何一个要素都可以是虚构的。

不论哪种虚构,都遵循"双区隔原则"。所有的纪实叙述,不管这个叙述是否讲述出"真实",可以声称(也要求接受者认为)始终是在讲述"事实"。虚构叙述的文本并不指向外部"经验事实",用双层区隔切出一个内层,在区隔的边界内容载一个只具有"内部事实"的叙述,这就是"双层区隔"原则。[①] 把符号再现与经验世界相区隔是一度区隔,一度区隔区分实在世界与符号世界。在符号世界中再区隔出一个内层,在再现(符号区隔层)中进一步再现,就是二度区隔,二度区隔中的再现,是叙

---

① 赵毅衡:《广义叙述学》,四川大学出版社2013年版,第84—85页。

述"再构"的产物,就是虚构。我们面对一个实在世界,拥有一个对实在世界的经验,若作者与读者双方共同达成协议,他们将要创造和接收的文本是讲述"实在世界"中的事,那么该文本就是纪实型的,不论该事实是否已经发生、没有发生还是尚未发生。例如诺言是尚未发生的,谎言是没有发生的,编造的历史是已经发生的,因为这几种体裁都是指向实在世界的,所以它们仍然是纪实型的。如果作者与读者达成一个协议,他们将要面对的文本与实在世界无关,是一个只发生在文本之中的事,那么这个文本就是虚构型的。虚构往往都有一个区隔标志,这个标志就是作者与读者的协议书。最重要的区隔标志是体裁,体裁规定了该文本是虚构型的还是纪实型的。没有明确体裁标志的文本,也常常用一些显著的标志区隔,例如演员突然进入表演状态,说话语气神态明显与之前不同;又如电影的片头片尾的花絮提示这是表演出来的,还是纪实拍摄出来的,等等。

　　小说是一种成熟的文学体裁,虚构是这种体裁的普遍规定性,因此一旦在任何地方提示或标注这是小说体裁(可以用文字标注、风格标注、分类标注),那么它就会被认为是虚构的。因为虚构与实在世界无关,与真假无关,所以小说作者就不必为叙述内容是否符合事实而负法律或道德责任。虚构文本的作者从人格中分裂出一个虚构叙述发出者人格来进行叙述,他也希望读者分裂出一个相应的虚构人格来接受虚构叙述,虚构叙述是二度媒介化,与现实世界相隔两层,因此虚构叙述就是在文本世界中形成的一个假定的符合逻辑真实的叙述,是一个在真实世界之外的区隔空间中进行的意义传达行为。

　　虚构的基本思维方式是想象。因为虚构是在二度区隔中的再现,是在二度框架中进行的符号表意行为,所以它就不是经验事实的再现,而只能是在符号世界中进行的创造性想象,没有想象能力也就不可能进行虚构叙述。一方面,想象是虚构的思维方式,虚构是想象的结果。但并非凡想象的都是虚构的,例如许诺、赌咒发誓、劝说,都是想象的,但并非都是虚构的。即使谎言、伪造、空想,也都要依赖想象力,但并非虚构的,因为发送者与接收者双方没有在虚构框架中进行符号表意。另一方面,虚构也并非只能利用想象的材料,经验事实也可以用来虚构,没有经验事实,虚构也就无从谈起。《西游记》纯属虚构,但仍然需要用到诸多经验事实,例如经验事实中猴子总有一个尾巴,所以孙悟空变成房子时,尾巴不好处理就得把它变成旗杆。《阿甘正传》也是虚构文本，但却用了很多美国历史上的真实事件。真实事件的不同组合完全可以用来组建虚构的文本，例如把一系列真实事件进行不同角度的组合报道，就会得出不同的意义，把其中一个看做真实，另外的就可能成为虚构或作假。只要报道者宣称或设置虚构标志，就会被视为虚构，例如"恶搞"，用的材料可能全部是事实，但它是虚构的。如果不设置虚构标志，则被视为作假。所以真实与否、有无想象，不是区别虚构与纪实的核心问题，虚构只是一个协议问题。假若接收者不能理解虚构，那么他就可能把一切虚构都看成作假，或者将其看做真实，当他面对虚构作品的时候就会陷入痛苦。

四　什么是叙述者

任何叙述都必然有一个叙述者，"叙述者是文本之为叙述文本的根本原因，是故事'讲述声音'的源头"[1]。一个多世纪以来的叙述学研究的核心问题是小说叙述者的各种形态以及它与叙述的其他成分的复杂关系（作者、隐含作者、人物、故事、受述者、隐含读者、读者）。找到叙述者是讨论任何叙述问题的出发点，小说研究最重要的一项内容也是找到叙述者并分析叙述者与故事其他成分的关系及意义。在小说文本中，我们可以把文本全部看做叙述者的声音再现，小说文本全部都应该加上引号，表示小说的内容都是由叙述者讲述的，只是通常这些引号都被省略。叙述行为被"自然化"为一个通常的程式，不必再明确标注这是叙述者的声音，这就导致叙述者和叙述行为不可见，需要抽象化才能找到，因为叙述者不一定会现身，有时可以从文本中感觉到叙述者的声音，有时则感觉不到。叙述者可以是一个人格，也可以是一个框架。赵毅衡认为，叙述文本按如下五种体裁类别产生叙述者形态的差异：其一，"实在性"叙述（历史、新闻、庭辩、汇报、忏悔等），以及拟"实在性"叙述（诺言、宣传、广告等）；其二，书面文字虚构性叙述（小说、叙事诗等）；其三，记录演示性虚构叙述（电影、电视等）；其四，现场演示性虚构叙述（戏剧、网络小说、游戏、比赛等）；其五，心灵"拟虚构性叙述"（梦、白日梦、幻觉

---

[1] 赵毅衡：《广义叙述者的"人格—框架二象"》，《文艺研究》2012年第5期。

等）。"这五种分类，要求五种完全不同形态的叙述者；五种体裁大类的排列，从叙述者极端人格化到极端框架化。"①

在小说文本中，第三人称叙述常被理解为框架叙述，第一人称叙述常被理解为人格叙述，所以第三人称叙述常常不能让人感觉到叙述者的存在，而第一人称叙述却能让人明确地听到叙述者的声音。第一人称叙述者是显身叙述者，第三人称叙述者是隐身叙述者。显身叙述者可以是小说主人公自述，也可以由次要人物作旁观叙述。隐身叙述者可以偶然出现作"作者式"叙述，也可绝对隐身作纯客观叙述。但是，即使"纯客观叙述"也会有一个人格跳出来表达观点。叙述者显身有两种方式：一是"抢话"；二是叙述者发言。抢话又有两种方式：一是叙述者的声音进入人物的叙述语流；二是人物的声音进入叙述者的语流。前者是叙述者抢话，后者是人物抢话。叙述者发言可显可隐，本书只介绍隐性的叙述者发言。

叙述者抢话的现象出现在人物对话中。人物对话是直接引语，可以被理解为叙述者对人物语言的纯客观记录。但是如果人物的语言中出现明显与其身份不合的部分，显示出叙述者的态度，就是叙述者抢话。叙述者抢话的情况在概念化小说中出现得很频繁，叙述者总是试图通过人物之口说出自己的意图。例如许地山的《缀网劳蛛》，尚洁的许多带有哲理的话语都非一个没有多少文化知识的妇女能够讲出来的，读者能够明确地感觉到叙述者通过尚洁之口道出了宗教的说辞，这就是叙述者抢话的明显例子。又如《红旗谱》，朱老巩死的时候，摩挲着小虎子的头顶说："儿啊！土豪霸道们，靠着银钱、土地，挖苦咱庄稼人。他们是在洋钱堆上长起来的，咱是脱掉毛的光屁股骨碌鸡，势不两立。咱被他们欺侮了多少代，咳！我这一代又完了！要记着，你久后一日，只要有口气，就要为我报仇……"②朱老巩的这番话，有非常自觉的阶级意识，但是在整部小说中，连朱老忠也是在很久之后才有了自觉的阶级意识的，这番话不是朱老巩这一代农民能够说得出的，所以这番话中包含了叙述者的观点，就是叙述者抢话，叙述者抢话使叙述者"显身"。

人物抢话是人物的声音出现在叙述者的语流中，读者可以从叙述者的

---

① 赵毅衡：《广义叙述者的"人格—框架二象"》，《文艺研究》2012年第5期。
② 梁斌：《红旗谱》，中国青年出版社1958年版，第12页。

描述中窥见人物的视角与态度。例如鲁迅的《药》中的几句："老栓看看灯笼,已经熄了。按一按衣袋,**硬硬的**还在。仰起头两面一望,只见许多**古怪的**人,三三两两,**鬼似的**在那里徘徊;定睛再看,却也看不出什么别的奇怪。"其中"硬硬的"不是叙述者的感觉,而是华老栓的感觉;"古怪的""鬼似的"也是华老栓的感觉,人物的感觉进入了叙述者的语流,是人物抢话的好例。又如池莉的小说《太阳出世》中的一段:"这关系到他(赵胜天)的荣誉问题。他要让街坊邻居,让肉联厂欺侮过他的**狗杂种们**,让曾经甩了他的那个**幼师婊子**看看,都看看。"在这段叙述者话语中,"狗杂种们""幼师婊子"是人物赵胜天的声音,而不是叙述者的声音。人物抢话反向标示了叙述者的存在,使其"显身"。

对"抢话"的两种情况的分析都可以使我们看到叙述者,而且可以看到小说叙述中总是夹杂着无数的、复杂的话语权争夺的情况。另外还有一种情况,叙述者的声音可以被最大程度地隐藏,让读者在毫不觉察的情况下完成叙述过程,给人一种"客观"的"零度"叙述的感觉,实现叙述者最大限度的"框架化"。但是在小说叙述中,完全"框架化"的叙述很难实现,叙述者的声音总是会通过各种情感显露而显现出人格化特征。海明威写过几篇"绝对客观"的小说,例如《白象似的群山》《杀人者》等,对话占据小说的绝大部分,但是我们仍然可以从文本中发现少许叙述者的声音,例如《杀人者》中的一段:"'给我熏肉蛋,'另一个人说。他身材同艾尔**差不多**。他们的面孔**不一样**,穿得却**像**是一对双胞胎。两人都穿着绷得紧紧的大衣。"[①] 读者可以明显地感觉到,有一个人格在对这两个人的外貌特征进行比较,一旦出现比较,叙述者的人格就显现出来了。池莉《太阳出世》中的开篇一段:"**冬季是结婚的季节**。元旦那天,武汉三镇**仿佛**家家都在举行婚礼。黄昏时分是迎娶的高峰时刻,长江大桥被许许多多迎亲队伍堵塞交通**达四十分钟之久**。"[②] 在这段文字中,叙述者参与了评论,他迫不及待地跳了出来标示自己的存在。

叙述者身份的不同,是纪实文学与小说的最重要区别。纪实文学的叙述者与隐含作者合一,而小说(虚构文学)的叙述者是隐含作者虚构的人

[①] 王虢主编:《海明威经典文集》,广西民族大学出版社2003年版,第226页。
[②] 池莉:《太阳出世》,《钟山》1990年第4期。

格。所以小说虚构的第一步，不是虚构人物，而是虚构叙述者。一方面，小说可以视为隐含作者偷偷地记录了叙述者的讲述，而读者偷听了这个讲述，叙述者人格与作者、隐含作者的人格无关，它们处于不同的世界之中。通过分析叙述者的人格分析小说作者人格的研究违反了基本的叙述学原则。另一方面，隐含作者是作者分裂出的一部分人格，隐含作者又虚构了叙述者，它们之间就不得不发生一些关联，所以叙述者又不得不具有作者人格的部分投射。这种关联如何发生呢？这就必须涉及下一个概念的解释。

五 什么是隐含作者与隐含读者

（一）隐含作者与隐含读者迷雾

自从布斯（一译"布思"）在1961年的《小说修辞学》中提出"隐含作者"的概念以来，这个概念已经在叙述学领域广为流行并被讨论得相当成熟。与之相应，伊瑟尔提出了"隐含读者"的概念，这两个概念已经成为叙述学或文本学中最重要的概念。

布斯在提出"隐含作者"的时候，把隐含作者看做作者的"第二自我"，是作者潜在的"替身"，真实的作者创造了隐含作者。隐含作者才是文本的正式作者，赵毅衡认为布斯的隐含作者理论，"实际上就是从小说文本中寻找作者身份，从而构筑一个与作者的自我相仿的拟主体，一个假定能够集合各种文本身份的出发点"[①]。然而这个拟主体是不是一个真正存在过的人格，至今还没有讨论清楚。问题的难点在于，作者的"真实自我（哪怕是发出文本时的瞬间自我）与隐含自我（文本身份引申所得的类自我）应当重合，却没有可能证明，实际批评操作中也无助于事"[②]。赵毅衡得出的结论是任何文本的文本身份都能够集合成一个"拟主体"集合，即隐含作者，这一点可以扩大到所有符号文本中，他所坚持的观点是，隐含作者是从文本出发推导出来的一个"隐含发出者拟主体"。

对隐含作者概念的讨论很多，但是由于出发点不同，对其内涵的理解

[①] 赵毅衡：《符号学：原理与推演》，南京大学出版社2011年版，第368—369页。
[②] 同上书，第369页。

非常混乱。罗杰·福勒将其称为"人格面具",将其定义为"我们通过字里行间所认识的'作者'"①,与坐下来写作的人相区分,意思是隐含作者是从文本中推导出来的。国内多数学者在讨论隐含作者的时候都持此观点。申丹认为:"所谓'隐含作者'就是隐含在作品中的作者形象,它不以作者的真实存在或者史料为依据,而是以文本为依托。"②但是申丹注意到,布斯的"'隐含作者'这一概念既涉及作者的编码又涉及读者的解码"③。但是她又认为:"就编码而言,'隐含作者'就是处于某种创作状态,以某种立场和方式来'写作的正式作者';就解码而言,'隐含作者'则是文本隐含的供读者推导的这一写作者的形象。"④ 申丹似乎已经把问题说得很清楚,但是疑问也由此而生:在解码过程中,文本是否已经隐含一个供读者推导的写作者形象?如果有,那么文本就隐含了一个恒定的作者形象,读者的解释只是向文本靠拢而已。笔者认为,这种理解是由"文本中心"的观念所导致的。我们必须首先假定文本有一个恒定的意义,这个恒定的意义由一个假设的隐含作者发出。据此,我们便认定,一个文本一定有一个"隐含作者"。换个角度看,正是因为许多论者认为隐含作者只有一个,所以才不得不把隐含作者限定在文本之中。这样的理解离布斯的本意已经很远。

洛特曼的文本理论告诉我们,文本并不具有一个恒定的意义,文本自身有一个运动的过程,当然,文本意义也是运动的。既然文本意义是运动的,那么也就不可能存在一个恒定的隐含作者。这个问题需要仔细清理。

任何文本必然有一个被生产和被阅读的过程,必然要卷入作者、文本、读者三个要素,必然要卷入作者与文本、文本与读者、作者与读者三组关系。就这三组关系而言,每一组关系都不可能是恒定的。作者与读者都涉及"人"或"主体",都具有不确定性,是可变的,笔者称其为"变量","文本"一旦产生,就成为一个不可变的因素,是一个常量。三组关系都卷入了变量,因而三组关系就不可能恒定。关系不能恒定,意义就不

---

① 罗杰·福勒:《现代西方批评术语辞典》,春风文艺出版社1988年版,第185页。
② 申丹:《叙事、文体与潜文本:重读英美经典短篇小说》,北京大学出版社2009年版,第284页。
③ 同上书,第36页。
④ 同上书,第37页。

能恒定,隐含作者也就不可能恒定。

如果隐含作者与隐含读者都不能恒定,那么达意有无可能?有不少学者提出了解决方案,卡勒提出"自然化"(naturalized,一译"归化")。"'归化'强调把一切怪异或非规范因素纳入一个推论性的话语结构,使它们变得自然入眼。"① 弗卢德尼克以此提出"叙事化":"叙事化就是将叙事性这一宏观框架运用于阅读。"② 费许(Fish,一译"费希")提出"阐释社群"理论(Interpretative Community):"阐释从不孤立地发生,它更多地受特定的'阐释社群'的影响。"③ 阅读是在文化上被构筑的,认同这个文化,就大致遵循其理解方式。赵毅衡总结说:"这样一个社会性的读者,比几乎完全个人化的作者容易确定。"④ 用这种方式处理隐含作者与隐含读者的相互理解可能性,必然把文本视为中心,这符合后经典叙述学者普遍认可的"认知方式"理论。"隐含作者取决于文本品格,是各种文本身份的集合。这样找出的隐含作者主体,不是一个'存在',而是一个拟主体的'文在'(texistence)。"⑤ 这样,隐含作者的问题就被归纳在文本之中,隐含作者按一个认知方式创作一个文本,文本又为隐含读者提供一个认知框架,阐释群体按照这种框架进行解释。归根结底,隐含作者只存在于"文本"层面,文本层面的隐含作者操控了一切。

笔者认为,这种处理方式确实可以解决作者与读者之间沟通的可能性问题,也可以解决叙述者对于隐含作者的可靠性问题,但却无助于从抽象的层面把隐含作者和隐含读者的分化问题说得更清楚。为使这个问题清晰呈现,笔者尝试先对隐含作者和隐含读者进行分层处理,然后再考虑理解的合一问题。

---

① 乔纳森·卡勒:《结构主义诗学》,盛宁译,中国社会科学出版社1991年版,第206页。
② 申丹、韩加明、王丽亚:《英美小说叙事理论研究》,北京大学出版社2005年版,第264页。
③ E. M. Conradie, *Angling for Interpretation: A First Introduction to Biblical, Theological and Contextual Hermeneutics* (Stellenbosch: Sun Press, 2008), p. 88.
④ 赵毅衡:《两种叙述不可靠:全局与局部不可靠及其纠正法》,《西南民族大学学报》2013年第6期。
⑤ William Lowell Randall, A Elizabeth McKim, *Reading Our Lives: The Poetics of Growing Old* (New York: Oxford University Press, 2008), p. 95. 赵毅衡:《两种叙述不可靠:全局与局部不可靠及其纠正法》,《西南民族大学学报》2013年第6期。

（二）三个隐含作者

因为一个意义传送过程涉及三组关系、三个要素，因此从三个层面讨论隐含作者和隐含读者的问题就有助于把问题说明白。把三个要素分别放入三组关系和两个过程中，就能够使问题变得清晰。

任何文学文本创造、发送和接受过程，都不可能只有一个隐含作者，而是分别在作者、文本、读者层面各有一个隐含作者。作者设想一个身份进行创作，读者从文本中推导出一个作者身份，多数学者都认为文本中还隐含了一个作者身份。事实上，所谓文本中隐含的作者身份，都是读者推导出来或作者自认为加在文本中的身份，所以文本中的作者身份只是一种虚拟身份，是作者假定身份和读者推导身份的复合体。由于虚拟，这个身份游移不定，作者或读者说它是什么，它就是什么，它是一个"可能身份"。三个作者身份就是三个隐含作者。任何一个文学文本的生命过程，都有这三个隐含作者，三个隐含作者并不是同一个身份，这是本文的中心命题。将这三个身份放在三组关系之中，问题就会显得更为清晰。

就作者与文本的关系而言，作者可以随时调整想法以改变隐含作者，文本永远具有未完成性和不确定性，"瞬间自我"只能是一个假定，所以"作者将最后的文本视为最后的草稿"[①]。作者层面的隐含作者与文本是互动的，文本可能改变作者对隐含作者的设定。福楼拜写《包法利夫人》，在写到艾玛死的时候痛哭，别人劝他不要让艾玛死，福楼拜却说："不，她不得不死，她必须死。"作者层面的隐含作者被文本改变了，然而作为读者的福楼拜却大动悲情。所以，作者层面的隐含作者是流动的，至文本完成时才停止变化。即使文本完成，作者仍然有权利改变隐含作者：他可以对原文本进行大规模的改变。李劼人之所以重写《大波》，就是因为李劼人重新设定了《大波》的隐含作者。换个角度看，如果不存在一个作者层面的隐含作者，作者对文本就会无能为力。布斯"隐含作者"的本意，就是在这个层面上提出来的。

就读者与文本的关系而言，读者没有对文本的改编权，"读者把最后

[①] 洛特曼：《文本运动过程》，彭佳译，《符号与传媒》第3辑，四川大学出版社2011年版，第209页。

的草稿当做最终的文本"①。然而文本的意义永远没有全解，又由于读者数量众多，意义差异可能非常巨大。《文心雕龙·知音》有言："会己则嗟讽，异我则沮弃，各执一隅之解，欲拟万端之变。"② 文本无法保持一个恒定的意义，读者层面的隐含作者就不可能被固定下来。即使对同一个读者而言，他也无法推导出一个恒定不变的隐含作者，读者层面的隐含作者也是流动的，与作者层面的隐含作者的流动一样。读者层面的隐含作者至阅读结束时停止变化。同一个读者反复阅读同一个文本，所得到的意义不一样，这是因为他设想的隐含作者发生了变化。黄裳谈阅读《红楼梦》的感受："从小爱读《红楼梦》，迄今不忍去手。常置一卷于枕畔，随意选一节读之，无不欣悦。回想多年读此书，欣赏所在，不无变易。"③ 即是说，同一个读者，在不同的时间阅读同一个文本，他从文本中推导出来的隐含作者也不可能完全一致。刘勰说："凡操千曲而后晓声，观千剑而后识器。"④ 读者不能保证自己的每一次阅读得到的都是最达意的解释，因而也就不能保证每一次推导出的隐含作者都能够保持一致。读者层面的隐含作者这一概念的提出，说明读者也具有双重人格，他既是读者又是作者，他以作者的身份向读者的身份发送意义。

就作者与读者的关系而言，因为二者都是变量，相互理解的难度就更大。读者与作者的沟通，都是通过文本进行的，"世远莫见其面，觇文辄见其心"⑤，我们相信文本中的意义可传达也可解释，这是文本表意过程的基本出发点。因此，我们就必须相信文本必然具有一个恒定的隐含作者，这也是卡勒、费许等人的主要看法。然而，与作者和读者层面的隐含作者不一样，文本不能宣称自己有一个隐含作者，文本只能宣称其中有一个叙述者，隐含作者只能是一个假定，这个假定由作者或读者所赋予，由叙述者实现。因为作者与读者的可变性，文本层面的隐含作者就更加具有不确定性，它是作者层面的隐含作者和读者层面的隐含作者各种可能身份

---

① 洛特曼：《文本运动过程》，彭佳译，《符号与传媒》第3辑，四川大学出版社2011年版，第209页。
② 刘勰：《文心雕龙》，上海古籍出版社2010年版，第99页。
③ 黄裳：《读〈红楼梦〉札记》，《门外谈红》，上海书店出版社2011年版，第19页。
④ 刘勰：《文心雕龙》，上海古籍出版社2010年版，第99页。
⑤ 同上书，第100页。

的叠加，是作为该文本一切可能意义发送者的"理想作者"。

不论在上述哪组关系中，隐含作者都不可能是一个恒定的存在。隐含作者是游移的、变动的，正如任何一个主体都处于变动之中一样。文本不死，也就不存在"盖棺定论"，所以，隐含作者只是一个虚拟的、流动的身份。

（三）三个隐含读者

与三个隐含作者一样，任何一个文本过程都包含了三个隐含读者：作者层面的隐含读者、文本层面的隐含读者、读者层面的隐含读者。接受美学区分了三种读者：现实的读者；假想中的或意向中的读者；隐性的、构想的或虚构的读者（作品内含的）。[①] 后两种分别对应作者层面的隐含读者和文本层面的隐含读者，他们没有注意到读者层面的隐含读者。

因为任何文本的作者都是这个文本的第一个读者，所以作者层面的隐含读者至少包含了两个身份：一个身份是作者本人，另一个身份是作者创作文本时假定的将会阅读该文本的读者，笔者将其命名为"构想读者"。作者如何设定这个构想读者呢？有些文本有明确的构想读者，例如情书、信函、遗嘱，有些文本则没有明确的构想读者，例如文学作品，这时作者便会以自己的最大理解能力为基础设定构想读者。有些作家会反复阅读自己的作品，然后不断地修正文本，曹雪芹写《红楼梦》"披阅十载，增删五次"，洛特曼发现陀思妥耶夫斯基《群魔》的手稿上遍布杂乱无序的修改痕迹。修正文本的依据和动力是什么？笔者认为，作者将自己变成读者，这个读者的意见是依据，这个读者的不满是动力。文本的创作主体是分裂的主体，它是作者与读者的混合物。因此，提炼作者层面的隐含读者意义至关重要。

读者层面的隐含读者至今未被充分注意。在每一次阅读行为发生的时候，读者并不一定以一个现实身份参与阅读，而是以一个假定的身份进行阅读，读者可以随时调整这个身份，采用不同的身份，就可得到不同的意义。同时，这个身份又是随着阅读的进程而不断发展变化的。对读者阅读

[①] 冯黎明、欧阳友权等：《当代西方文艺批评主潮》，湖南人民出版社1987年版，第597页。

身份的讨论始于霍兰德。霍兰德的基本论点是："文学阅读从本质上说是读者建构自己身份的活动。这种身份的建构是由一位'互动的读者'对文本所作的'互动式阅读'来完成的。"① 霍兰德的意思是，读者的身份并不是一开始就明确的，它是在与文本中的隐含读者（互动的读者）的互动中被建构起来的。这个说法固然有意思，但是霍兰德并没有说清楚一个问题：所谓的"互动的读者"并非是客观存在的，它仍然是由读者建构的。王确对"阅读身份"的界定是"读者完成实际阅读行为时所具有的特殊的阅读心态和阅读立场"②。不过王确最终将现实的读者和隐含的读者混在了一起，认为"阅读身份实际上是同时包括阅读前的期待和预见、阅读后的反思和检查在内的广义上的阅读心态和立场"③。读者的现实身份和隐含读者身份有时确实会混在一起，不易区分，例如阅读一份私人信件、一份针对自己的诉状。但是在阅读文学作品的时候，情况并非如此，读者首先进入一个"二度接受框架"为自己寻找一个新的身份，然后才能进行阅读。接受美学把这种状态称为"期待"，事实上，"期待"并非现实读者的期待，现实读者不进入"二度接受框架"，就不会产生期待。例如，当我不知道有福克纳这个作家，不知道有《喧哗与骚动》这本书的时候，我不可能产生对这本书的任何期待。假如我看到了这本书，但对这本书的标题、内容、传闻、评价等不了解，我仍然不能产生任何期待。期待是在对这本书的各种信息不断了解的过程中形成的，接收这些信息的过程就是"二度接受框架"形成的过程。"二度接受框架"的形成，往往要依赖文本中的二度区隔标志。例如一旦看到封面上"言情小说"字样，读者的"二度接受框架"就形成了，读者据此构建一个阅读言情小说的人格。一旦进入"二度接受框架"，读者就具有了一个新的身份，这个身份就是读者层面的隐含读者：读者根据了解到的信息建构"二度接受框架"，获得一个框架人格，产生接受期待。随着阅读的进展，读者获得的信息不断增多，"二度接受框架"也不断发生变化，读者便不断给这个隐含读者以新的身份。所以，读者层面的隐含读者也是流动的。

---

① 朱刚：《二十世纪西方文论》，北京大学出版社2006年版，第252页。
② 王确：《文学概论》，人民教育出版社2003年版，第381页。
③ 同上。

文本层面的隐含读者也是一个虚拟的概念。纪实文本中的隐含读者是明确的，例如一张请假条。虚构文本中的隐含读者不是确指的，因而是不明确的。有的文本中会出现"看官""读者"等字样，似乎文本中已经包含了隐含读者。其实不然，凡是文本中出现的读者，都不是文本的隐含读者，而是作者层面的"构想读者"或叙述层面的"受述者"，"构想读者"成为文本的一部分，受到读者层面的隐含读者的注视。例如鲁迅将书信出版，信件中的构想读者就会遭遇读者层面的隐含读者的审视，读到"许先生"的称呼时，许广平的形象就会被想象出来。因此，文本层面的隐含读者并不存在于文本中，也不仅是读者根据文本推导出来的，而是所有作者层面的隐含读者和读者层面的隐含读者的叠加，他被设想为能够理解文本的一切可能意义的"理想读者"。

（四）四个作者与四个读者如何对话？

在一个文学文本中，因为文本层面的隐含作者（下文简称"理想作者"）和文本层面的隐含读者（下文简称"理想读者"）都是虚拟的可能和叠加，所以他们不能直接参与对话。真实的作者和真实的读者也不能直接参与对话。参与对话的只有四个：作者层面的隐含作者（下文简称"构想作者"）、读者层面的隐含作者（下文简称"推测作者"）、作者层面的隐含读者（下文简称"构想读者"）、读者层面的隐含读者（下文简称"推测读者"）。其关系如下图。

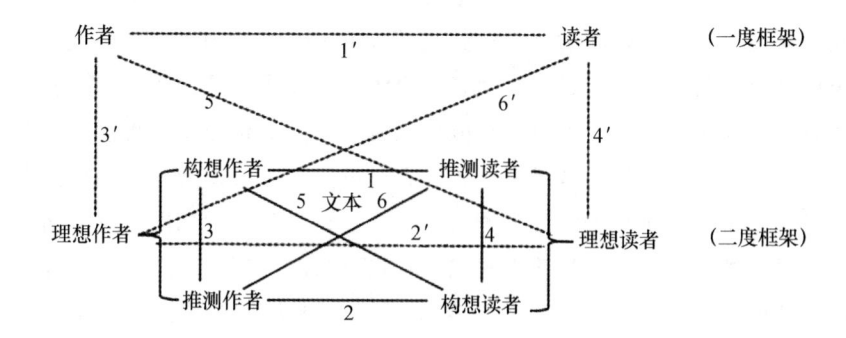

```
作者 ————————— 1′ ————————— 读者         （一度框架）
   ╲         5′      6′        ╱
    ╲                          ╱
   3′╲   构想作者 ─── 1 ─── 推测读者   4′
      ╲    │   5  文本  6   │    ╱
   理想作者 ─── 3      2′ ─── 4 ── 理想读者   （二度框架）
      ╱    │                  │    ╲
          推测作者 ─── 2 ─── 构想读者
```

在二度框架中，构想作者通过构想读者建构自己，构想读者通过构想作者建构自己（5）。推测读者通过推测作者建构自己，推测作者也通过推测读者建构自己（6）。5、6是直接对话关系。构想作者试图揣摩推测读者以调整自己，推测读者揣摩构想作者以调整自己（1）。推测作者揣摩构想读者以调整自己，构想读者揣摩推测读者以调整自己（2）。1、2是揣测与调节关系。构想作者通过欺骗推测作者以美化自己，推测作者通过接近构想作者以美化自己（3）。推测读者向构想读者靠拢以美化自己，构想读者通过欺骗推测读者以美化自己（4）。3、4是欺骗与修饰关系。

在一度框架中，文本过程是非文学文本过程；在二度框架中，文本过程是文学文本过程。文本过程的最终目的，在现实性层面是调节作者与读者的关系（1'），在理想层面是调节理想作者与理想读者的关系（2'）。在非文学文本过程中，作者与理想作者、读者与理想读者有合一化倾向。在文学文本过程中，作者的最高目标是被想象为理想作者，不断向他靠拢（3'）。读者的最高目标是成为理想读者，不断向他靠拢（4'）。读者获得意义最大化的途径是解释理想作者（6'），作者实现意义最大化的途径是了解理想读者（5'）。但是这四者均不直接参与对话，它们处于中心方阵外围。文学文本过程中所有的直接对话发生在方阵内部，任何一个元素的变化均会导致整个文本过程的变化，阅读的结果意义就会不同。下面以王维《使至塞上》的文本过程为例说明文本过程的对话关系。

首先从创作过程来看。王维写这首诗，必然先假定一个身份，进入二度框架。如果他假定自己是一个被贬塞外的使者需要更多人的同情，诗歌就会增添更多的悲凉；如果他假定自己因为出使而远离了朝廷的纷争，诗歌就会增添更多的轻松；如果他假定自己为心怀祖国的忠臣，诗歌就会增多几分豪迈，等等。作者王维最终建构了一个构想作者来实现他的意图。构想作者分别与构想读者、推测读者、推测作者发生对话关系，这几者都可能进入他的考虑之中。他首先只能想到构想读者，他根据构想读者来调节自己的表述。若构想读者是上级领导，诗歌则多几分邀功，若构想读者是节度使崔希逸，则会增添几分赞美；若构想读者为中原朋友，则会增多一些介绍，等等。一旦构想读者被确定，接下来的问题就是考虑这个读者会以怎样的身份进行阅读（推测读者），构想读者依靠推测读者的态度调整自己。然后他会考虑这个读者会以怎样的方式推测自己（推测作者），应怎样修饰自己。

从阅读过程来看，每一个读者都会以一个身份进入这首诗的阅读

（推测读者），进入二度框架。如果读者以在塞外征战将士的身份阅读，或许得到几分安慰；如果以热爱祖国的志士的身份阅读，或许得到几分激励；如果以文学批评家的身份阅读，或许得到几分美感，等等。一旦身份确定，推测读者也与其他三者发生对话与关联。读者首先重建推测作者以获取意图。如果他推测该作者是流落边塞之士，便得几分悲叹；如果他推测该作者是热爱河山之志士，便感几分壮烈；如果他推测该作者是向往隐居的隐士，便得几分轻松，等等。接下来，推测读者会通过查阅王维的历史、传闻等相关资料，试图接近构想作者，以免推测作者走偏。他通过接近构想作者以使推测作者与之靠近、吻合。他通过文本分析与资料分析，试图靠近构想读者，以使自己不致显得愚蠢可笑，受到构想作者的奚落。

这一过程远比上面描述得要复杂，一切偶然因素都可导致其中一个因素发生变化，一个变化会导致一系列的变化和调整，这就是"诗无达诂"的原因。从创作层面看，还有一个情形被古人忽视了，这个情形叫做"诗无达作"。但是每一次文本过程最终总能达到一个平衡，不然表意就无法实现。任何文本都只是一次创作层面文本过程平衡的结果。任何解释都只是一次解释层面文本过程平衡的结果。

但是，并非每个作者和每个读者都有这样一个完整的文本过程意识。而且，并非每种体裁都需要这样一个文本过程意识。文学文本的特性，就在于这个文本卷入了二度框架，非文学文本可以只在作者与读者之间进行。"看山是山，看水是水"，是非文学文本过程的特点。"看山不是山，看水不是水"，是文学文本过程的特点。"看山还是山，看水还是水"，是超越了文学文本与非文学文本的区别，直抵生命与心灵奥秘的领悟过程的特点。从上图所示关系来说，完整地看是文学文本过程。去掉中间方阵，作者与读者直接通过文本对话，是非文学文本过程；理想作者与理想读者通过文本直接对话，是领悟文本的过程。

本书的主要观点与卡勒的"自然化"、弗卢德尼克的"叙事化"、费许的"阐释社群"、后经典叙事学的"认知方式"等理论可以互相解释。所谓"自然化"，就是"把一个文本引入到一个已经存在的，在某种意义上可以被理解的、自然的话语类型"①。意思是二度框架中的各种元素可以投射入一度框架，最终通过一度框架起作用。所谓"叙事化"和"阐释社群"，就是作者与读者达成一个进入二度框架的契约。一旦进入二度框架，作者与读者也就达成了采用同一种"认知方式"的契约，就会在二度框架中按一度框架中的规则进行对话与交流。

二度框架向一度框架的投射，沿 5′、6′方向进行，读者串联起推测读者和推测作者，读者因此具有复合人格；作者串起构想作者和构想读者，作者因此也具有复合人格。同样，一度框架也向二度框架投射，现实中的作者与读者会将自己在现实中的经验投射在二度框架内的人格之中，因而二度框架中的虚构往往具有仿真效果，而现实的构建方式也成为虚构的原则。布思在为隐含作者做辩护时说："不仅隐含作者是我们颇有价值的榜样，而且我们对于较为纯净的隐含作者和令人蔑视的有血有肉的人的区分，实际上可以增强我们对表达前者的文学作品的赞赏。"②（就我所知，这一观点尚无人予以生动的说明。）布思是在为隐含作者的存在作辩护，但是他也解释了隐含作者的存在使文本具有文学性的特点。而缺乏"生动的说明"指的正是二度框架被忽略的现状。

（五）叙述者在框架中处于什么位置

在一个虚构的文学文本中，文本的解释权归隐含作者和隐含读者所有，文本解释也只发生在二度框架之内。那么叙述者又居于何处？虚构发生在哪一个层次？

上文说过，隐含作者分享作者的部分人格，而叙述者是隐含作者虚构创造的，所以叙述者与隐含作者就不能产生对话关系，隐含作者控制了一切，从理论上讲，叙述者不可能直接影响隐含作者，但隐含作者却可以影响叙述者，他们的对话是单向的关系，除非叙述者讲述的故事在情感上先影响了作为读者的作者，再通过作者影响隐含作者。叙述者处于二度框架

---

① 赵毅衡：《两种叙述不可靠：全局与局部不可靠及其纠正法》，《西南民族大学学报》2013 年第 6 期。

② 韦恩·C. 布思：《隐含作者的复活：为何要操心?》，詹姆斯·费伦、彼得·J. 拉比诺维茨主编：《当代叙事理论指南》，申丹、马海良、宁一中等译，北京大学出版社 2007 年版，第 67 页。

之内，他是文本的一个部分。

　　小说虚构发生在隐含作者与叙述者之间，而不是发生在作者与隐含作者之间。如果虚构发生在作者与隐含作者之间，该文本就会被认为是"人格作假"，而不会被理解为虚构。假如所有人（包括作者自己）都公认的一个人格低劣的人，虚拟一个高尚人格的隐含作者创作，那么这个隐含作者的人格就不会得到承认，文本会被认为是作假。如果一个品格高尚的人虚拟一个品格低劣的隐含作者身份进行创作，则会被视为游戏。多数作者都会假定一个品格高尚的隐含作者身份进行创作，一旦隐含作者被建构，就会被视为作者人格的一部分，而且即使隐含作者被认为作假，作者也会把责任推到叙述者那里，所以虚构隐含作者的情况基本上可以被认为不会出现。即使虚构隐含作者的情况出现，也不影响读者对虚构叙述者的接受。虚构隐含作者不进入虚构文本的契约。

　　小说的隐含作者不但虚构叙述者，而且虚构受述者。人们常常混淆受述者与隐含读者。受述者不是读者，也不是隐含读者，受述者可以隐身，也可以现身。与叙述者一样，受述者是文本的一部分，而隐含读者是一个抽象出来的概念。受述者现身的情况在古代小说中常常以"看官"的形态现身，在《天方夜谭》中是喜欢听故事的国王，在《十日谈》中由书中人物轮流做，但隐含读者却不是这些人，而是如上文所说的三种人格。《狂人日记》在小序中称摘录狂人的日记是"供医家研究"，指明受述者是医家，但它的隐含读者却是能够理解《狂人日记》的一切人格。

　　叙述者与受述者存在于二度框架内部，存在于虚构世界之中。在这个虚构世界中，叙述者与受述者按纪实文本的方式叙述与接受，所以在虚构世界内部发生的一切也是"真实"的。如果在二度框架内部发生作伪的情况，则虚构文本就会被读者拒绝接受。例如在文本内部出现自相矛盾、缺乏因果逻辑的情况，虚构文本的框架就会暴露，从而导致拒绝接受。虚构世界与现实世界只能通过投射的方式互相关联，也就是通过象征或隐喻的方式关联，但不能直接关联。从理论上讲，我们不能期待从虚构世界的故事里寻找现实世界的答案，也不能通过现实世界的原则要求虚构世界的人物应该如何做。虚构世界中的人物、情节唯一需要遵循的原则是逻辑。

六　如何理解小说文本细读

上面介绍了小说的体裁特点与叙述诸要素，目的是弄清楚小说的基本结构元素，为小说文本细读确立基本的方向、奠定基础。依照"总论"中关于细读的概念，我们便可明白小说文本细读应该从何处着手。

1. 小说文本细读是细读二度框架内部文本的意义，与作者、读者无关。细读是文本分析，而不是作家分析，也不是接受分析，因此小说文本细读的核心是对虚构文本的分析。在虚构文本内部，一切都是"真实"的，因此小说文本的意义也是"真实"的意义。

2. 因为虚构世界与现实世界是隐喻与象征的关系，所以小说文本的意义也是以象征的方式呈现出来的。因此，分析小说文本的意义本质上是象征意义的分析。不论我们采取什么方法分析文本，得出的意义都不是现实世界的意义，而是虚构世界的象征意义。

3. 小说文本细读应用尽可能丰富的手段与方法，达到对虚构文本意义的最大化理解。细读既要最大化地"榨取"词语的意义，又要尽可能将视点"封闭"于文本内部，但最重要的是尽可能丰富地、深刻地理解文本的意义。所以，本教材将不局限于文本的内部分析，而是采用多种手段与方法理解文本的意义。

4. 因为伴随文本极大地影响了文本意义的理解，所以本教材并不排除采用伴随文本分析的手段，以达到对文本意义理解的深入。

本教材所选篇目，并不能让我们得到关于中国现当代小说史的系统概念，而是在尽量照顾经典性与可读性的前提下，以小说细读方法训练为主要目的，兼顾历史顺序编排。由于篇幅限制，本教材不收录原文，同学们在学习时，应先阅读原著。为了使理解更为深入、全面、多维，本教材设置"延伸阅读"板块并对推荐文章作简要评介，在学习时应查找原文阅读。本教材思考题设置灵活多样，有的是考察对本教材分析材料的理解程度，有的是提供进一步思考的方向，有的是对延伸阅读文本的归纳整理，同学们可以根据自己的情况有选择地完成。

思考题

1. 怎样理解体裁?
2. 小说与其他文体的差别是什么?
3. 什么是叙述?
4. 怎样区分叙述者与隐含作者?
5. 什么是文学文本?
6. 什么是虚构?

第一讲

《狂人日记》中的悖论与反讽

新批评派的布鲁克斯认为，悖论与反讽是诗歌语言必然具有的特征。对一个文学作品而言，悖论与反讽也是文学语言的根本特征。因为悖论与反讽在新批评派那里常常被混用，所以我们不得不给这两个术语作一个为我所用的清晰界定。按照中国人的常规理解和学术界的基本共识，本书给悖论的界定是"语言内部的矛盾造成的语义扭曲"，给反讽的界定是"语言与语境的矛盾造成的语义扭曲"。把文本看成一个整体语言，则这两个概念可扩大为：悖论就是"文本内部的矛盾造成的意义扭曲"；反讽就是"文本与语境的矛盾造成的意义扭曲"。

《狂人日记》可以看做一个充满悖论的文本，但它作为整体放在整个文化环境中，又可看做一个反讽的文本。

一 《狂人日记》中的悖论及其意义

《狂人日记》中有很多悖论叙述，这些悖论看似矛盾，却正是真理显现的地方。根据该文本的叙述，最明显的悖论表现在如下几个方面。

（一）小序与日记的悖论

《狂人日记》小序的叙述者是一个自认为"清醒"的"余"，而日记部分的叙述者是一个也自认为"清醒"的"我"。虽然他们都自认为清醒，但又互相认为对方"疯狂"。小序中的所有人（包括愈后的狂人，《狂人日记》为其愈后所题）都认为狂人"疯狂"，而日记中的"我"又认为小序中的所有人都"疯狂",因为在狂人眼中,他们都是一群吃人者。这样,小序中的狂人就有了"狂"与"不狂"的悖论性,日记中的狂人也有了"狂"与"不狂"的悖论性。

小序的语言是文言文,日记的语言是白话文。把《狂人日记》作为整体看,它的语言就具有了悖论性。语言代表文化,语言的悖论性暗示文化的悖论性。事实上,任何文化都具有悖论性,只不过人们常常被思维定势蒙蔽了眼睛,认为一个文化总是一个自足的系统。而实际情况是,任何文化都永远处于变动之中,总是呈现为新与旧的混合物,并不存在一个纯而又纯的文化形态。任何暂时的文化都是新旧杂呈、充满矛盾的,因而任何文化都是悖论性的。因此,任何对文化原生状态的辩护和还原努力都是愚蠢而可笑的。《狂人日记》把文化的悖论状态用语言的形式予以清晰呈现,是对文化保守主义的奚落与嘲讽。不仅如此,语言悖论又暗示了这样一种意识:新文学初期的白话文提倡者将有被传统文化视为"狂人"的必然命运。任何新文化的提倡者,都必然要经历这样一个阶段:被传统文化视为另类、异己,而后被扼杀、消灭。

小序揭示了狂人的"康复",即被正常世界收编的结局,意思是作为社会中的个体,总是充满悖论。一个作为主体而存在的人在不同的阶段拥有不同的"自我",而不同阶段的"自我"总是相互矛盾的,这些矛盾的"自我"统一为人的主体。所以,主体本身并不是一个单纯的主体,而是一个复合的、充满矛盾的悖论性主体。对任何人物的评价,都不能从某个阶段的某种特点出发,给他一个"盖棺定论",世界上并不存在一个用语言可以描述清楚的"人",也不存在一个只有单个侧面的"人",当然也就不存在一个扁平的人。"扁平"人物只存在于为了表达某种观念的需要而创造的文学作品之中。文化是发展、变化、矛盾的,人也是如此。任何人都是充满悖论的,而不是可以用几个词语概括清楚的,只有观念中的人才是清楚透明的。《狂人日记》向我们暗示,观念中的人应该复杂化,我们应该从更多的角度审视人,也要从更全面的视野看待人。

小序还说了一个读者对象的问题,"今撮录一篇,以供医家研究",意思是说,文本设定了一个作为"医家"的隐含读者。事实上,"医生"在叙述层是"受述者",《狂人日记》的隐含读者并非真是"医生"。不论是作者构想的隐含读者,还是读者推测出来的隐含读者,都不是医生。但是文本设定的受述者却把隐含读者往医生身上引导，这就为读者设定了一个医生的身份。医生身份与读者自己建构、推测出的启蒙者身份、被启蒙者身份、反思者身份发生冲突，从而形成了读者悖论。也就是说，《狂人日记》的读者也是一个悖论性存在，它隐含的读者也是矛盾的，这就揭示了全社会的人都是悖论性存在的事实。

小序与日记正文在整体上是一对矛盾的存在。从整体上看，小序的内容消解了日记的内容，日记的内容又消解了小序的内容。站在小序所在的世界，小序中的所有人物都否定了日记中狂人的思想。站在日记所在的世界，日记中的狂人又否定了小序中的人的思想。两个互相抵消的世界同时呈现，而两个世界看起来都有其合理性。这就揭示了更深的世界性悖论：对任何事物的价值，都不能简单地做二元价值评判，任何事物都是多层面的、丰富的、充实的。实在世界本来就没有善恶之分，所有的善恶都是这样：当事物的某一面呈现在一个主体的某一面面前时，若二者互相理解则显现为善，若二者不能互相理解则显现为恶。也就是说，任何事物的二元对立，其实都是人的观念的二元显现，而不是事物本身存在二元。人的观念并非只有二元，而是多元，因此任何二元观念的显现都是暂时的，也是片面的。

叙述者是隐含作者创造的，一个隐含作者，创造了两个互相否定的叙述者、两个对立的人格。叙述者人格可以看做隐含作者人格的显现，那么，《狂人日记》的隐含作者人格也就存在悖论。隐含作者的人格悖论导致价值观悖论，因而《狂人日记》的思想也就是一个悖论性的思想。一方面，隐含作者充分理解和同情狂人的处境与心态；另一方面，他又清楚地意识到这种处境是迫不得已的，这种思想是不能持久、必然要被消灭的。所以他始终在矛盾中挣扎、困惑、自我斗争。

（二）狂人形象的悖论

狂人到底是狂还是不狂？学术界对此问题争论颇久，邵伯周对该问题进行过非常系统的梳理。新中国成立前，欧阳凡海认为狂人是"披着狂人外衣的新时代的觉醒者"；何于之认为狂人是"一个患有迫害狂之类的病者"；20世纪50年代，朱彤认为狂人是"一个有血有肉性格鲜明的战士""一个人道主义者，一个不愿意忍受奴辱命运挺身起来战斗的民主主义者";冯雪峰认为狂人是"一个反封建主义者";徐中玉认为,因为狂人反对旧传统"才被目为狂人,诬为狂人","所谓狂人,就不过是封建统治阶级心目中的称呼","不是狂人,是反封建志士";60 年代,陆耀东认为狂人是"本阶级的叛徒,时代的英雄,被折磨成了'狂人'",所以是"一个活生生的狂人";卜林扉认为"狂人并不是别人强加给他的名称,狂人确实是个狂人",他"受尽迫害而发了狂";70 年代末 80 年代初,张惠仁认为狂人是"一个时代的先觉,反封建战士的正面形象","五四时代的英雄人物",本质上就是鲁迅自己,是一个"拟狂化的、诗化的、象征化的形象";孙中田、宋学知认为,狂人既是迫害狂患者,又是反封建战士。严家炎认为:"顺着现实主义的路,读到的是一个疯子所说的话,顺着象征主义的路,读到的是最清醒的战士所说的具有反封建意识的真理。"严家炎的论点是对前几十年对狂人形象认识的总结,即从现实层面看,他是一个狂人;从象征层面看,他是一个反封建战士。在这之后,将狂人看做一个象征的艺术形象渐渐成为主流。邵伯周认为:"提出'象征'说,并从创作方法方面来解释《狂人日记》,才能找到回答'狂人'是一个什么形象的正确途径。这是《狂人日记》研究中的一项重要突破,是近年来思想解放运动的成果。"[①]

邵伯周的判断是比较准确的,在他之前的研究的主要缺陷是,研究者总是要用现实、科学的方法为狂人形象找一个现实依据,他们实际上没有摆脱这样一种思维定势——文学形象总是具有一个现实的底本。循这种研究思路,评论者会因为自己的阶级立场、观察角度、理解层次不同而得出不同的结论。更为严重的是,由于叙述者设置的隐含读者难于分清自己是正常人、病人还是医生,所以读者更难判断狂人是否正常。判断狂与不狂,依赖于接收主体的自我身份定位。大多数人都自动地站在"正常人"的角度看问题,用一个"正常人"的眼光审视狂人,从正常人的"理性"判断狂人在生理层面的"狂"或精神、理性层面的反封建性,所以得出的结论基本倾向于一致,跳不出二元对立的思维框架。

狂人形象是一个悖论。用细读法研究《狂人日记》得出的结论与上述

[①] 以上各点参见邵伯周《〈狂人日记〉研究三题》,邵伯周:《鲁迅思想与杂文艺术》,陕西人民出版社 1983 年版,第 195—203 页。

研究结论均不相同。首先，我们不用判断狂人是不是一个狂人。因为所有小说形象都可视为是虚构的，都是具有象征意义的，都是言非所指的，所以，狂人形象就仅仅是一个象征物。其次，我们不能站在某一个角度看问题，而是要把狂人作为一个整体形象分析，要分析这个富含象征意味的形象的多重意义。狂人形象是一个充满悖论、反讽、复义、张力的文学形象。我们的工作是从整体上指出狂人形象所表达出来的意义与效果，而不是纠缠于他的狂与不狂，因为这种争论毫无意义。

狂人既有逻辑又无逻辑；既疯狂又清醒；他的言论，从传统角度看怪异而不可理解，从新文化角度看深刻而清晰。这个悖论暗示了两种文化、两种理性、愚民与先驱相遇时交锋的必然性，是人类在进化过程中必然要面临的问题与挑战。

不仅如此，狂人是理性与非理性的悖论复合体；是逻辑与非逻辑的悖论复合体；是先驱与疯子的悖论复合体；是先觉者与叛徒的悖论复合体；是被吃者与吃人者的悖论复合体；是希望与绝望的悖论复合体；是启蒙者与被启蒙者的悖论复合体；是医生与病人的悖论复合体；是进化论中的"超人"与"动物"、与"人"的悖论复合体。狂人形象如此复杂，意在表明：新兴的文化与阶层具有全面反传统的内涵，而反传统过程的复杂程度还要远远大于反传统本身。

任何人在正常与疯狂的层面，都可以既是正常的，又是疯狂的，都具有两面性。人的构成方式是复杂的，并非只有清醒与疯狂这二元。普通人在二元对立的思维中，只会做二元判断，严格按照矛盾律和排中律的要求思考。例如，按照排中律，人们会认为一个人不是疯狂的，就是正常的，二者必居其一。依照矛盾律，人们会认为一个人不可能既是正常的，又是疯狂的。这种逻辑思维方式限制了我们对文学形象复杂性的理解，也限制了我们对人的本质复杂性的更深层面的认知。人的思维总是在逻辑中展开，这让我们的思维无法超越逻辑。如果引入一种新的逻辑观念，就会有助于我们反思西方形式逻辑的局限。

印度中观派哲学大师龙树所提出的一种"四句破"的哲学思维方式，颇能启发我们的思维。"四句破"又译"四句分别""四歧式""四句门"等。它打破了常规的"肯定—否定"的二元对立项，将其发展为四项：肯定、否定、复合肯定、复合否定。二元对立的命题是"正—反"，"四句破"的命题为"正—反—既正又反—非正非反"。例如《华严经》所举的精彩例子:"如来灭后有,如来灭后无,如来灭后亦有亦无,如来灭后非有非无。"如来灭后可能有四种状态,但最恰当的状态大约是"非有非无",根本就不能以有无论之,因而也就超越了有无。①

用"四句破"的思维方式理解狂人,就可以得到一个更为确切可信的说法。就"狂"与"醒"的状态而言,一个人也就存在四种可能的状态:醒—狂—亦醒亦狂—非醒非狂。把狂人看做"醒"或看做"狂"都是片面的,站在一个角度看为"醒",站在另一个角度看为"狂",这样看问题可说略胜一筹,观者多了一层变换角度的灵活性,但仍未超出二元对立看问题的常规。要更好地解释清楚狂人形象,必须用复合肯定与复合否定的思维方式。从复合肯定的角度看,狂人是既醒又狂,既狂又醒,醒即是狂,狂即是醒。因为狂,所以醒;因为醒,所以狂。在这个层面上看问题,狂人形象特征就会呈现得更为清楚:狂人的疯狂让他变得清醒,而变得清醒的同时也就显得疯狂。要看到这一点,我们必须对复合肯定再次进行否定,研究者视点站得更高,可以更深一层地认识到狂人的本质特征:非醒非狂。因为"既醒又狂"的认识仍然没有摆脱"醒"与"狂"的思维模式,所以"既醒又狂"的认知只有在更高的层次上才能分析得出,那就是"非醒非狂",我们根本就不能在"醒"与"狂"的层面谈论这个问题。

只有将观察者的视点降格在"醒"的层面,才知狂人之"狂";同理,只有当观察者的视点降格在"狂"的层面,才知狂人之"醒"。只有当视点超越了"醒"与"狂",达到复合否定"非醒非狂",才可以看到复合肯定"既醒又狂";只有当我们站在对复合否定的再否定"非非醒非非狂"的视点,才可悟到狂人是"非醒非狂"的。可惜的是,一般人都难以做到这一步,很多人都在"狂"与"醒"之间争论,少数人看到狂人有时为"醒",有时为"狂"。更少数人看到狂人"既醒又狂",鲜有人看到狂人的"非醒非狂"。

至此,我们已经取得了一个较高的视点,看到了狂人"非醒非狂"的特点,也就不会再陷入争论狂人是否疯狂的泥潭里,而是会在这一充满悖论的形象之中发掘更多的意义。狂人身上的每一处矛盾,都揭示了中国社

---

① 关于"四句破"的详细解释,可参见本书第十五讲。

会的矛盾，这些矛盾形成了中国社会发展的动力。

上文提到的理性与非理性、逻辑与混乱、先驱与叛徒、吃与被吃、希望与绝望、启蒙与被启蒙、医生与病人、人与动物的悖论，都遵循这一逻辑方式。我们应用复合肯定与复合否定的方式理解狂人身上的这些因素，得出如下结论：(1) 狂人"亦理性亦非理性"的，狂人"非理性亦非非理性"的。(2) 狂人"亦逻辑亦反逻辑"的，"反逻辑亦非反逻辑"的。(3) 狂人"既吃人又被吃"的，"非吃人者亦非被吃者"的。(4) 狂人"既希望又绝望"的，"既无希望又无绝望"的。(5) 狂人"既是启蒙者又是被启蒙者"的，狂人"既非启蒙者又非被启蒙者"的。(6) 狂人"既是医生又是病人"的，"既非医生又非病人"的。(7) 狂人"既是人又是动物"的，"既非人又非动物"的。

以最后一点而论，狂人首先发现人是由动物进化而来的，人身上多少保留了一些动物性。狂人不希望人与那些没有进化为人的动物为伍，不希望人仍然像动物那样残害同类，所以开始希望人改正吃人的毛病。他眼中的吃人者，更接近于动物。当狂人发现自己也吃过人时，就发现了自己其实是"亦人亦动物"的存在。因此，狂人就想到了一种更理想化的人的存在方式："既非动物又非人"的高级存在：真的人。"真的人"是尼采所说的"超人"，是一种超越了人的存在的人。尼采对"超人"的定义是"大地的意义"，是既非动物又非人的存在，是人类自己创造出来的超越人的存在。鲁迅对尼采的学说非常着迷，他在《狂人日记》中借用了尼采关于人与超人的观念。尼采认为，对于人类来说，猿猴是一个笑柄或是一个痛苦的耻辱；对于超人来说，人类也是一个笑柄或痛苦的耻辱。人类完成了由虫到人的过程，但是人身上的许多东西仍然是虫的，人类曾经是猿猴，但现在的人比任何一只猿猴都更像猿猴。人类在选择进化之路的过程中，有些向下堕落，退变为动物，而人类的理想应该是向上超越，完成人同动物与当下人类的彻底告别。因此，成为超人才是人类进化的应有方向，就是成为一种"既非动物又非人"的高级存在。

综上所述，《狂人日记》中的悖论，其呈现方式是复合肯定的方式，终极理想是复合否定的方式。复合否定是对悖论的否定，悖论的呈现是为了取得被否定的动力。复合肯定呈现了矛盾，但并不陷入矛盾的一方，从而摆脱常规理性或反理性的束缚。复合否定则超越矛盾，为创造新的价值观与新的世界奠定了基础。从这个意义上讲,《狂人日记》中的悖论的意义,就远远超越了简单的价值评判思维,我们就不用再在封建与反封建的思维套路中纠缠。否定是事物发展的动力,这一点已经不用讨论,但是否定的方式却需要策略:简单否定只能限制我们的思维空间,通过复合肯定呈现出矛盾双方,再通过复合否定为我们开辟新的空间,这才是中国文化发展的正确方向与可行策略。

(三)《狂人日记》中的其他悖论

除了上述两处明显的悖论外,《狂人日记》整个文本都充满了悖论。下面举几例予以说明。

例如第一节,狂人在一个有月亮的晚上突然觉得"精神分外爽快"。狂人自称已经有三十多年未见月亮,以前一直生活在白天。这个夜晚,突然见到月亮,就觉得以前的三十多年都在"发昏"。生活在白天是在"发昏",生活在夜晚就觉得"爽快"。以前的三十多年,并没觉得"发昏",一旦清醒过来,对"发昏"状态下的生活就感到格外害怕,以致赵家的狗看"我"两眼也就有了目的。所以,在以前的白天,"我"从未感到过害怕,而现在,"我"感到了害怕。怕和不怕,就有了矛盾。以前的"不知怕"其实是最可怕的,现在"怕"了,其实是"不怕"的开始。月光本无日光强烈,是朦胧而暗淡的,但是月光却照亮了狂人的世界,是使狂人清醒的诱因,日光虽然明亮,却使人发昏愚蠢。因而,在这个矛盾陈述的背后,隐藏着一个让人震惊的现实:这个世界是一个黑白颠倒的世界,"正常"世界的理性和逻辑,便应该来一个彻底的翻转。对世界的翻转性看法的产生,并非世界本身发生了翻转,而是因为观察者的视角发生了翻转。因此可以推断:这个世界是一个充满矛盾的世界,这个世界本身就是一个悖论性的存在。若要发现世界的悖论,不能依靠悖论自己显现出来,而是要依靠一双发现悖论的眼睛,依靠人的思维方式发生颠覆性改变,或者依赖人跳到传统思维方式之外。也就是说,让传统的思维方式不再可靠,是我们发现生活中潜藏的对立面的根本途径。有了颠覆性思维,才能有颠覆性的真理发现。

正是因为有了新的看世界的眼睛,狂人才发现日常生活表象之中,处处隐藏着杀机,处处有吃人的欲望与事实。一路上的人似乎都想吃"我",

小孩子的脸色也同赵贵翁的一样，他们也想吃我。在日常生活中，人与人之间是一种注视与被注视的关系，而"注视"本就包含了悖论的两面：关注与仇视。在传统理性中可能将其理解为关注，在狂人看来则可理解为仇视，至此，"看客"便被赋予了否定性内涵，这个否定性内涵的发现，依赖狂人反常规的思维方式。狂人联想起来，是因为二十年前踹了古久先生的陈年流水簿子（隐喻历史与传统）一脚。反传统是注视成为仇视的原因，因而狂人必将招致仍然生活在传统理性中的所有人的仇视。

另一个重要的悖论，按狂人的自述，是他在这种思维方式的指引下反复研究才发现的。这些想吃"我"的人的脸色，在什么时候都没有这么凶，哪怕是被知县打枷，被衙役占了妻子，娘老子被债主逼死。联想起几日来的所见所闻，才发现他们"话中全是毒，笑中全是刀"，即是说，这些人的语言与表情都充满了矛盾，然而只有狂人悟到了"话"与"笑"之悖论的另一方面。循着这一思路，狂人就发现了中国历史、文化的一个巨大的悖论：中国历史满页上都写着"仁义道德"，但字缝中满本都写着"吃人"。就是说，仁义道德实际上是一个悖论性的存在，一般人只看到它的正面而看不到它的反面，狂人发现了它的反面"吃人"。所谓"仁义道德"，从发出者角度看是收束个性、牺牲自我利益的利他行为规范；站在受益者角度看，就是扼杀个性、为利己而要求别人谦让牺牲的行为规范。但是，在传统理性逻辑中，人们定势地只站在发出者的角度看，将其视为一种高尚的品德，一旦转换视角，就会发现这是一种极其残忍的损害他人利益的规范。学会了变换角度看问题，许多看似天经地义的理论，便会遭到彻底的质疑与颠覆。比如对历史人物的评价，一翻脸就可说他是恶人。大哥教"我"做论，原谅坏人几句，就是"翻天妙手，与众不同"，历史掌握在少数人手中，让大众看到历史的哪一面，看到仁义道德的哪一面，都是由少数人决定的，多数人只能沦为被吃者，这就是历史的悖论。

《狂人日记》充满了这样的悖论，整部小说都在对悖论双方的另一面的发现中展开。后面写到的诸多情节，都循这一思路：医生是医人者与吃人者的悖论；大哥（亲人）是爱我者与吃我者的悖论；吃人者是凶残与怯弱的悖论；杀人方法是他杀与自杀的悖论；吃人的历史是传统教育与本性使然的悖论；辩护理由是强词夺理与蛮不讲理的悖论；生存状态是想吃人与怕被人吃的悖论；进化过程是人与动物的悖论；先驱者是清醒者与疯子的悖论；父母是养育者与吃子女者的悖论；连狂人自己也是被吃者与吃人者的悖论。总之，在传统文化的理性中，人们只看到悖论双方的一面，一旦我们有了超常规的思维，悖论双方的另一面就会清晰地展现在我们眼前。鲁迅常说，对中国文化，要从反面理解才可得其正解，就是这种思维方式的具体运用。

二 《狂人日记》中的反讽及其意义

上文说过，反讽是"语言与语境的矛盾造成的语义扭曲"，就是说矛盾不在语言内部，而是在语言与语境之间，语境压力造成语言的意义走向它的反面。

反讽与悖论之间并没有一条清晰的界限，许多语言或文学表述，若将矛盾双方合在一起看则是悖论，若从一方推导出另一方则是反讽。从这个意义上看，上文中提到的许多悖论都可看做反讽，因为悖论中矛盾的双方并不同时存在于文本。例如从狂人的"狂"推导出的"醒"，说他是狂人，实际上说他是最为清醒的人，就成了反讽。狂人不狂，特别是狂人自称狂人，是《狂人日记》中最大的反讽，因为读者自然而然地将狂人理解为清醒的战士，"狂人"的意义就走向了它的反面。这一反讽暗示了这样一条法则：凡是清醒的战士都有可能被视为狂人，现实中的狂人可能正是真理的拥有者。除了这个巨大的反讽外，《狂人日记》还有多处反讽，这些反讽使《狂人日记》的意义走向文本意义的反面。

(一) 小序作为整体反讽

小序模拟一个极为"正常"的叙述者，似乎是在交代下述"日记"的由来。但是，看似正常的叙述，却遭遇了"日记"与小序整体语境的压力而走向其意义的反面。当"日记"中狂人的价值观念得到读者的认可之后，所谓的正常世界的价值观即被彻底颠覆，一个业已被颠覆的世界中的人，却装扮着严肃的态度叙述"狂人"的事迹，他的这种叙述语气便不再被读者认可，其严肃性即被自己消解。在小序中，狂人否定了自己曾经的"狂"，同样，在日记的压力下，处于正常世界中的"余"则不得不否定自己的"正常"。这个反讽的意义在于让我们认识到，大多数人都还在自以为正常地思考与生活，自认为还有资格对狂人品头论足，却不知自己正是传统伦理道德、历史文化的奴隶。我们自认为处在一个逻辑分明、理性十足的状态之中，却没有意识到正是这种"认为"让我们至今仍然被传统吞噬。因为这个原因，《狂人日记》就显露出一种更为绝望的悲剧色彩，不仅狂人的反抗无效，而且这种无效性蔓延至社会的每一个角落，甚至蔓延到《狂人日记》的所有读者身上。只有读懂了小序的整体反讽效果，《狂人日记》的真正用意才能够得到理解。

（二）日记作为整体反讽

日记不但呈现为一个发现真理与真相的文本，而且自己消解自己，使其走向意义的反面。一方面，日记被狂人自称为"狂人日记"，是一次消解；另一方面，日记用了一种模拟的狂人狂语叙述，不时提醒读者这是一种非理性的疯言，这是二次消解。日记用叙述态度的极端、叙述者的偏执，以及叙述者事后的否定消解了它建构起来的价值与意义。这一反讽与它建构起来的价值与意义一道形成悖论，从而使日记既是一个反讽，又是一个悖论。

日记作为整体反讽，其用意在于提醒读者，一切对传统的反抗可能都是无效的，我们最多只能暂时性地看到它的真相，然而对于强大的传统我们是无能为力的。这一反讽鲜明地表现出《狂人日记》的绝望情绪。《狂人日记》的绝望情绪，在日记的最后一节呈现得最为清晰。"没有吃过人的孩子，或者还有？"从表面看，狂人似乎是想说，也许还有没有吃过人的孩子，也许还有没有吃人基因的孩子，也许还存在未受到封建教育毒害的孩子，但是句末的标点却表达了狂人的质疑，问号表明狂人彻底质疑了这种可能性。"救救孩子……"一句的省略号更是加深了怀疑和绝望情绪的程度，表达了一种绝望的呼吁。所以，日记结尾的绝望情绪表达加深了弥漫在整个日记部分的绝望情绪。日记部分看似一个清醒后的战士的批判与反抗，但是它又通过反讽的方式消解了反抗的可能。

虽然小序与日记都通过反讽的方式表达了意义的反面，都流露出极端绝望的情绪，但是这二者又在更高的层面形成了一个更高的反讽层。因为"正常"世界走向了它的反面，"疯狂"世界也走向了它的反面，所以我们就没有必要因为这二者的绝望而真正绝望。即是说，"正常"世界是绝望的,"疯狂"的世界也是绝望的,所以该世界整体都是绝望的。既然世界整体都是绝望的,所以我们就是有希望的。鲁迅在《复仇(其一)》中引用了裴多菲的话说明这个问题:绝望之为虚妄,正与希望相同。意思是说,因为绝望(希望不存在),所以绝望不存在。既然我们不存在希望也不存在绝望,所以也就没有必要绝望。这个逻辑类似于上文所说的"四句破"中的复合否定的状态:非希望亦非绝望。有了这个状态,自然也就不存在绝望与否的问题。既然不存在绝望,希望自然也就有了,希望在于对希望与绝望的复合否定之后的超越。这样,整个《狂人日记》就通过复合否定走向了意义的反面:因为世界彻底绝望,所以我们就有了希望。这样,《狂人日记》就有了更高层面的反讽效果,隐含作者的意图,正是在绝望中播下希望的种子。

  悖论与反讽是文学作品最显著的特征之一。任何文学文本都不是生活的实录,一个文本只要进入文学的框架,接收者就会按文学的程式去理解,就会在文本的自相矛盾处和文本与语境的矛盾处寻求意义的生长点。读者按此程式理解,作者也按此程式创造,文学就是作者与读者之间的一种契约关系,这种契约关系通过卡勒所说的"自然化"(或译"归化")的过程在一个社群中达成共识,从而形成费许所说的"阐释社群"。一个阐释社群遵循大致相同的阐释规则,从而使文学作品能够被理解。悖论与反讽属于一个大的阐释社群的契约关系,全世界的读者几乎都遵守这个规则。当我们面临悖论与反讽的时候,必须明确地识别它,并且让其"自然化"为我们把握文学作品意义的基本原则。

延伸阅读

  1. 吴虞:《吃人与礼教》,载《吴虞文录》,黄山书社 2008 年版,第 26 页。该文作于 1919 年 8 月,是早期评价《狂人日记》的最重要的文章。该文从《狂人日记》中狂人从字缝里面看到满本都写着"吃人"处引申开来,认为《狂人日记》把吃人的内容和仁义道德的表面看得清清楚楚,然后举了齐侯、易牙、汉高帝、臧洪和张巡的例子来说明"吃人的就是讲礼教的,讲礼教的就是吃人的"道理,这其实可以算是一篇读后感,然而它奠定了《狂人日记》的反封建主题研究的基础,后来的研究者很难突破这一研究范式。

2. 孙世强：《〈狂人日记〉分析》，载方万勤主编《中国现代文学名著选讲》，湖北教育出版社1985年版，第11页。该文的观点在20世纪80年代具有一定的代表性，认为狂人是思想的先驱者，精神界的战士，然而他是"一个得了精神病的精神界之战士"，是一个"被迫害致狂的思想先驱"，"在他身上兼有叛逆者和思想者的特点"。

3. 汤逸中：《深切的表现，特别的格式——〈狂人日记〉分析》，载钱谷融主编《中国现代文学作品选讲（修订本）》，华东师范大学出版社1988年版，第1页。该书是为全国自学考试编写的辅导教材，观点具有广泛的代表性和权威性。该文认为，《狂人日记》的思想价值，在于它把千百年来人们视为行为准则和规范的礼教道德与吃人联系起来，揭示了封建社会的历史真相。狂人既是一个真实的犯迫害狂症的精神病人，又是一个清醒的启蒙主义者，勇猛的反封建战士。小说的主要艺术成就是现实主义与象征主义的结合，用现实主义的方法塑造了一个真实的迫害狂症患者形象，用象征主义的方法塑造了一个清醒的反封建战士形象。

4. 王富仁：《〈狂人日记〉细读》，载《王富仁自选集》，广西师范大学出版社1999年版，第151页。该文首先分析了"狂人"意象，认为"狂人"是鲁迅主观想象的产物，不是现实主义作品中的人物形象，而是一个意象。然后重点分析了《狂人日记》的艺术结构与意义结构。王富仁认为《狂人日记》的白话文本也是有统一的发展脉络的，这个脉络是狂人从发病到痊愈以前的整个生病过程，其意义在于象征性地表现了中国现代的启蒙者在自己的文化环境中的孤立处境和痛苦的命运，表现了他们的思想成长过程和艰难的挣扎。然后，该文从"发疯（觉醒）""病情发展（认识深化）""寻求理解（进行启蒙）""失望、病愈（失望、被异化）"四个阶段对文本进行了逐节细读分析。最后谈"陌生化效果与高寒风格"，认为双关结构是《狂人日记》最鲜明的结构特色，小说是一个庞大的双关语系统。把对疯子的病理过程的描写看做小说的艺术结构，把精神叛逆者的思想历程的表现作为小说的意义结构，则可以看到二者是一个具有同构性的统一体，这种结构方式使《狂人日记》具有令人惊奇的陌生化效果，因为小说从一开始就把读者的视点推到了极高远的所在，使之对狂人的思想言行感到一种猝不及防的惊异。

5. 靳新来：《"人"与"兽"纠葛的世界——鲁迅〈狂人日记〉新

论》，载《文学评论》2007 年第 6 期。该文认为《狂人日记》创造了一个奇异的人兽纠葛的世界，因而《狂人日记》的主题除了反封建礼教的文化批判之外，还有对"中国人尚是食人民族"的哲学和人类学反思，带有强烈的现代主义色彩。

6. 许祖华：《道德理想——鲁迅〈狂人日记〉的未解之结》，载《鲁迅研究月刊》2007 年第 10 期。该文从《狂人日记》中狂人对"真的人"的呼唤入手，讨论了人的自然性与道德性的辩证关系，然后分析了鲁迅用新道德反对旧道德并最终失败的过程与原因，最终认为《狂人日记》反映了鲁迅道德理想重构的茫然。

思考题

1. 你还能从《狂人日记》中发现哪些悖论与反讽？请各举一例并说明。

2. 对狂人形象的描述与概括，有许多不同的观点，请至少查询十条有代表性的观点并概括之，分别指出这些观点的问题所在。

3. 你认为《狂人日记》还有哪些问题值得研究？

第二讲

《沉沦》中的个人、欲望与国家

在中国现代文学史上,郁达夫留下了两个轻易绕不开的话题。第一是关于五四新文化运动对"个人"的发现的经典论断,第二则是一开始饱受争议,至今仍然伴随着或明或暗的质疑的小说创作。前者以无可置疑而成为反复引述的定论,后者则因悬而未决而不断挑战着、刺激着我们而成为必须认真思索,并作出回答的问题。而《沉沦》则始终处在争议和质疑的旋涡中心,等待着我们一次又一次的阅读,一次又一次地思考与解答。

既然一边是毫无问题的"经典结论",一边是争议和质疑不断的"经典问题",这一次,我们就准备把两者结合起来,用郁达夫提出的"经典结论",阅读他表达自我的主观感受与情绪的自叙传小说《沉沦》,把这部小说理解为讲述个人如何按照自身的情感逻辑,重新建构个人与民族国家关系的故事。

一 "有问题"的经典

从审美欣赏的角度来看,《沉沦》确实很难成为一般意义上的文学经典。在语言层面上,它汉语、英语、德语夹杂,甚至是毫无必要地夹杂使用,影响了阅读和传播,给人以极端"不纯粹"的气闷感。小说的叙事技巧,也明显不够成熟,留下了草创期不可避免的历史痕迹。在第七章里,作者直接站出来,向读者解释日本女性的服饰穿着习惯,打乱了以全知视角观察、记录、解释主人公行动和内心世界的叙事节奏,就是一个例子。

以日常生活经验衡量,小说中的主人公"他",显然也不是一个值得肯定的正面人物。"他"性格孤僻，自卑和孤傲两种极端性格混杂在一起，使得他的行为和内心情绪大起大落，突兀古怪得不可理喻。在日常接触和交往中，"他"时时处处以自我的愿望和要求为中心，稍不如意就拂袖而去，与别人"断交"，在内心咬牙切齿地高喊"复仇，复仇"，令人不寒而栗。更有甚者，"他"明知道自己有忧郁症，明知道自己的心理和行为不正常，但还要有意识地沉浸在这种不正常的状态之中，享受这种不正常状态给自己带来的快感。在明知是自己的过错的情形下，"他"还要故意制造与自己长兄的对立，与之彻底决裂，"恨他的长兄竟同蛇蝎"，竭力把"长兄判决是一个恶人，他自家是一个善人。他又把自家的好处列举出来，把他所受的苦处夸大的细数起来"，以"证明得自家是一个世界上最苦的人"，自己所受的苦是正直善良的无辜者遭遇到的宗教般神圣的宿命之苦，让自己感觉到"悲苦的中间，也有无穷的甘味在那里"。为了永久地把自己的长兄树立成敌人，从而享受这种无辜者受苦的快感，"他"有意识地针对着"他"的长兄，把自己在大学里的专业从医科改为文科，作为"帮他永久敌视他长兄的一个手段"。

在与自身的关系，也就是在个人道德环节上，他也并非毫无瑕疵。他因为"N市是日本产美人的地方"而要求到N市的高等学校去求学，他对陌路相逢的两个日本女学生的毫无道理的愤怒和复仇感，以及他偷窥房东女儿洗浴的场面，以及最后与小酒馆侍女的接触，虽然都出自于正常的人性，也有可以理解的原因和根据，不至于因此而被判定为"一个最下等的人"，但也决不能反过来，称许为值得肯定的正常举动。

总而言之，无论从哪方面来说，《沉沦》都很难被看做审美意义上的文学经典。主人公"他"，也不是通常意义上的正常人，更不是正面英雄，而是一个不折不扣的、有着可以理解但却无法否认的严重心理问题的"有病者"。

而有意思的地方也就在这里：为什么不是别人，而是这样一个"有病者"喊出了对祖国热爱，发出了呼唤祖国强大的爱国主义感情？为什么我们会自觉不自觉地沿着这个"有病者"的情感逻辑，反复回到爱国主义这样一个现代文学母题上来？

二 "个人"的发现

正如我们所知,《沉沦》是郁达夫"自叙传小说"的代表作。这种小说的通常特征,是不注重外部环境描写的真实,而注重个人情感和体验的真实,注重描写人物内心世界的复杂性,带有强烈的个人化主观色彩。这也就是说,《沉沦》可能会在环境、情节、描写和人物塑造等方面存在着不真实,不自然的情况,但这种不真实和不自然,却又是从真实地表达作家的主观情感和体验的需要引发出来的。现实主义小说意义上的不真实、不自然,恰好是主观情感和体验的真实表达,体现了"自叙传小说"对真实的追求。突破日常经验,扭曲正常表达,冒犯常识和常规,挑战乃至冒犯我们的审美期待与心理承受能力的极限,正是为了凸显自我的独特存在,最大限度地表达个人的情感和经验的真实性。在这个意义上,郁达夫关于"个人"的发现的经典论断,实际上完全可以充当向导和钥匙,引领我们从"个人"的角度认识和理解《沉沦》。

郁达夫《〈中国新文学大系·散文二集〉导言》对五四新文化运动对"个人"之发现的论述,包含着互相关联的两个层面。第一,是"个人"如何打破传统文化秩序,颠倒自我与社会的关系而获得了独立存在:

> 五四运动的最大的成功,第一要算"个人"的发见。从前的人,是为君而存在,为道而存在,为父母而存在的,现在的人才晓得为自我而存在了。我若无何有乎君,道之不适于我者还算什么道,父母是我的父母;若没有我,则社会,国家,宗族等那里会有?

第二,是觉醒了的"个人"意识在文学创作领域的体现,"以这一种觉醒的思想为中心,更以打破了桎梏之后的文字为体用,现代的散文,就滋长起来了"。郁达夫指出:

> 现代的散文之最大特征,是每一个作家的每一篇散文里所表现的个性,比从前的任何散文都来得强。古人说,小说都带些自叙传的色彩的,因为从小说的作风里人物里可以见到作者自己的写照;但现代

的散文，却更是带自叙传的色彩了，我们只消把现代作家的散文集一翻，则这作家的世系，性格，嗜好，思想，信仰，以及生活习惯等等，无不活泼泼地显现在我们的眼前。这一种自叙传的色彩是什么呢，就是文学里所最可宝贵的个性的表现。[①]

现代文学的自叙传色彩，就是现代人最重视的个性的文学形式。自叙传色彩的追求，与"个人"的发现乃是同一回事。

回头来看，《沉沦》首先是一个关于主人公"他"如何不断逃离社会，不断逃离人群，逃离先"他"而在的社会文化秩序的规范而成为孤独的"个人"的故事。从情感上和场景上都让人难以接受的爱国主义结局，则是这个孤独的"个人"发自肺腑的真实的呼喊，体现了"个人"对新兴的现代民族国家的要求。正如颠倒自我与社会的关系，打破传统秩序不是目的，而是为了发现和肯定"个人"的独立存在一样，《沉沦》中的"他"之不断逃离外在社会秩序，同样也只是为了回过头来，按照赤裸裸的个人愿望重新建立自我与未来的"祖国"的现代性关联。

三 "逃离"中的坚守

我们先来看"他"如何"逃离"人群，逃离外在社会秩序这方面的问题。

小说第一章，写的是"他"想要把"自然风景"当做永恒的避难所，避开人世的纠纷而被"农人"打断的情形。第二章描写"他"有意避开周围同学以保持顾影自怜的孤独状态，但却因个人欲望的挫败而"伤心到极点"，进而生发出了非理性的"复仇"心理的情形。第三章则是倒过来，回顾"他"如何一次又一次地与周围的社会环境发生冲突，逃离黑暗不堪的国内社会生活秩序的历程。第四章写"他"从东京来到偏僻的 N 市，真正回到了纯朴自然"同中古时代一样"的乡野之间，成为名副其实的孤独的"个人"之后，却又因无力承受个人欲望的自然要求而陷入苦闷和自

[①] 郁达夫：《〈中国新文学大系·散文二集〉导言》，《郁达夫文集》第 6 卷，花城出版社 1991 年版，第 260 页。

我折磨,"他的自责心同恐惧心,竟一日也不使他安闲,他的忧郁症也从此厉害起来了"。第五章承续第四章而来,写以性欲为核心的个人欲望的对象性要求,如何导致他无法克制自己而偷窥房东女儿洗浴,以及因此而无力承受个人行为的后果,被迫再一次匆匆逃离。第六章里,"他"逃离到了一个近乎完全与世隔绝的,与中国传统诗人想象中的独立世界完全一致的"山上梅园",但却再一次因为偶然性欲经验而陷入苦闷。第七章写"他"决定按照以性欲为核心的个人欲望的驱动,彻底放纵和堕落,尝试明知道是罪恶却又无力拒绝的欲望快感。第八章则是"他"放纵自己的欲望之后,因无力承受这种放纵所带来的恐惧和自责而彻底逃离自我,逃入死亡的庇护,逃入现代民族国家,即逃入"祖国"的怀抱的故事。

无须任何理论和学说,凭借日常生活经验,我们也完全能断定:一个人与周围的社会环境,与所有人都格格不入,往往不是因为环境的丑恶和黑暗,而是因为他过分地执着于自己所认定的目标和方向,拒绝调整和改变自身的结果。《沉沦》的主人公从国内到国外,从东京到N市,最后到了濒临大海、再无地可逃的筑港,一次又一次地逃离周围的人群,甚至逃离自己的亲人,同样也是一种坚决而固执地持守着某种不可改变之物的结果。

也就是说,《沉沦》里的"他",实际上是以不断地逃离和拒绝的方式,体现了对某种生存状态的不可改变的追求和坚持。最后的蹈海自杀,实际上是这种追求所能达到的最高形式:宁可死,也决不放弃,决不妥协。

那么,"他"要追求的究竟是什么呢?"他"自杀前对祖国富强的断断续续的呼喊,当然是很重要的一环。但很显然,爱国,或者说对祖国富强的呼喊和期待,并不是全部。从时间顺序上看,"他"首先是在悔恨和自责情绪的驱动下产生了自杀的念头的。小说写得很清楚,他从酒醉后的放纵中醒过来后,愧疚、悔恨和自责情绪混合在一起,"不知是什么道理,他忽想跳入海里去死了"。在这种情形之下,"他"一面走向大海,走上自杀之路,一面"痛骂自己":

> 我怎么会走上那样的地方去的,我已经变了一个最下等的人了。悔也无及,悔也无及。我就在这里死了吧。我所求的爱情,大约是求

不到了。没有爱情的生涯,岂不同死灰一样么?唉,这干燥的生活,这干燥的生涯。世上的人又都在那里仇视我,欺侮我,连我自家的亲兄弟,自己的手足,都在那里挤我出去到这世界外去。我将何以为生,我又何必生存在这多苦的世界里呢!

从自叙传小说的情感逻辑,甚至从日常生活经验来看,一个人自杀之前首先想到的,往往是对他最重要的。最后才想到、才提及的,反而是次要的。这样来看,我们未尝不可以说"他"是因为追求不到理想的爱情,才蹈海自杀的?

问题显然不那么简单。我们自己在日常生活中,也往往很难把自己的愿望和想法条理清晰地概括个一二三。很多事情确实"不知是什么道理"。自叙传小说的魅力也就在于情感的跳跃、含混,甚至前后矛盾中展示出来的心理状态和情感体验的真实性,没有理由和根据而直接作用于读者心理反应的震撼力。因此,我们最好不要急着把《沉沦》里的"他"所要坚持和追求的东西归纳、概括为某种单一的概念或主义,而采用郁达夫本人的说法,含混一点称之为"个人"的独立存在,以便分析其复杂性。

四 风景与"个人"的发现

因为郁达夫被认为是浪漫派作家,20世纪30年代写过不少寄情山水的游记散文,小说第一章又写了主人公对"自然风景"的热爱和迷醉,《沉沦》因此很容易被认为是"他"追求某种客观存在之物而不可得的悲剧。而实际情况又是怎样的呢?我们还是仔细一点,看看"他"是怎样发现了"自然风景",在什么样的情形下感受到了"自然风景"的可亲可爱的。

郁达夫笔下的"他",是"一个人手里捧了本六寸长的Wordsworth的诗集","缓缓独步"走在原野上,进入我们的视野的。在这里,叙述者的重心显然是华兹华斯的诗集,"六寸长"这个旁观者很难一眼确定的精确数量词,以及因夹在汉语中间而格外醒目的英语名词"Wordsworth",充分表明了这一点。正如任何一个浪漫主义意义上的"自然人"都不是事实上的"自然人",而是接受了某种特定文化规训而成为相应文化语境中的"自然人"一样，《沉沦》里这个恭恭敬敬地捧着"六寸长的Wordsworth的诗集"的"他"，也不是赤裸裸的自然存在，而是预先经受了某种文化成规的洗礼和规训的"文化人"。具体说，是一个预先接受了欧洲浪漫主义文化成规的洗礼和规训的现代人，一个走在日本乡野上"黄苍未熟的稻田中间"的闯入者。所以毫不奇怪的是，"他"对四周的自然景物的第一声赞叹，既不是用汉语，也不是用日语，而是配合着"六寸长的Wordsworth的诗集"这个有些笨拙，也有些滑稽的道具，用英语喊出来的："Oh, you serene gossamer! you beautiful gossamer!"

接下来，除了过分夸张的从眼里涌出来的"两行清泪"属于"他"自己之外，我们的主人公观察的眼光，评价和感受"自然风景"的审美标准，实际上都是特定的文化成规赋予他的。这种文化成规决定了"他"眼中的"自然风景"的基本形态——或者说，决定了"自然风景"以什么样的形式和样态进入"他"的视野。我们来看一看小说对"他"眼中的"自然风景"的细腻表述：

> 呆呆的看了好久，他忽然觉得背上有一阵紫色的气息吹来，息索的一响，道旁的一枝小草竟把他的梦境打破了。他回转头来一看，那枝小草还是颠摇不已，一阵带着紫罗兰气息的和风，温微微的喷到他那苍白的脸上来。在这清和的早秋的世界里，在这澄清透明的以太（Ether）中，他的身体觉得同陶醉似的酥软起来。他好像是睡在慈母怀里的样子。他好像是梦到了桃花源里的样子。他好像是在南欧的海岸，躺在情人膝上，在那里贪午睡的样子。
>
> 他看看四边，觉得周围的草木，都在那里对他微笑。看看苍空，觉得悠久无穷的大自然，微微的在那里点头。一动也不动的向天看了一会，他觉得天空中有一群小天神，背上插着了翅膀，肩上挂着了弓箭，在那里跳舞。他觉得乐极了。

在一般人心目中，浪漫主义文学中的风景，就是忠实地描绘此前一直在那里，但却没有受到重视的大自然，展示"自然风景"本身的魅力，表达作家对大自然的热爱。《沉沦》里的"自然风景"也不例外。而事实上，这是一个彻头彻尾的错误。从开头的"一阵紫色的气息"，到最后的"一群小天神",实际上都不是自然存在的事实,而是"他"的主观想象之物,是作者郁达夫根据浪漫主义文学知识虚构出来的幻象。

一阵风,而且是从背后吹来的风,怎么可能被"看见"是"紫色的气息"?唯一合理的解释就是下文的"紫罗兰气息"。只有作者事先已经让"他"完全沉浸在了紫罗兰气息之中,才会本能地感到——准确地说,是不假思索地把从背后吹来的一阵风表述为"紫色的气息"。而我们知道,正如兰花、菊花、梅花之类的植物只有在中国传统文化与文学中才具有特殊意义一样,紫罗兰也只有在欧洲,尤其是西欧和南欧的文化与文学传统中,人们才会本能地将它与永恒的美、爱情、浪漫、高雅之类的品质联系起来,赋予它特殊的文化内涵。从植物史的角度来看,《沉沦》时代的日本乡野之间,确实只可能有"黄苍未熟的稻田",不可能开满了饱读欧洲19世纪以来的浪漫主义文学作品的郁达夫脑袋里才会有的紫罗兰花,更不可能弥漫着如此浓郁的紫罗兰气息。

无论是指代不明的"紫色的气息",还是接下来的明确的"紫罗兰气息",实际上都不是写实,不是如实描写当时的日本乡野"自然风景"的结果,而只能是郁达夫的虚构。虚构的直接根源极有可能是那本一直被"他"恭恭敬敬地捧在手上的"六寸长的 Wordsworth 的诗集"里的露丝组诗,那个被诗人描述为像幽谷里的紫罗兰一样的小露丝。明乎此,接下来的用带着括号的英语"Ether"来特别说明"以太",以区别于汉语的宇宙和永恒等语,也就不难理解了。随后,作者虽然插入了桃花源这个传统文学的典型符号,但并未改变这里的"自然风景"并非写实,而是主观虚构的性质。桃花源本身就是虚构之物,用虚构之物比喻另一个虚构之物,有如梦中说梦,实际上是作者进入了更为彻底的虚幻之境,更进一步沉浸在自己内心世界的标志。所以接下来,叙述者顺理成章地让"他"进入了梦乡,一个普通读者无法想象和琢磨,而只有长期浸淫在浪漫主义文学作品中的郁达夫才能想象和领略的更为虚幻的梦乡,"他好像是在南欧的海岸,躺在情人膝上,在那里贪午睡的样子"。

比喻的原初目的,乃是用我们熟悉的事物描绘和说明不熟悉的事物,让后者从不熟悉之物变成熟悉之物,从抽象之物变为具体之物,从不了解之物变成可理解之物。但在《沉沦》里,作者却是故意制造一个普通读者不熟悉不理解的,充满了异域色彩的幻象世界,而不是"忠实地"描写纯朴自然的日本乡野风貌。郁达夫最后通过"他"的眼睛看到的"背上插着了翅膀，肩上挂着了弓箭"的那"一群小天神"，对普通读者来说，至今仍然是一个难以想象其具体面目的世界。但在欧洲基督教文化内部，却是一个通过教堂壁画和儿童读物等日常途径，从小就深深地印在了一般人脑海中的景象。这再一次说明，郁达夫完全不是根据"自然风景"本身的事实性存在，而是根据他对欧洲文化的阅读与理解来想象"自然风景"，虚构成了《沉沦》里的"大自然"和"纯朴的乡间"世界的。

主人公"他"逃离人群，进入"纯朴乡间"的本质，并不是热爱"大自然"，并不是享受"自然风景"的优美，而是逃离事实世界而进入个人的内心世界，沉浸在个人想象出来的虚幻境界里。换句话说，"回到自然"的本质，实际上是"回到自我"。"风景"的发现，就是"个人"的发现。[①]

明乎此，则主人公在被他视之为朋友、慈母、情人的"大自然"里，居然不是享受或体会"自然风景"的趣味与魅力，而是反复吟哦品味华兹华斯（小说称"渭迟渥斯"）的诗篇，担心读完华氏的好诗之后，自己的"热望也就不得不消灭"，忧虑自己"没有好望，没有梦想了"该如何是好的古怪念头，就不难理解了。诗人真正忧虑的问题，其实是如何持续不断地沉浸在"个人"的孤独体验中，以此感受"个人"的存在。

在第四章里，叙述者实际上不得不站出来，揭示了"他"对"自然风景"叶公好龙的真实面目。当他来到 N 市，孤身一人住进人迹稀少的旅馆，面对"大自然"的事实性存在的时候，却又"害怕起来，几乎要哭出来了"，对都市的人山人海的热闹产生了强烈的留恋之情，"他对于都市的怀乡病（nostalgia），从未有比那一晚更甚的"。

五 以"我"为中心的"要"和"不要"

在古今中外的文学史和思想史上，都不乏以"返回自然"的方式追求个人的自由，在忘情山水中沉思冥想，感受和体验个人存在的例子。《沉

[①] ［日］柄谷行人：《风景之发现》，《日本现代文学的起源》，赵京华译，三联书店 2003 年版，第 15 页。

沦》中提到的桃花源的"发现"者陶渊明是一个，唐代的王维，以及众多山水诗作者，也都是我们熟悉的例子。甚至在古希腊时代，也不乏极力追求摆脱世俗事务的桎梏、在沉思冥想中体味自我价值的哲学流派。那么，郁达夫笔下的"他"，与我们熟悉的在忘情山水中沉思冥想、感受和体验个人存在的古人之间，究竟有什么区别呢？

最明显、最直观的事实是：前者追求的是宁静，是"忘我"，而"他"则是一个以自我为中心，随时随地要求以自我的感受和愿望支配一切，宰制一切的躁动不安的"个人"。郭沫若的《女神》创造了一个躁动不安的现代性之"我"，郁达夫以《沉沦》为代表的自叙传小说，同样创造了一个躁动不安的现代性的"个人"，把传统中国文学"静"的文化精神，扭转成了现代中国文学对"动"的关注和追求。

这一点集中表现在"他"与周围人，即自我与他者的关系上。

如前所述，《沉沦》中的"他"是以和周围社会环境格格不入的叛逆者和孤独者的形象贯穿整部小说的。因为和周围社会环境格格不入，所以"他"才从国内到国外，从东京到 N 市，一次又一次地逃离和避开他人，最终走到了逃无可逃、避无可避的海边，蹈海自尽。而叙述者也大致循着"他"的情感逻辑，把问题归罪于社会，把"他"塑造成了一个饱受丑恶和黑暗的迫害，不容于世俗社会的孤独者。在"怀才不遇"的士人文化传统和现代浪漫主义文化思潮的双重影响下，一般读者和研究者也都乐意自觉或不自觉地把"他"当做同情的对象来看待，甚至把自我的形象投射到"他"身上。《沉沦》当时在以青年学生为主体的读者中风行一时，创造社作家群被看做现代中国青年文化的创造者和引领者，根源就在这里。

但前面已经说过，这种"个人"不容于谁的被迫害和被挤压感，在很大程度上不是外在环境造成的，而是"他"有意识地追求和营造出来的心理氛围。明知是自己的过错，但仍然要以彻底决裂的方式，把自己的长兄树为敌人，把长兄当做对立面而把自己判定为"一个善人"，好让自己的眼泪"瀑布似的流下来"，以便享受善良的无辜者受迫害的心理幻觉，就是明显的例子。

非常容易和结尾处的爱国主义呼喊联系起来的，"他"作为中国人在日本遭受到的侮辱性歧视问题，也需要仔细分析。小说第二章写"他"在周围同学中的孤独感，这当然可以和当时弱小、落后的中国与正在崛起的日本帝国主义的文化心理联系起来，视为中国人——所谓的"支那人"——在日本普通民众中间的遭遇的一个缩影，进而把"他"可怕而强烈的"复仇"感，上升为正义的爱国感情。但稍加分析不难发现，叙述者强调的并不是周围的日本同学对作为中国人的"他"的歧视，而是"他"个人的心理问题。开篇第一句话，也是第一自然段，实际上就确定了这一章的基调：

> 他的忧郁症愈闹愈甚了。

接下来的内容，也是承接第一章关于"他"在"自然风景"中的孤独体验的描述而来，以对比的方式引入"他"在学校里，在稠人广众之中感受到的孤独的。在作者的叙述中，这种孤独的根源，仍然在于"他"的性格，而不是我们想象的日本人对来自落后弱小的中国的"他"的歧视。因为"他"总是"一个人锁了愁眉，舌根好像被千钧的巨石锤住的样子，兀的不作一声"，所以才有这样的结果："他也很希望他的同学来对他讲些闲话，然而他的同学却都自家管自家的去寻欢作乐去，一见了他那一副愁容，没有一个不抱头奔散的，因此他愈加怨他的同学了。"即便有不顾"他"的愁容，主动前来和"他"交流者，也因为"他"自身的原因而疏远了"他"。小说写道：

> 他的同学中的好事者，有时候也有人来向他说笑的，他心里虽然非常感激，想同那一个人谈几句知心的话，然而口中总说不出什么话来；所以有几个解他的意的人，也不得不同他疏远了。

"不得不"三个字，实际上已经把问题的根源说得再明白不过了。

作者在叙述"他"在周围人群中的孤独感的时候，实际上运用了双重视角。一方面是完全站在主人公的立场上，贴着"他"的思路和内心活动，真切地描述主人公的体验和内心世界。另一方面又以旁观者的身份对"他"的孤独处境及其成因进行了客观的分析和解释。套用王国维的说法，前者是"入乎其内"，深入而细腻地描述主人公的内心世界，后者"出乎其外"，审视被描写和被叙述着的"他"。把主人公的孤独和不幸归咎于日本人对作为弱国子民的"他"的侮辱与歧视的流行解释，乃是忽视了郁达夫旁观着、审视着自己笔下的人物，对"他"的一切进行着分析和解释的一面，站在患了严重精神疾病的"他"的立场上看待问题的结果，一种"有病的"眼光和思路。

我们看到，作者在审视和分析主人公的内心体验时，已经明白无误地点出了"他"的主观感受与实际上的事实世界之间的差别：

> 他的同学日本人在那里欢笑的时候，他总疑他们是在那里笑他，他就一霎时的红起脸来。他们在那里谈天的时候，若有偶然看他一眼的人，他又忽然红起脸来，以为他们是在那里讲他。他同他同学中间的距离，一天一天的远背起来。他的同学都以为他是爱孤独的人，所以谁也不敢来近他的身。

除了再一次强调造成其孤独境遇的原因主要在主人公自己之外，这段文字，实际上还揭示了"他"追求"孤独"，"爱孤独"的本来面目，有助于我们反过来理解"他"对待"自然风景"的态度。"他"之所以喜爱"自然风景"，乃是因为沉默无言的"自然风景"可以让"他"按照自己的愿望，根据自己的不同境遇，把想象的暴力随心所欲地施加，以满足自己的夸大妄想狂。"在万籁俱寂的瞬间，在天水相映的地方，他看看草木虫鱼，看看白云碧落，便觉得自家是一个孤高傲世的贤人，一个超然独立的隐者。有时在山中遇着一个农夫，他便把自己当作了 Zarathustra。"

当"他"循着同样的情感需要，把想象的暴力运用到人类身上，运用到"他"与周围日本同学的关系上时，问题就不一样了。他们的说笑，他们的眼光，他们的一举一动，都和"自然风景"完全相反。"自然风景"沉默无言地承受着"他"，满足着"他"。而"日本同学"则随时随地以一言一行刺激着"他"，一次又一次地打破"他"的夸大妄想狂，把"他"从自我意识的主观幻象中抛回到现实中来。"他"的在"稠人广众之中感得的这种孤独"，就是"他"不愿意从自己的夸大妄想狂症幻象中脱离出来，仍然固执地要把自己主观的想象暴力贯彻到底，施加到"日本同学"身上的结果。

"他"非理性的"复仇"感，就是个人的夸大妄想狂症幻象被现实打破，但却又不甘心放弃并走出个人主观幻象，拒绝承认和接受现实世界的真实性的产物。就是说，对日本人强烈而可怕的"复仇感"，根源并不是因为自己周围的日本同学有什么过错或者罪恶，而在于"他"自己的主观情绪，随着其心境和情绪的变化而生发出来的一种自我意识。小说写得很清楚，在因为"他"自己的眉头紧锁的愁容而导致周围的同学采取敬而远之的态度，纷纷抱头奔散之后，"他"在忍无可忍的孤独感的驱使下，发出了可怕的"复仇"的叫喊：

"他们都是日本人，他们都是我的仇敌，我总有一天来复仇，我总要复他们的仇。"

但在心情平静下来之后，"他"自己也知道得很清楚，问题的根源不在别人，不在外部社会环境，而在自己错误的要求和期待：

"他们都是日本人，他们对你当然是没有同情的，因为你想得到他们的同情，所以你怨他们，这岂不是你自家的错误么？"

如果说这里的描述和分析，还不足以把问题从"中国人与日本人"的错误理解拉回到"个人与他者"关系的维度上的话，我们不妨来看这样一个事实：在小说第五章中，当身份为中国人的同学不能如"他"所期待那样对待"他"的时候，我们的主人公同样生发出了强烈的"复仇"感。在这里，问题的根源仍然在"他"，在于"他"希望周围的人能够完全像"他"所期待的那样正确地理解"他"，同情"他"。但不幸的是，"他"预先的期待只是一种个人化的主观幻象，而不是根据真实的事实性世界生成、改变着的活生生的情感体验，以主观幻象来强行要求真实的事实性世界的结果，自然会招致挫败。在挫败之后"他"又拒绝承认现实，拒绝改变自己的复仇感：

他的几个中国同学，怎么也不能理解他的心理。他去寻访的时候，总想得些同情回来的，然而谈了几句之后，他又不得不自悔寻访错了。有时候讲得投机，他就任了一时的热意，把他的内外的生活都讲了出来，然而到了归途，他又自悔失言，心理的责备，倒反比不去访友的时候更加厉害。他的几个中国朋友，因此都说他是染了神经病了。他听了这话之后，对了那几个中国同学，也同对日本学生一样，起了一种复仇的心。

最终的结果是"他同他的几个同胞，竟宛然成了两家仇敌"。

很明显，恰如主人公在"大自然"里感受到的安适和自在与"自然风景"本身的客观实在性无关，而只与"他"自己的情感变化有关一样，"他"的复仇感一样地和对象的国籍、身份等社会属性毫无关系，而只与"他"的内心世界有关。正是从"他"想要以个人的主观幻象来强行要求他者的愿望中，而不是别的什么东西中，生长出了"他"对包括日本人、中国同胞，乃至自己的兄长在内的整个世界的复仇感。

正因为此，"他"搬到了几乎渺无人烟的梅园里，在"密来（Millet）的田园清画一般"的"自然风景"中获得了内心的宁静之后，才又会"不觉笑起自家的气量狭小起来"，以居高临下的态度，宣告了同世界的和解：

"饶赦了！饶赦了！你们世人得罪我的地方，我都饶赦了你们罢！来，你们来，都来同我讲和罢！"

一方面是非理性的可怕的复仇感，一方面是蔼然可亲的饶赦。两种相反的态度，实际上来自于一个共同的根源，那就是沉浸在自己的主观幻象之中，根据"个人"的主观愿望处置一切，要求一切的现代性个人主义立场。

这种以"个人"的主观感受和愿望为中心要求一切，宰制一切的态度，集中体现在下面这段话里：

"知识我也不要，名誉我也不要，我只要一个能安慰我体谅我的'心'。一副白热的心肠！从这一副心肠里生出来的同情！

从同情而来的爱情！

我所要求的就是爱情！

若有一个美人，能理解我的苦楚，她要我死，我也肯的。

若有一个妇人，无论她是美是丑，能真心真意的爱我，我也愿意为她死的。

我所要求的就是异性的爱情！"

在这里，主人公的"不要"和"只要"，实际上都是根据个人欲望作出的选择。"不要"是拒绝认同外在的社会伦理秩序，而"只要"则是追求个人欲望的贯彻和满足。"他"所要求的"从同情而来的爱情"，不过是个人欲望的复制品。异性在这里的唯一功能，就是无条件地赞同和印证其个人欲望的合法性，理解主人公的痛楚，并以母亲的身份安慰之。主人公"他"所要拒绝的，实际上不仅仅是日本人，而且是包括自己的兄长在内的一切人，一切与他的个人欲望相冲突的社会身份。

六 "个人"与现代"国家"的发现

毋庸任何一种理论和学说，凭着日常生活的基本经验和感受，我们都完全可以断定：这样一种完全以"个人"的欲望和感受要求一切，主宰一切的态度，必然归于失败。换言之，主人公避无可避，逃无可逃，最终蹈海自尽的结局，实际上是"他"时时处处以"个人"的愿望和要求主宰一切的生活态度自身所蕴含的必然结局。小说的悖论在于，主人公的自杀行为，在昭示这种生活态度必然处处碰壁的困境的同时，却又以生命为代价，将其书写成了一种永远不可更改、不愿放弃的价值立场。

我们看到，《沉沦》的主人公"他"其实不是因为外部社会环境的压迫，而是因为无法忍受自身欲望的折磨而走上绝路的。从东京转到 N 市之后，脱离了曾经令他感到不可忍受的人际环境，"学校开了课，他的朋友也渐渐儿的多起来"，外在社会环境的压迫，实际上就已经不存在了。小说写得很明白，在一个人独处一室，周围又充满了清闲雅淡的田园气息的新环境中，主人公的苦闷乃是"他的从始祖传来的苦闷"，即人类与生俱来的性欲的折磨。

人类作为一个物种的存在、繁衍和生长，天然地离不开性欲的驱动。性欲的本质特征在于它具有指向他者，在与他者的交互作用中实现人类的繁衍与持存的自然属性。质言之，性欲必须在背叛自身中实现自身，在指向他者中保持自我,这是人类作为动物种群的生存需要。人类作为动物种群持续存在的前提,就是性欲必然指向他者的增殖性和及物性。

正因为此,《沉沦》的主人公可以成功地把以"个人"为中心要求一切和支配一切的态度贯穿在几乎所有的领域,把包括长兄在内的所有人都视为仇敌。但在个人与自身,在个人和他与生俱来的性欲之间的关系环节上,却遭到了根本性的失败。在脱离了一切外在社会环境的监控,摆脱了一切束缚而真正成了"个人"的地方,人类的繁衍和持存所必需的性欲,以其天然的指向他者的增殖性和及物性,一次又一次地打破"个人"的控制,让主人公陷入了深深的恐惧和自责中。

一方面是把"个人"保持在自身限度之内,用"个人"的感觉和欲望要求一切,主宰一切的现代性立场,一方面是与生俱来的性欲必然指向他者的增殖性和及物性。冲突的结果是主人公被迫将"自我"分裂为二:一个是循着性欲的增殖性和及物性的支配,在被窝里自慰,对房东的女儿充满了不可遏制的性冲动,乃至最后和小旅馆的侍女厮混在一起的"我";一个则是站在现代性"个人"立场上,时时刻刻监视着前者,谴责这前者的"我"。在"个人"的监视和谴责下,自慰行为变成了"在被窝里犯的罪恶",对房东女儿的欲望才因为压抑而变成了窥视,进而变成了必须即刻彻底斩断的奇耻大辱,和小旅馆侍女一夜厮混,也才会成了自杀的导火索。

一直反复书写性欲对"个人"的压迫和折磨的郁达夫,并没有注意到弗洛伊德已经站在性欲的立场上,以性欲的增殖性和及物性消解了"个人"的神圣性,拉开了影响深远的反思现代性迷思的历史大幕,而仍然苦苦挣扎在"个人"不可改变的主体性立场和性欲必然要改变自身的在体性立场之间,让他笔下的主人公一次又一次地在苦闷和自责中陷入无法逃避的恐惧,最终把《沉沦》里的"他"赶进了大海。

正如"只要"的坚持和"不要"的拒绝都是现代新"个人"立场的标志一样,"他"无尽的恐惧和自责,同样也是想要把"个人"立场贯彻到底的标志。每次"在被窝里犯的罪恶"结束之后,"他"都会觉得自己的身体受到了严重的损坏,原本清新干净的自我已经因为受到玷污而毁灭了。无论是从文学隐喻,还是人类生存本体的立场来看,这种身体被毁灭的恐惧感,都是显而易见的"个人"被毁灭的恐惧。

人类作为动物种群的繁衍和持续存在离不开性欲，而性欲天然地指向他者的增殖性和及物性，又只有通过身体才能实现，通过"个人"的身体生长、成熟、毁灭的自然过程而实现。个体生命在性欲的天然驱动下，通过必不可少的性行为，进而通过"个人"身体的毁灭，承载和延续了种群的存在。在这个意义上，"个人"身体的自然归宿，就是在成熟中背叛自身，在毁灭自身中实现自身，而不可能永远保持在自身有限的时间和空间范围之内。《沉沦》主人公把原本应该指向他者的性行为逆转为自身对自身的反常行为所导致的身体被毁灭的恐惧，和"他"对性欲增殖性和及物性的恐惧实际上是一脉相承的，都是极力想把"个人"保持在自身范围内而不可得的结果。

同理，"他"无穷尽的自责，也是因为自己"本来应该"保持"个人"的独立和完整与事实上却又未能做到之间的冲突。"他"在事实上——这一事实基于人类的自然本性——不可能将一切保持在自身范围之内，保持在"个人"的控制和支配之下，但却又拒绝承认此一事实的正当性。而在形式上已经脱离和避开了周围的一切，成了孤独的"个人"的情形中，指向自身的反常性行为又失去了可能归罪的外部对象。于是，伴随着身体被毁灭的恐惧感而来的自责就成了"他"唯一的选择。

指向自身的反常性行为之后的犯罪感，身体被毁灭的恐惧感，以及随之而来的自责，都是主人公"他"否认"个人"不可能将一切置于自身的支配和控制之下——甚至连自己的身体也不能——这一基本的自然事实的正当性，坚决而毫不妥协地想贯彻其"个人"立场，从"个人"出发理解和要求一切，竭力要将世界纳入自身的支配和控制之下的结果。蹈海自杀，就是贯彻其"个人"立场的最高形式。自杀前的爱国主义呼喊，同样是其"个人"立场的极端表达。

如前所述，主人公想将一切置于"个人"控制和支配之下的愿望，实际上是在"他"成功地逃离和避开周围人群之后，在人类性欲必然指向他者的增殖性和及物性的作用下遭到失败的。但在"他"自杀前的呼喊中，问题却在不知不觉中发生了变化，"祖国"变成需要为我们的主人公之死担负责任的主体。

"祖国呀祖国！我的死是你害我的！

"你快富起来，强起来吧！"
"你还有许多儿女在那里受苦呢！"

联系"他"此前在日本同学中间因自己是中国人而如芒刺在背的感受，以及在回答小酒馆侍女"你府上是什么地方"的询问时如"站在断头台上"的心情来看，"他"对待祖国的态度，很显然地照样是以"个人"为中心的"只要"和"不要"式的选择。当"他"觉得需要隐藏自己"中国人"的身份时，祖国就成了唯恐避之不及的符号；当"他"觉得需要祖国的力量以实现"个人"的目标时，就把自己变成了呼唤祖国富强的爱国主义者。所以，"他"临死之前呼唤祖国和第二章里呼唤赤裸裸的"异性的爱情"，其实并没有任何区别。这里的祖国，一样是为了"个人"的需要而被召唤出来的，目的是以母亲的形象安慰"他"，承认"他"固执而任性的各种要求的正当性，帮助"他"实现自己的欲望和目标。

《沉沦》的现代意义也就体现在这里：对现代人来说，祖国不再是传统意义上的以种族和血缘纽带为基础互助互酬的生活共同体，而是独立的"个人"根据自己的意志和愿望，自由地结成的、以契约关系为纽带的社会组织，一件人为地构造出来的"人工制品"[①]。前者重视的是"个人"对共同体的责任和忠诚，后者重视的是社会组织在保障公民利益方面的责任。正是在这个现代性思想装置中，祖国在郁达夫笔下才变成了一种服务于"个人"的利益组织，应该为主人公的死亡承担责任的存在。

有必要再次强调的是，我们这里的"现代"或"现代性"，并不是简单的时间概念，而是思想类型。《沉沦》关于"个人"与国家关系的理解，因而也只是生活在现代的人们的一种主导性思想观念，而非全部。在中国现代文学史和思想史上，从传统的种族与血缘关系的角度理解国家，突出国家的神圣性，强调"个人"对国家无条件的责任与忠诚的思想，才是事实上占主导地位的"现代思想"。我们的目标是梳理《沉沦》如何在现代性的立场上理解"个人"与国家之间的关系，指出

[①] ［美］列奥·施特劳斯：《现代性的三次浪潮》，《苏格拉底问题与现代性》，彭磊、丁耘等译，华夏出版社2008年版，第38页。

另一种思想类型的可能性,至于两者之间价值高下等问题,那就是另一回事了。

延伸阅读

1. 有兴趣更进一步了解和阅读郁达夫的同学,可以阅读温儒敏主编的《郁达夫名作欣赏》(中国和平出版社1995年版)。该书系"名家析名著"丛书系列中比较有特色的一种,对郁达夫具有代表性的重要作品的主题、艺术特色等作了切实扼要的分析。

2. 张洁宇的《图本郁达夫传》(长春出版社2011年版)是史料线索比较清楚而可读性较强的一部作家传记,以图文并茂的形式,梳理了郁达夫的生平经历,有助于我们全面了解郁达夫的生活、思想和写作。

3. 王富仁的《创造社与中国现代社会的青年文化》(收入《灵魂的挣扎》,时代文艺出版社1993年版)一文,把包括郁达夫在内的创造社作家群的文化命名为"青年文化",以区别于传统中国的老年文化和同时期的文学研究会作家群的中年文化,以平实生动的语言深入论述了创造社作家群的现代性意义。该文一方面可以帮助我们理解郁达夫及其《沉沦》在当时的青年读者群中"洛阳纸贵"的文化根源,同时也有助于我们打开思路,把郁达夫和创造社作为一种特殊的文化思想类型来看待。

4. 对想要进一步钻研相关问题的同学来说,日本学者柄谷行人的《日本现代文学的起源》(赵京华译,三联书店2003年版)一书,对孤独的个人、风景、国家等问题在文学中的现代性起源做了深刻的探讨,可以帮助我们理解郁达夫和中国五四新文学的现代性问题。

思考题

1. 阅读梁启超的《少年中国说》和鲁迅的《摩罗诗力说》,比较郁达夫、梁启超、鲁迅三人在"个人"生存与国家兴盛关系问题上的相同点和不同点。

2. 从浪漫主义文化和文学思潮的角度比较一下《沉沦》的孤独体验和卢梭之间的异同。

3. 以女性的身份设想一下,你是否愿意接受《沉沦》主人公"他"的爱情?

第三讲

怎样解释概念化的小说
《缀网劳蛛》

一 什么是概念化的小说

纵观中国现当代文学史，概念化的小说数量不少，学会分析这种类型的小说是中国现当代小说研究人员的必修课程。概念化的小说是一个不确定的小说类型，在中国小说流变过程中并没有一个固定的模式，但是它们都遵从大致相同的创作套路。从广义的概念来看，凡是在创作的时候预先设定一个理念，再按照这个理念编撰一个故事以实现该理念的小说都可称做概念化的小说。从狭义的概念来看，除了上面的描述之外，概念化的小说还必须有较为固定的叙述程式。冯光廉在总结"文化大革命"期间的公式化、概念化小说体式的时候对该类型小说做了如下描述："总括而言是指小说结构方式、叙述方式的公式化和语言表达方式的概念化，包括文体风格的僵化与非个性化。"具体而言，其基本特征有五点："其一，这些小说都遵从统一的概念化的主题模式"，"以'主题先行'的反现实主义方法主观设定主题思想，然后将其作为不可更移的信条去处理任何题材。""其二，这些小说从统一的概念化的主题模式出发杜撰生活、编造情节，因此形成一种大致相同的固定的情节套路。""其三，这类小说对人物形象的塑造，完全遵循或深受所谓'三突出'原则的影响。""其四，这类小说的结构完全是依照其公式化的情节套路来组织，形成一种十分僵硬、机械的结构模式。""其五，这类小说完全套用的是一种政治说教式的叙述方式，其叙述者是一个纯粹的政治说教者。"①冯光廉的描述是针对"文化大革命"时期的小说所作的一种较为狭义的描述，而且概念化小说并不是始于"文化大革命"，而是更早。古代小说中已经有为数不少的道德说教类小说，晚清政治小说多数都是主题先行的概念化小说，茅盾的小说、左联初期的"普罗文学"，以至延安时期的许多小说，其实都有概念化的痕迹，有的小说完全从概念出发，人物形象苍白单调，完全是为实现某一概念而虚设的。事实上，任何类型的说教型小说，包括诸多程式化色彩很强的通俗小说，都可以算是广义上的概念化小说。为了讨论方便，本书给概念化小说下一个比较适中的定义以圈定范围：凡是预先设定某个理念然后进行创作，且在解释层面难于推导出与设定理念相反意义的小说，都可以称做概念化小说。换言之，概念化小说缺乏反讽性与悖论性，其解释主题清楚明白，难有歧义。从这个意义上讲，中国现当代小说史上有数量不菲的概念化小说，这种类型的小说有广阔的研究空间。

当我们面对一个概念化小说的时候，中心任务就不再是寻找其中的反讽或悖论，因为概念化小说尽量避免由之而生的歧义，它的中心目的是传达一个理念，讲明一个道理。对这样的小说，读者不能成为中心，因为一旦读者成为中心，就可能会消解作者的意图，也不可能达到一个达意的理解。对这种小说的解释，要尽可能通过文本还原叙述者的意图，而这意图往往是非常明显的，或者由叙述者的言论干预理解，或者通过人物之口进行转达。

许地山的《缀网劳蛛》是一篇典型的概念化小说，传达了非常强烈的说教信息，宗教的布道和说教，散布在如题记般的开篇诗和主人公尚洁的言论之中。若剔除这些说教，小说想通过情节表达的主题就很难被说明。说教言论反复出现的目的，就是要非常明显地传达出叙述者的意图，以免读者对该故事作出不符合叙述者本意的理解。因此，只要我们理解了这些说教性的文字，就可以理解该小说的目的和意义。

二 《缀网劳蛛》开篇诗到底说了什么

《缀网劳蛛》一开篇，就很突兀地呈上一首诗，让人似乎不知所云。

---

① 冯光廉：《中国近百年文学体式流变史》（上册），人民文学出版社1999年版，第249—254页。

写小说而以诗歌开头，是中国古代小说的常用手法。古代小说常用的体例有开篇诗和题回诗，其作用既是概括下文的主题思想，又起到引起注意和开启讲述的作用。由于已经形成成熟的套路，开篇诗往往都具有总括题旨的作用。循这一思路，仔细分析这首诗的意思，便可大致明白《缀网劳蛛》的创作意图。

"我像蜘蛛，
　　命运就是我的网。"
我把网结好，
还住在中央。

这是第一节，非常明白地告诉我们本小说要讨论什么问题。"我像蜘蛛"，用蜘蛛比喻人，"命运就是我的网"，用网比喻命运。就是说，小说打算用蜘蛛和网作为喻体，讨论人与命运的问题。"我把网结好，还住在中央"，意思是说命运都是我们自己创造的，同时我们又必须依赖自己创造的命运。命运笼罩着我们，我们离不开命运，命运是人自己创造的一个处所与依靠。

呀，我的网甚时节受了损伤！
这一坏，教我怎地生长？
生的巨灵说："补缀补缀罢，
这世间没有一个不破的网。"

这一节谈的是命运的挫折和对待挫折的态度。"这世间没有一个不破的网"说的是人对苦难应该有的基本态度，也就是说，苦难是命运中的常态，没有人会不经历苦难。当苦难与挫折来临的时候，我们唯一能做的就是对命运进行修复，或者尽己所能重新安排一个新的命运。

我再结网时，
　　要结在玳瑁梁栋
　　珠玑帘栊；

或结在断井颓垣
　　荒烟蔓草中呢？
生的巨灵按手在我头上说：
　　"自己选择去罢，
　　你所在的地方无不兴隆、亨通。"
虽然，我再结的网还是像从前那么脆弱，
　　敌不过外力冲撞；
我网底形式还要像从前那么整齐——
平行的丝连成八角、十二角的开头吗？
他把"生的万花筒"交给我，说：
"望里看罢，
　　你爱怎样，就结成怎样。"

这一节的主题是"选择"。因为命运都是自己亲手织得的，所以人在经历苦难之后就得再次选择自己的命运与人生方向。无论自己选择什么样的命运，对自己而言都意味着幸福。然而，无论自己选择什么样的命运，命运依然是脆弱的，仍然会有各种苦难。虽然如此，我们仍然要让自己的命运完整、完美，个人能做到的也就只是如此。我们在对命运进行选择的时候，会面临无数的选项，一切选项都是随机的，如"生的万花筒"般充满偶然性，然而最终命运会怎样完全是自己的选择。

　　呀，万花筒里等等的形状和颜色
　　　　仍与从前没有什么差别！
　　求你再把第二个给我，
　　　　我好谨慎地选择。
　　"咄咄！贪得而无智的小虫！
　　　　自而今回溯到濛鸿，
　　　　　　从没有人说过里面有个形式与前相同。
　　去罢，生的结构都由这几十颗'彩琉璃屑'幻成种种，
　　　　不必再看第二个生的万花筒。"

这一节讨论的主题是"异与同"。所有的命运都是相异的,又是相同的。世界上没有任何两个人的命运是完全相同的,一个人的不同阶段也不可能有一个相同的命运。然而,无论什么样的命运,其基本元素都一样,都是由快乐、苦难、追求、孤独、幸福、悲哀等基本成分构成,相异的人生只不过这些成分的多少和到来的顺序有差异罢了。命运有无常和恒常。恒常使生命单调,但保证了生命的统一;无常使生命充满偶然,但保证了生命的神秘与魅力。明白了这一点,我们就不会因为生命的单调而失去生的兴趣,也不会因为生命的偶然而不知所措。命运既是注定的,又是我们自己选择的;既是遍布灾难的,又是幸福的;既是不可控的,又是可控的。这样,我们对一切忽然到来的灾难就可以做到处变不惊,我们就可以拥有一颗对生命既充满敬畏又能泰然处之的平常之心。

至此,我们便明白了作者的用意所在,以诗开头,是要告诉我们,这篇小说将要涉及的中心是关于人生态度的问题,就是我们应该如何看待人生中可能出现的种种不可预料的变故。

三 "蜘蛛哲学"的内涵是什么

《缀网劳蛛》在开篇诗中已经把要谈的主要人生哲学讲清楚了,小说部分仅仅是对这一些观念的演绎。为了更清晰地呈现这些观念,小说又在结尾通过尚洁的一段感悟性说词再次陈述了一系列人生哲学观念。尚洁所说的人生哲学跟开篇诗所讲的很相似,但是这里说得更明白,更具体,也更丰富。这段说词是对开篇诗的呼应,也是了解蜘蛛哲学内涵的入口。

> 我像蜘蛛,命运就是我底网。蜘蛛把一切有毒无毒的昆虫吃入肚里,回头把网组织起来。它第一次放出来的游丝,不晓得要被风吹到多么远;可是等到粘着别的东西的时候;它底网便成了。

这段说词与开篇诗一样,把人比做蜘蛛,把命运比做网。蜘蛛吃"有毒无毒"的虫织网,是说人自己选择的命运之基础是他必然会遭遇的各种顺境和逆境,这些逆境与顺境就是我们命运的材质。既然苦难是命运的组成部分,那么还有什么可以抱怨的呢?虽然命运由我们亲手织得,但是命运却是偶然的,就如蜘蛛放出的第一根丝不知会被风吹到哪里一样。命运是偶然性与自己努力的相加,我们能做的,就是顺从偶然性的安排,尽力做自己可以做的事,命运就有部分掌握在我们自己的手中了。对命运之神而言,人是渺小的,我们根本没有办法决定自己会有怎样一个命运,但是我们却可以使这个偶然的命运有符合我们自己喜欢的形态,就如蜘蛛总是按自己的方式去织得这个网一样。

> 它不晓得那网什么时候会破,和怎样一个破法。一旦破了,它还暂时安安然然地藏起来;等有机会再结一个好的。

这一段说了三个观念。其一,命运必然有苦难,但是苦难什么时候到来,怎样到来,何种苦难到来都是未知的,所以苦难既是必然的,也是偶然的、不可知的。其二,当苦难到来的时候,要坦然接受之,静观其变,并且要恰当地保存自己。其三,当苦难过去,时机成熟的时候,要以积极的态度继续生活,重新选择开始自己的人生。

> 它的破网留在树梢上,还不失为一个网。太阳从上头照下来,把各条细丝映成七色;有时粘上些小水珠,更显得灿烂可爱。

本段主要说的是如何用审美的平常心看待苦难及被苦难破坏的命运。经历了苦难的命运仍然是命运,我们不能因为苦难而否定命运。换一个角度看,它也是美丽的,甚至可以说是幸福的。只要我们以超然的、有距离的眼光看待苦难,那么苦难也就是一种幸福与美。李商隐的名言"此情可待成追忆,只是当时已惘然",一切事情,当我们经历的时候它可能是痛苦的,令我们惘然的,但是一旦等它们变成回忆,就完全不一样了。一切埋藏在心底深处的东西,当时机成熟,"日暖"的时候,就会生出美丽的烟霞。痛苦与否,关键是看心态与时间。这一观念在许地山的另一篇小说《商人妇》中有更为清楚的说辞。《商人妇》通过多灾多难的惜官之口说了下面一段人生道理:"先生啊,人间一切的事情本来没有什么苦乐的分别:你造作时是苦,希望时是乐;临事时是苦,回想时是乐。我换一句话说:眼前所遇的都是困苦;过去、未来的回想和希望都是快乐。"痛苦转化成快乐，一是需要一个时间间隔，二是需要一种心态调整。

> 人和他底命运，又何尝不是这样？所有的网都是自己组织得来，或完或缺，只能听其自然罢了。

这一段是总体谈一种应有的人生态度。人的命运其实最终还是由自己掌握的，因为如何看待它完全取决于我们的心态，而且命运的安排都是由我们自己去完成的。但它是完整的，还是残缺的，又并不完全掌握在我们手中，我们不能左右，只能顺其自然。即是说，顺从自然，努力作为，顺势而为就是我们对待命运的应有态度。这种对待人生的态度，陈平原曾做过概括："承认局限，尽力而为，不计成败，乐在其中。"[①] 这一概括基本上把"蜘蛛哲学"的多数内涵概括进去了，而且是比较准确的。

《缀网劳蛛》通过开头与结尾的说教性诗歌与言词，奠定了说教性的概念基调，这就拒绝了对小说文本的其他解释。对小说的解释必须符合这些理念，散布在小说中的其他说教性言词也都为指向这些观念而设置，都是为了说明"蜘蛛哲学"的内涵。

四 《缀网劳蛛》表达了哪些宗教观念

上文所述的"蜘蛛哲学"是由诸多宗教观念综合而成的。许地山的主业是宗教研究，他的重要宗教观念有三：生本不乐；诸教沟通；宗教世俗化。第一点是他对诸多宗教观念综合提炼而成的，第二点是他研究多种宗教后的理想，第三点是他普及宗教观念的理想。正是因为许地山始终有将诸种宗教进行沟通的观念[②]，所以他提出的多种生命哲学也就是诸教精神的综合，目的是消除宗教间的隔阂与误解，减少纷争。许地山的许多演讲与论文，都是在各种不同的宗教中找出其共性，例如《宗教的妇女观》一

---

① 陈平原：《论苏曼殊、许地山小说的宗教色彩》，载《陈平原小说史论集》（上册），河北人民出版社 1997 年版，第 27 页。

② 许地山曾说："我信诸教主皆是人间大师，将来各宗教必能各阐真义，互相了解。宗教的仇视，多基于教派的不同，所以现在的急务，在谋诸宗教的沟通。"（许地山《宗教的生长与灭亡》，《东方杂志》1922 年第 19 卷第 10 期）

文，就是从各种不同的宗教对待妇女的相同态度来谈的。从尚洁的故事和"蜘蛛哲学"中，我们可以看到许多宗教观念，这些观念或属一个宗教的教义，或属数个宗教的教义。

(一) 苦难观念

许地山研究过多种宗教。结合各种宗教中的苦难意识与他本人的现实经历，他总结出"生本不乐"的哲学观念。他在《〈空山灵雨〉弁言》中说道："生本不乐，能够使人觉得稍微安适的，只有躺在床上那几小时，但要在那短促的时间中希冀极乐，也是不可能的事。""自入世以来，屡遭变难，四方流离，未尝宽怀就枕。"按这个叙述，"生本不乐"的认识，似乎来自许地山对人生际遇的认识。然而并非完全如此，这个认识还有其宗教来源。首先来自佛教的"多苦观"。佛教认为人有"四谛"，即苦谛、集谛、灭谛、道谛，佛教的基本教义是从"苦谛"入手的，四谛都是围绕苦谛展开的。集谛是苦的原因，灭谛是苦的消灭，道谛是灭苦的方法。所以苦是人生的基本状态，佛教把苦和消除苦的方法作为其教义的主要构成线索。不但佛教把苦看做人生的基本存在状态，基督教也是如此。基督教认为，人有原罪，亚当、夏娃触犯了上帝的约定，产生了人类，因而人类是罪恶的产物，受到上帝的诅咒而必须承受苦难，男人必须辛苦劳作，女人必须承受生产的痛苦，原罪是人类一切罪恶、灾难、痛苦和死亡的根源，因原罪人类才需要基督的救赎。

佛教与基督教都把苦难看作人与生俱来的属性，因而苦难是人存在的根本状态，许地山将其提炼为"生本不乐"的思想。在他的前期小说中，"生本不乐"的具体表现是：让人物承受各种各样的苦难，而人物又把这些苦难当做一种自然而然的经历予以接受。《缀网劳蛛》中的尚洁就经历了一系列苦难：她开始作为童养媳，生活在一个残暴的婆家。长孙可望将她救出，她成了他没有名分的妻子，后又遭受流言中伤。她对小偷施救，又遭长孙可望误解，并被刺伤，然后被赶出家门，独自在一个孤岛上生活四年。可望悔悟然而又离开了她，尚洁将再次面临几年的孤独。

让人物始终与苦难相伴，就是为了让读者明白"生本不乐"的道理：首先，要将苦难看做生命历程中的常态；其次，我们要有尚洁那样的对待苦难的态度才能保持内心的平静。《缀网劳蛛》告诉我们，只要有了一个用宗教的心态对待苦难的态度，苦难就不会把我们击倒。

（二）坦然与沉静

既然苦难是人生的常态，那么当我们面对苦难的时候就不能有不平之心，而且应做好随时遭遇苦难的准备。尚洁说："危险不是顾虑所能闪避的。后一小时的事情，我们也不敢说准知道，哪里能顾到三四个月、三两年那么长久呢？你能保我待一会不遇着危险，能保我今夜里睡得平安么？"也就是说，危险与苦难随时都有可能到来，唯有坦然面对，才能不为其所伤。遭流言中伤之后，尚洁坦然面对；被可望刺伤之后，她心态平和；被赶出家门之后，她坦然接受并独自去土华岛生活。只要有了坦然接受苦难的心态，就不会有所顾虑，况且顾虑并不能消除危险与苦难。没有顾虑，也就不会有所畏惧，"我们都是从渺茫中来，在渺茫中住，往渺茫中去。若是怕在这条云封雾锁的生命路程里走动，莫如止住你的脚步"。就是说，无论我们周围发生什么，无论我们的生命中有多少苦难，我们横竖都要往前走，顾虑与惧怕又有什么用呢？还不如坦然面对它。如果我们没有能力拒绝苦难，那么我们就应张开双臂欢迎它、拥抱它。

坦然是一种任其自然的"不为"，既有佛教的"彻悟"，又接近道家的"无为"，又有儒家的"入世"。"无为"只是在苦难来到之前无为，"有为"是苦难到来之后的作为。尚洁说："然而事情怎样来，我就怎样对付，毋须在事前预先谋定什么方法。"我们对苦难无能为力，然而当它到来之后却要积极对付，坦然只是我们对苦难和命运的一种态度，并不妨碍它到来之后我们的作为。因为坦然的心态之后有了作为的内涵，所以"蜘蛛哲学"既是对宗教的综合，又是对宗教的超越。

（三）命运

《缀网劳蛛》并不宣扬宿命论。尚洁一出场就说自己不信定命的说法，就是要与宿命论划清界限。与宿命论所依赖的决定论不同，"蜘蛛哲学"更加相信偶然性。从渺茫中来，在渺茫中住，往渺茫中去，是人的存在状态，一切都是未知的，哪里存在一个决定的命运呢？即使有注定的命运，对我们而言也是不可知的，因此，相信定命论就没有任何意义。

虽然我们可以认为不存在一个决定的命运，但是命运对我们而言又是存在的。我们对不可知的命运应采取什么态度呢？唯一的方法就是顺应。尚洁对突然袭来的命运挫折，都是采取顺应的态度，"事情怎样来，我就怎样对付"，除了上文说到的"无为"和"有为"，蜘蛛哲学还有一层意思就是"顺应"。这种思想既来自道家，又来自儒家。许地山认为顺应天道是中国儒道二家的共同智慧："我们或者可以说道家与儒家皆以顺应天道为生活的法则，所不同的在前者以地道为用，后者以人道为用而已。"[①]尚洁对命运的态度，符合儒道二家的思想。顺应天道，也就是顺应命运——对命运，我们既不可抗拒，又不可逃离。

（四）慈悲与博爱

佛教主张慈悲，基督教主张博爱众生。慈悲由两个义项组成：慈爱与悲悯，慈爱众生并给予其快乐为慈，怜悯众生并拔除其苦为悲，其基础是对众生的爱，因爱而怜悯才可叫做慈悲，博爱是慈悲的基础。墨子主张"兼爱"，《无量寿经》云："尊圣敬善，仁慈博爱"；韩愈《原道》云："博爱之谓仁"；《孝经》云："先王见教之可以化民也。是故先之以博爱，而民莫遗其亲。"可见，博爱既是中国古代智慧，又是佛教的思想。同时，博爱也是基督教的重要主张。《新约》的主要教义，就是宣扬基督的博爱，尽管在字面上看不到"博爱"二字。耶稣为钉杀他的人祈祷："父啊，赦免他们！因为他们所作的，他们不晓得。"《圣经》要求"要爱你的近人如己"。所以，墨家、佛教、儒家、基督教都是主张博爱的。

博爱要求爱的对象没有区分，要爱不同的人，既爱亲人，也爱敌人，爱佛教所说的"众生"。在《缀网劳蛛》中，尚洁对小偷的处理态度，就是博爱的体现。尚洁不但制止了仆人对小偷的鞭打，而且将其扶上自己的贵妃榻，亲自为其疗伤，说出这样的话："一个人走到做贼的地步是最可怜悯的"，"为何不从'他是苦难人'那方面体贴他呢？"尚洁用自己的行动阐释了慈悲与博爱。慈悲与博爱也是"蜘蛛哲学"的内涵之一。人像蜘蛛，就是说人人都是弱者，都是值得悲悯的，这个比喻本身就是一种立场。对命运而言，每个人都是承受苦难的弱者，因此对每个人都要有悲悯

---

① 许地山：《道家思想与道教》，载许地山《道教的历史》，北京工业大学出版社 2007 年版，第 198 页。

之心。

（五）超脱

超脱既是佛教的主张，又是道家的主张。佛教的色空观认为万物皆因缘而生，一切皆生于无，因此一切的"色"皆源自于"空"，空是根本，色是派生。"本来无一物，何处惹尘埃？"这是禅宗的解释，亦即万物本来从无中来，最终要到无中去，因而不必因暂时的存在束缚住自由的心灵。人生之苦也是这样得来的，人因有肉身的欲望，所以有受不尽的苦处，心灵为肉身之欲望所累。所以佛教主张禁欲，没有了欲望，人就摆脱了人间之苦。道家在这一点上的认识与佛教相同，主张超然物外，按照自己的自然本性生活，而不被世俗规范约束，"知足不争"，人方可获得精神上的自由。

尚洁的超脱，一是体现为对名的放弃，二是体现为对利的放弃。当她受到流言中伤时，不辩解、不澄清，对议论并不在意，是对名的超脱。当长孙可望要与她分开时，她认为财产是生活的赘瘤，放弃了一切财产，这是对利的超脱。当长孙可望要她再次回到家中的时候，她也不因为得到财产而喜悦。对名与利的淡然态度，就是超脱。

（六）感化

几乎所有宗教都主张通过感化的方式让信众得到灵魂的净化与救赎。感化的方式通常是修行。许地山认为，宗教的信众可以分为两种：一种是行者，一种是信者。行者的方式要求信众恪守戒律，严格按照宗教教义规范自己的言行。信者的方式并不要求信徒出家或受洗，只要有宗教的生活态度和行为就可以了。对宗教教义的理解与否并不在于读经的多少或是否恪守教条，而是要根据他们对生活的态度判断。许地山更赞成后者，认为宗教精神的推广并不是要人人成为行者，而是要让更多人成为信者。要让人成为信者，就要通过感化的方式。所谓感化，就是要通过现实生活中的言、行，让对方被宗教精神改变。"感"是接受外界信息，化是内在转化，被感化的对象接受一种宗教信息，内心的转化就是被感化。传教者基本上都相信自身的言行所给予的信息可以造成被感化对象的内心转化。

《缀网劳蛛》中的感化至少包括如下几个方面：其一，尚洁救助小偷的行动使小偷受到感化；其二，尚洁在土华岛传道，使岛上的渔民们受到感化；其三，牧师的言行和尚洁的态度使长孙可望受到感化，使可望认识到自己的错误而忏悔。《缀网劳蛛》通过这样几个感化的情节，试图使我们相信，只要我们按照宗教的态度生活，最终能够使哪怕最为愚顽的人得以改变。

（七）宽恕

佛教和基督教都主张宽恕。所谓宽恕，就是对别人的罪过无条件饶恕。宽恕与感化是并行的，只有先有宽恕，才可能感化对方。佛教反对冤冤相报，主张宽恕，所谓"放下屠刀，立地成佛"；儒家主张"忠恕"；基督教也主张宽恕。基督教的宽恕是要罪者担起责任，通过宽恕理解上主之善，进而理解生命的意义，找到真正的自己。宽恕的目的是使人认识到自己的罪孽，从而找回自己。耶稣宽恕钉死他的人，宽恕一切行恶者，其目的是救赎，所以基督教主张勿以恶抗恶，要能够原谅别人的错误，才可能对其进行感化的教育，最终使人得救。

《缀网劳蛛》中尚洁的宽恕精神至少有如下几点体现：第一，她从未追究过谣言的起因，是对造谣者的宽恕；第二，小偷到家偷东西，她叫仆人不要打他，反而为其疗伤，是对作恶的小偷的宽恕；第三，长孙可望不听解释，用小刀刺伤了她，她不追究其责任，并静静地退出这个家庭，是对丈夫的宽恕；第四，当长孙可望认识到错误让她回家的时候，她不提旧事，而是为长孙可望的改变感到高兴，又是一次彻底的宽恕。人都会犯错误，宗教的包容精神足以让一切错误有改正的机会，其核心就是要有宽恕精神。尚洁对人的宽恕，达到了使人感化从而得救的目的，流言自消，小偷有心向善，长孙可望改悔，岛上渔民成为信徒。

（八）信仰

宗教并不以理服人，而是要求人无条件地信仰它。《旧约》要求人信仰神，道理很简单，信神是因为神与人立下了约定，约定人必须敬神。只要敬神，就可得救，不然便会招致灾难。所以《旧约》中有许多神对人进行严厉惩罚的故事，这没有什么道理可讲，信仰不需要理由。佛教在信仰方面的规定要更人性化一些，它只是向人讲述信佛的好处和不信佛的坏处,用六道轮回的时间观念和因果报应的逻辑观念让人自己体悟为恶与为善的后果。佛教主张,只要佛在心中,不必强制修行。所以佛教对信仰的要求就更人性化、更随意。许地山的信仰观更倾向于佛教,认为宗教信仰不必拘于形式,信仰在人心中和行为中。

  尚洁的宗教精神,并不完全体现在她的布道般的言论之中,而是更多地体现在她的生活态度和行为之中。包括《缀网劳蛛》在内的许地山前期小说,总是少不了宗教的感悟和说词,可能是他怕读者不能理解主人公行为的宗教教义依据,他后期小说中的人物,再无这些宗教言论,但是人物的一举一动都符合宗教教义,这就是对宗教教义在小说中的自然化处理。信仰不是理论,而是教义的现实化。因此,《缀网劳蛛》中的宗教信仰,并不在于人物的言论符合宗教教义,而是在于人物的生活态度和行为符合宗教精神。

(九) 坚忍

  上述八条几乎都与常规认识上的宗教教义相关。但是《缀网劳蛛》并不完全是佛、道、基督三教的教义实现,它还包含了儒家的一些精神,例如博爱,就包含了儒家的仁爱。蜘蛛受难时的隐忍与坚持,也包含了儒家的坚忍。《论语》高度评价坚忍的意志:"岁寒,然后知松柏之后凋也。"儒家要求为人要有忍受困苦逆境的意志,坚持不懈的精神。孟子谈人的成功之道时说:"故天将降大任于斯人也,必先苦其心志,劳其筋骨,饿其体肤,空乏其身,行拂乱其所为,所以动心忍性,曾益其所不能。"安乐的环境使人懈怠,艰苦的环境使人坚强,人只有改变心性,拥有坚强的意志,才能成就一番事业。儒家所推崇的坚忍精神,历来为儒家文人学者所推崇,成为中华民族的精神营养。不仅儒家如此,佛教也是如此。佛教主张忍耐,《宝积经》《华严经》都提到"无生法忍"是忍的一大境界,《宝积经》二六注曰"无生法忍者,一切诸法无生无灭忍故",以此观世界,则世界无生无灭,无来无去,何种残害不平不可忍呢?佛教区分三种忍:"耐怨害忍""安受苦忍""谛察法忍"。"耐怨害忍"是对加于我的怨憎能安心忍之而无返报之心;"安受苦忍"是对世间众苦所逼而能安心忍受恬然不动;"谛察法忍"是最高境界,认识到诸法体性虚幻,本无生灭,因而洞察万物,心无妄动。"谛察法忍"就相当于无生法忍,佛教对忍的阐述的深度超过了儒家的坚忍，因为佛家的忍涵盖了儒家的"坚"。为什么呢？因为只有忍才能坚，有大忍则有大坚。忍耐看似弱，其实是悟空一切的坚。从这一点看，佛家的"忍"与道家的"以柔克刚"的思想更为接近，"不争"并非软弱，而是大智与大坚。《道德经》云："天下莫柔弱于水，而攻坚强者莫之能胜，以其无以易之。弱之胜强，柔之胜刚，天下莫不知，莫能行。"佛道二家对柔弱与刚强二者辩证统一看法趋于一致。

因此，将人比做蜘蛛，并不是要把人看做弱者，而是要让人在对命运了悟之后达天知命，成为生活的强者。所以陈平原说尚洁"表面看来是逆来顺受的弱者，实际上却是达天知命的强者"[①]。人是因"忍"而"坚"，忍是坚的前提和实现途径。佛家与道家的途径，实现了儒家所需的目的，三教于此通达。将人比做蜘蛛是一个理念，尚洁的不争与忍耐，实际上就是对忍与坚的辩证关系的最佳诠释。

上述各种宗教哲学道理，通过人物的生活历程一一揭示，一一阐释，实现了作者对宗教观念普及的目的。《缀网劳蛛》中的蜘蛛哲学，是一种综合了各种宗教教义的核心精神的人生哲学。这种哲学通过人物的言论和行为得以全面展示，整个故事都围绕这一哲学观念展开。

本讲的目的是训练概念化小说的解读与分析方法。对这类小说，弄明白叙述者的叙述目的是首要的。我们要善于从叙述者和人物的评论性话语中提炼叙述者的意图，而且要明白人物的行为和故事的情节都是为这些目的服务的。

延伸阅读

1. 林志仪、雷锐：《"蜘蛛哲学"的号筒　宗教精神的化身——读〈缀网劳蛛〉》，载林志仪、雷锐《许地山、郑振铎作品欣赏》，广西教育出版社1989年版，第69页。该文较为全面地介绍了蜘蛛哲学的内涵，认为"蜘蛛哲学"的实质是中国化了的佛教思想在20世纪西方文明撞击下的一个变种，是被五四思潮洗刷过，区别于战士和隐士两种形式的第三种知识

---

① 陈平原：《论苏曼殊、许地山小说的宗教色彩》，载《陈平原小说史论集》（上册），河北人民出版社1997年版，第27页。

分子矛盾心理的反映，不能用单纯的积极或消极来概括。作者塑造了一位能体现自己人生观的人物，其中包含了坚毅、容忍、冷静、顺其自然、内省等宗教或儒家精神，从表面看来，尚洁是个逆来顺受的弱者，实际上在她的冷静中透出一种乐天知命的强韧，她是一个戴着出世面具的入世者。

2. 陈平原：《论苏曼殊、许地山小说的宗教色彩》，载《陈平原小说史论集》（上册），河北人民出版社 1997 年版，第 1 页。该文是陈平原具有代表性的长篇论文之一，是对两位作家的合论，但是比较系统地梳理了苏曼殊与许地山两位宗教色彩极浓的小说家的宗教思想的发展历程与表现形态。该文认为这两位作家既是真诚的宗教信徒，又不是纯粹的宗教信徒，他们对宗教思想既有所接受，又有所扬弃，其原因既根源于个人的思想、气质、情趣，又深深地植根于社会历史的土壤，反映了 20 世纪东、西方文明大碰撞中中国知识分子心理结构的变迁。该文内容丰富，体系庞大，值得一读。

3. 刘俐俐：《我们今天如何读许地山的〈缀网劳蛛〉——许地山〈缀网劳蛛〉的文本分析》，载刘俐俐《中国现代经典短篇小说文本分析》，北京大学出版社 2006 年版。该文主要从《缀网劳蛛》的叙述结构、蛛网意象与宗教思想、传奇体与佛学气氛几方面论述许地山的文体特点。认为外在故事结构的转折、转化与人物内心始终平静如一形成反差是该小说艺术上的重要特点；用蜘蛛补网比喻人并赞赏人生态度的坚强，传达了一种积极坚忍的人生态度，通过文学意象传达了正面的价值意义；她进而据此判断，《缀网劳蛛》的文体属于"传奇体"。

思考题

1. "蜘蛛哲学"是怎样将各种宗教的教义糅合在一起的？
2. 为什么说尚洁是一个概念化的人物？
3. 你还读过哪些概念化的小说，以其中一篇作为对象进行分析。

第四讲

《竹林的故事》的潜在文本

　　潜在文本是文本中的文本,是包含在文本之内、隐藏在叙述之中、需要读者用逻辑思维重新组织起来的文本。潜在文本与诗歌分析中的"复义"概念类似。诗歌语言可以表达几种不同的意义,叙述文本也可以将几个可能存在的故事嵌在一个故事之中。发现潜在文本,就是发现包含在同一个文本中的几个文本,从而得出同一个故事的不同意义。小说的艺术张力正在于此。本讲以《竹林的故事》为例,说明发现潜在文本的方法。

　　《竹林的故事》是一篇写作手法很高明的小说,叙述者的意图被最大限度地隐藏了起来。要弄清楚该小说故事中的故事,非得有一番反复认真的阅读不可。

　　从文本层面看,小说的故事性不强,情节连贯性不强,整篇没有一个一以贯之的故事。故事性不强,是因为这篇小说无头无尾,呈现出一种开放性结构。三姑娘家庭情况交代不明,是无头;三姑娘后来的情况没有交代,是无尾;读者只能靠推测来了解故事的来龙去脉。文本可以按时间顺序分为三个部分:老程死前(12年前);老程死后不久(10年前至6年前);再过6年以后(今年)。这三个部分并不构成显在的因果联系。

　　小说的第一部分讲的是老程死前的故事。这一部分的叙述者是12年前在祠堂里念书的"我",用了限知和全知交替使用的视角。本部分的主要内容是交代一个普通农民家庭的日常生活。由于部分限知视角的使用,我们不能了解所有的故事,只能知道这一家人的部分情况。老程家很不幸,前头死了两个姑娘,现在只有一个女儿活着,叫做三姑娘,6岁左

第四讲 《竹林的故事》的潜在文本

右,很害羞且爱笑。她既懂事又活泼,经常陪爸爸打鱼。老程家很清贫。三姑娘很节约又很能干,知道帮爸爸保管喝酒的杯子,8岁的时候就能替妈妈洗衣服,但是这时老程已经去世了。限知视角叙述让我们无法知道这一家人更多的情况,例如三姑娘与妈妈之间的关系怎样?老程是怎么死的?老程死后母女俩的感受怎样?等等。

小说的第二部分突然跳到老程死后不久的时间,据文本首段的交代,应是在两年后,这时的三姑娘8岁。老程死后,母女俩勤俭持家,以种菜为生,家事兴旺,老程的死被慢慢淡忘。二月城里赛龙灯,村里其他女人都去看,任妈妈怎样劝,三姑娘总是不去。三姑娘不去,妈妈情绪低落,母女俩还因此小吵。母亲很失望,做梦似的回到屋内,这时,三姑娘已在家中打理第二天要卖的白菜,母亲也来帮忙。之后小说写到三姑娘的菜好,不浸水,很受欢迎。"我们"对三姑娘记忆深刻的,也就只有她卖菜这一件事。她很大方,不斤斤计较,"我们"感觉她很淑静圣洁。本部分仍然有许多没有交代清楚的部分,例如,三姑娘为什么不与堂嫂子们去看龙灯?三姑娘与妈妈的分歧到底在哪里?她们的关系到底怎样?三姑娘不出去,妈妈为何感到不自在?三姑娘在这个阶段有什么变化?等等。

小说的第三部分突然跳到六年之后。今年,"我"回家过清明,在坝上遇到三姑娘。另一个女人似乎在送她,三姑娘在前且走且回应。"我"只听到另一个女人说的话:"我的三姐,就有这样忙,端午中秋接不来,为得先人来了饭也不吃!"三姑娘在"我"面前低头走了过去。本部分仍然留下许多未交代的事情:故事的结局是怎样的?三姑娘怎样了?妈妈怎样了?现在三姑娘与妈妈的关系如何?等等。

根据小说几部分的时间交代,我们明确地知道:小说的第一部分讲的是三姑娘6岁时的事,第二部分讲的是三姑娘8—12岁之间的事,第三部分讲的是三姑娘18岁时候的事。三个部分分别对应三姑娘的童年时代、少女时代、少妇时代。处于这三个阶段的三姑娘表现出三种不同的性格特征。对造成三姑娘性格变化的原因进行一番考察,就可以发现叙述者的意图。

在考察过程中,我们可以根据不同的理解组织出几个不同的文本,这些被我们组织出来的文本,就是潜在文本。

一　乡村生活使人性变异的潜在文本

童年时代的三姑娘活泼好动、害羞爱笑、懂事持家。少女时代的三姑娘勤敏、操劳、淑静、大方、诚实，这时的三姑娘必须担负养家的重任，她根本没有时间去玩。少妇时代的三姑娘已经变成一个忙碌的妇女，连与亲人吃一顿饭的时间都没有。文本对少妇时代的三姑娘的性格没有充分交代，留下了一些让人不明白的地方，我们只有从她的忙和对她为何如此忙碌的原因的简单推测中，才能组织起叙述者的意图：小说讲述了一个农村女孩的成长史，讲述贫困的乡村生活如何让一个活泼好动的单纯女孩变成一个忙忙碌碌的妇人的故事，小说描述的是一个乡村生活使人生变异的悲剧。

从这个层面理解小说的意图，基于我们不对三姑娘的忙碌做深层次的原因推测，而只关注三姑娘人生发展的结果。一个农村姑娘，从活泼天真、无忧无虑，到勤俭持家、稳重但无趣，再到风尘仆仆、忙碌操劳，这正是一出农村女孩辛酸的成长史。那么，主导三姑娘变化的原因是什么呢？小说中也有非常明确的提示：生活的艰辛。童年时代，三姑娘因为有父亲作为家庭的经济支柱，所以她不用操心家里的经济事务，种菜打鱼自有老程负责。少女时代的三姑娘，老程死了，三姑娘便担起老程的责任。她种菜卖菜，负责菜的销售和家里的"外交"事务，说到底，三姑娘必须全身心投入挣钱养家的事务中，不得不牺牲一切娱乐活动。数年之后，当"我"再次碰见三姑娘的时候，她更加忙碌，连与嫂子们说话的时间都很少，"且走且回应"，饭也不吃。少女时代的三姑娘忙碌的生活状态惯性地延续到数年之后。忙碌、操劳已经成为她生活的常态，也许她已经承担了另外一个家庭的重担，她不得不如此忙碌。勤劳是中国女人的美德，但这也是一种无奈，因为她们不得不如此。

二　关于农村人情感关系的潜在文本

假若我们换一个角度观察，就会发现另外一个潜在的文本。这个文本反映了偏远的农村人情感的不完整、有缺陷，甚至有点麻木与冷漠。

童年时代的三姑娘,父母都很爱她。母亲为她求签,父亲为她买头绳。三姑娘与父亲共享天伦之乐,但是第一部分并没有写到三姑娘对母亲的回报。老程与妻子的关系好像也比较淡漠,一是因为小说未描写夫妻的恩爱;二是因为老程死后,虽然母女俩都有纪念老程的表现,但是老程家对老程的纪念行为并不多,只是系鞋的带子不用水红颜色的了。也就是说,在一种自然、自为的平凡生活中,人们的情感显得淡而冷,大喜大悲实在没有必要。与之相应的是,三姑娘对父亲的纪念行为就要多一些,例如她的鞋上就蒙了一层白布。

少女时代的三姑娘,情感被慢慢地磨平。家里事业兴旺起来,但随着时间流逝和生活压力的加重,她对亲人的纪念便很快淡漠。"老程的死却正相反,一天比一天淡漠起来","到后来青草铺平了一切,连曾经有个爸爸这件事实几乎也没有了"。伤痛因忙碌而被遗忘,亲情因生活压力大而被淡化。

三姑娘不随堂嫂子们去看龙灯,妈妈劝也劝不去,原因复杂。一是她忙着准备第二天要卖的菜,那就说明三姑娘因为忙而没有了风情。二是因为她不愿意让妈妈孤独一人待在家中,这就说明三姑娘很爱她的妈妈,但这就使三姑娘缺失了友情。三是她不愿意早出嫁,因为年轻女孩看龙灯意味着寻找对象,这也说明她不愿意过早出嫁离开妈妈,这使三姑娘缺失了爱情。四是她要在家里"守"着妈妈,"看守"妈妈,这就使三姑娘缺失了亲情与人情。不论是哪种情况,三姑娘都会有感情的缺失,生活中有许多的不完美,乡村人的情感存在缺憾。

三姑娘卖菜的表现,让年轻的小伙子们感受到她的淑静。当她走近"我们"时,"我们"的热闹便消灭下去了。买了她的菜付了钱,也使"我们"像犯了罪孽似的,觉得太对不起三姑娘了,这就意味着三姑娘与"我们"疏离。除了她的菜,我们似乎感觉不到她作为一个姑娘(女人)的存在。"我们"祝她碰到一个好姑爷,其实也包含了一种担忧,言外之意是她恐怕难得碰到一个好姑爷,因为"我们"就不愿成为"姑爷",大家对她敬而远之了。

今年清明"我"碰到三姑娘,她低头走过,碰见老熟人也不招呼,昔日卖菜时的热情也没有了,这是普通友情的缺失。她回到老家祭奠先人,"端午中秋接不来","饭也不吃",说明亲情缺失。三姑娘不吃饭有两种可能：一是她自己不愿意留下吃饭；二是留客的人虚情假意。不论哪种情况，都说明她与娘家人情感的疏远，亲人关系冷漠。

综上所述，《竹林的故事》包含了第二个潜在文本：小说通过三姑娘与父亲、母亲、堂嫂子、"我们"的关系，揭示了农村中人际关系的疏远与冷漠。它的第二个潜在文本仍然是一个悲剧故事。

三　女儿对母亲进行监视的潜在文本

小说中有一个关于早熟的女孩与母亲之间较量的故事。

童年时代的三姑娘已经表现出早熟的特点。"穷人的孩子早当家"，三姑娘在6岁的时候，已经开始学习持家之道：爸爸买的红头绳，她留到端午才扎，她过早懂得了如何节约；家里唯一的酒杯归三姑娘保管，说明她开始学习持家；她安排爸爸喝酒，自己吃豆腐干，说明她知道如何约束大人的行为。她用一种乖巧的行为，让大人自觉地规范自己的行为。

三姑娘的乖巧成熟，从6岁的时候开始，之后不断深化。三姑娘用一种"乖巧"的方式，给母亲不少的暗示。

在穿着打扮上，她与母亲有差异。母亲的打扮是："在平常，穿的衣服也都是青蓝大布，现在不过系鞋的带子也不用那水红颜色的罢了，所以并不显得十分异样。"三姑娘的打扮是："独有三姑娘的黑地绿花鞋是尖头蒙上一层白布，虽然更显得好看，却叫人见了也同三姑娘自己一样懒懒的没有话可说了。"

按照旧时的习俗，"父母死亡，儿子穿白长衫，披麻，腰系草绳，鞋蒙上白布或穿草鞋。夫亡，妻全身穿白，披麻，穿白鞋"。母亲并没有严格按照风俗戴孝，而三姑娘却认真地为父亲戴孝。这一方面暗示夫妻关系不如父女关系深，另一方面三姑娘的打扮也可以看做是给母亲的暗示。她似乎是在明明白白地提醒母亲：不要忘了父亲的死！还有一点，"叫人见了也同三姑娘自己一样懒懒的没有话可说"，透露了两个信息：一是三姑娘自己懒懒的没话可说，精神消沉；二是她的打扮和举止让人不易接近。三姑娘有意拒绝与他人做过多的交流，是一种有意识的自我封闭。她封闭了自己，同时也就封闭了母亲。这种"乖巧"很难说没有一定的目的。

父亲的死渐渐地淡漠了，但是三姑娘封闭的生活却成为一种习惯。正二月间城里赛龙灯,正是男人女人调情的好机会,但是对于去与不去,母女间存在着冲突。三姑娘对堂嫂子们的邀请"总是微笑的推辞,而妈妈则极力鼓励着她一路去"。

> 三姑娘送客到坝上,(妈妈)也跟着出来,看到底攀缠着走了不;然而别人的渐渐走得远了,自己的不还是影子一般的依在身边吗?
> 三姑娘的拒绝,本是很自然的,妈妈的神情反而有点莫明其妙了!用询问的眼光朝妈妈脸上一瞄,——却也正在瞄过来,于是又掉头望着嫂子们走去的方向:
> "有什么可看?成群打阵,好像是发了疯似的!"
> 这话本来想使妈妈热闹起来,而妈妈依然是无精打采沈着面孔。

三姑娘不去的原因是什么?前面分析了四种可能。但是妈妈的态度也值得推敲。上段文字没有说明三姑娘和母亲的所想,但是母亲的表情透露了一些信息:其一,"到底"一词表达了妈妈对三姑娘走出去的强烈愿望,"自己的不还是影子一般的依在身边吗?"反问句暗示三姑娘的存在成了母亲的负担。其二,"妈妈的神情反而有点莫明其妙了"。按常理,如果三姑娘是为了陪妈妈才留下来,或者是为了打理第二天的菜,妈妈的神情不应该是"莫明其妙",说明母女俩的心思不大一样,"反而"一词暗示妈妈表情很不自然。其三,妈妈"依然是无精打采沈着面孔"。妈妈精神很沮丧,说明三姑娘的做法让妈妈很不自在,三姑娘实际上是干扰了妈妈的自由。其四,三姑娘与母亲的冲突,并不完全是因为三姑娘与母亲相处融洽为对方着想的小冲突,而是因为她们有不同的想法。三姑娘与妈妈都没有挑明目的,但是各自心有所思,三姑娘的陪伴并不是妈妈所乐意的,但是妈妈又没有办法把想法说出来,她大概有难言之隐。

妈妈直接道出了对三姑娘心思的推测:

> 打破这静寂的终于还是妈妈:
> "阿三!我就是死了也不怕猫跳!你老这样守着我,到底……"
> 妈妈不作声,三姑娘抱歉似的不安,突然来了这埋怨,刚才的事

倒好像给一阵风赶跑了,增长了一番力气娇恼着:

"到底!这也什么到底不到底!我不喜欢玩!"

三姑娘同妈妈间的争吵,其原因都坐在自己的过于乖巧。

"死了也不怕猫跳。"按迷信的说法,猫从死人身上跳过会使尸体坐起来,或者变成僵尸走动。所以人死之后需要有人守灵。此语有两个含义供选:其一,妈妈不怕没有人为她守灵,意思是叫三姑娘不要担心自己老后没有人照顾,按这个理解,妈妈是希望三姑娘早点找个姑爷出嫁。其二,母亲不愿意三姑娘"守"着自己,因为自己行为端正,不会做任何伤风败俗的事情,叫三姑娘不要老是这样"守"着自己。"守"在这里有"看守"的意思。

无论三姑娘是为了保护母亲的名节,还是防止母亲的出轨,都说明封建思想的遗毒很深。三姑娘"过于乖巧",就是考虑过多,心思过多。

现在站在坝子上,眶子里的眼泪快要迸出来了,妈妈才不作声。这时节难为的是妈妈了,皱着眉头不转睛的望,而三姑娘老不抬头!待到点燃了案上的灯,才知道已经走进了茅屋,这其间的时刻竟是在梦中过去了。

三姑娘因"过于乖巧","眶子里的眼泪快要迸出来了"。意思是流眼泪也是乖巧的表现。"三姑娘老不抬头",大概是怕与妈妈对视。妈妈皱着眉头不转睛的望,有一种期待包含在其中,而三姑娘不抬头,是有意违背妈妈的意愿。这让妈妈神情恍惚,以至连进了茅屋也像是在梦中似的。

(今年清明,我远道回家过清明,碰巧遇上三姑娘)

从竹林上坝的小径,走来两个妇人,一个站住了,前面的一个且走且回应,而我即刻认定了是三姑娘!

"我的三姐,就有这样忙,端午中秋接不来,为得先人来了饭也不吃!"

再没有别的声息:三姑娘的鞋踏着沙土。

从称呼来看，说话的不是三姑娘的母亲。母亲没有来送三姑娘。送三姑娘的可能是"堂嫂子们"中的一个。"且走且回应"写出了三姑娘急于离开的心情。"端午中秋接不来"，足以说明三姑娘与母亲关系的疏离（如果母亲死了的话，就不存在端午中秋理应接过来的说法）。"为得先人来了饭也不吃"，说明三姑娘此行的目的是祭奠自己的父亲，"饭也不吃"进一步说明了与母亲关系的断裂（"先人"的意思是祖先，有时专指已死的父亲）。从结局看，三姑娘与母亲曾经的关系并非依恋的亲情关系，而是监督关系。

所以，第三个潜文本仍然是一个悲剧故事，它讲述了封建礼教观念对三姑娘思想的毒害。

在《竹林的故事》的显文本中，混杂了许多优美的风景描写和较为和谐的人际关系、民风民俗，呈现的是一个健康优美的环境和一个充满温馨亲情的故事。《竹林的故事》的潜在文本是几个悲剧故事。显在文本与潜在文本的冲突是一个反讽，使故事具有张力。

四 关于生命常态的潜在文本

再换一个角度看，我们可以把《竹林的故事》看做一个关于生命与时间的故事。小说中有两个重要的意象：一个是竹林，一个是水。小说一开始就提到一片竹林、一条河，这是一个暗示。所有关于竹林的叙述都与生命有关，所有关于水的叙述都与时间有关，因此，《竹林的故事》就是一个关于生命与时间的故事。

小说标题是"竹林的故事"，但是核心故事是关于三姑娘的故事。为什么小说标题不直接叫"三姑娘的故事"？只能说明叙述者别有意图。

小说的核心要素是人物、时间、情节，小说可以没有意象。竹林是个意象，竹林既不会活动，也不能推动情节发展。但是竹林与人物相映衬，就可以有隐喻的作用。竹林意象在小说中一共出现了五次：第一次是在开头，暗示小说是一个关于生命的故事。第二次是老程死后，埋在竹林边，坟边用竹竿吊着些纸幡残片。生命在此消逝，但是肉体重新化为竹林，暗示生命依赖竹林延续，人与自然本为一体，逝者已去，生者照样生活不息。第三次是母女俩在竹子园里种菜，竹林一天天绿得可爱，暗示生活充满生机，生命并不因为一个人的死而停顿，老程的死也被慢慢遗忘。第四次是三姑娘拒绝了堂嫂子们的邀请后，站在河边，"竹林里也同平常一样，雀子在奏他们的晚歌，然而对于听惯了的人只能够增加静寂"。意思是生命本就是非常平常的事情，欢乐与痛苦对人而言都只是暂时的，沉静地面对生命才是常态。而"我"所见的卖菜的三姑娘，穿着竹布单衣，"颜色淡得同月色一般"，俨然与竹林化为一体，暗示生命的苍白与平静。第五次是今年清明回家，在竹林附近碰到三姑娘。"远远望见竹林，我的记忆又好像一塘春水，被微微吹起波皱了。"暗示竹林依然给人以生命的想象，竹林依然生机勃勃，人生的波澜与记忆的波澜相互映衬。从竹林中走出来的三姑娘，与竹林融为一体，人与自然合为一体，生命依然平静地继续，与自然的生生不息一样。因此，"我急于要走过竹林看看"，暗示"我"想探寻生命的奥秘。

与水相关的情节都与时间流逝相关。有竹林没有水，生命便没有了变化，有水没有竹林，生命便没有了生机。水与竹林相互说明，不可或缺。

小说关于"水"的意象一共出现了四次。第一次是在开头，水与竹林意象一样，是一个引入。第二次是老程打鱼，三姑娘观看的时候，"霪雨之后，河里满河山水"，"水涨了，搓衣的石头沉在河底"，流水潺潺，滔滔的水流卷起白沫。这一段对水的描写，水流孕育着生机，象征生命的高潮与欢乐、激情与兴奋。第三次出现在三姑娘拒绝堂嫂子们的邀请之后，这时"河里没有水，平沙一片"，象征生命的低潮与干涸、伤痛与平庸。第四次出现在小说结尾，"我"回家碰到三姑娘，虽然我急于走过竹林看看，"然而也暂时面对流水，让三姑娘低头过去"。这时的河水，没有被描绘，但是一个"流"字，道出了河水的平静与流动，象征生命的不断流逝与平静的常态。

竹林与水，是变与不变的结合。竹林不变，但是水却在变。竹林具有韧性，水具有变化性，生命就是韧性与变化性的结合。韧性赋予生命以动力，变化性赋予生命以趣味。《竹林的故事》中的这个潜在文本，阐释了一种关于生命的哲学认知：生命之树之所以常青，是因为生命内存的坚韧；生命之所以可爱，是因为生命的变化让我们永远不知未来将会如何。生命的变故可能会让人产生喜怒哀乐等各种情感反应，但却总能因为内在的坚韧而生生不息。一切变故都是生命的常态与规律，人完全没有必要因为变故而忧伤。佛教"空"的理念得到了极为形象的阐释与演绎。

因为竹林与水的意象的加入，《竹林的故事》就不再只是一个关于三姑娘的简单故事，它就实实在在地成了"竹林"的故事。"竹林"的故事，就是关于生命的故事。人成为生命的一个承载，竹林成为一个象征。因为这个缘故，《竹林的故事》的文本就不再是一个单纯的叙述文本，它也是一个象征的文本。

五 《竹林的故事》为何被看做一个诗化的文本

如前所述，《竹林的故事》的一个潜在文本可以被看做是一个象征的文本。一个象征的文本是否就一定会成为一个诗化的文本呢？未必尽然。许多象征的文本并不会被看做诗化的文本，例如《狂人日记》，大多数人都认为狂人是一个象征，但大多数人都不认为《狂人日记》是一个诗化的文本。是否诗化，并不仅仅取决于文本是否具有象征性。

一个文本是否被看做具有诗性，主要取决于接收者是否把该文本纳入诗歌的阅读程式。所谓"诗化"，就是读者愿意将文本"部分纳入"诗歌的阅读程式之中。诗歌的阅读程式是文学史和文化史固定下来的一系列对诗歌的期待。读者对诗歌的期待有哪些呢？

美国文学理论家卡勒认为，对诗歌的期待有四种：节律期待、非指称化期待、整体化期待、意义期待。简单地讲，节律化期待指的是对诗歌的节奏、旋律等声音元素的期待。非指称化期待指的是期待诗歌语言打破日常语言的能指与所指关系，具有暗示性。整体化期待指的是期待诗歌是一个自足的整体，能够提供一个完整的意义。意义期待指的是期待诗歌尽管打破语言能指与所指之间的固定关系，仍然能够产生一个新的意义。任何反常规的语言组合之所以可能产生一个新的意义，是因为我们把它纳入一个有意义的程式中去理解。意义期待创造了理解诗歌的元语言。

卡勒的意思是，只要一个文本通过某种方式声明自己是诗歌，就会强迫人们对它产生这四种期待，读者就会自动把这个文本纳入诗歌的阅读程式。以《竹林的故事》为例，假如作者声称自己写的是一首诗，或者有相当大一部分评论家认为《竹林的故事》是诗化的，读者就会被强迫按照诗歌的一些理解方式对之进行阐释，就会找到相当多的证据去证明它具有诗的特点。

但这并不是绝对的，如果一个文本根本上就不具有诗歌的特点，无论作者如何宣称自己作的是诗，读者也不会买账。所以，文本只能通过自身标注自己的文体。之所以有人愿意把《竹林的故事》看做诗化的文本，乃是因为《竹林的故事》有些特征符合诗歌的阅读程式。

（一）节律期待：断裂形成节奏，起伏形成旋律

连续性太强的情节和语言均不能带来节奏感，节奏必然断裂。《竹林的故事》之所以有节奏感，是因为文本的断裂和语言的断裂。从文本的整体布局看，该文本断裂为三个部分，文本有断裂，每个部分又因人物命运的变化而有不一样的紧张感，从而使文本在整体上带有节奏感。从语言方面看，小说采用短句的形式，语言具有节奏感。从旋律上看，介绍三姑娘的文字算是一个引子，三姑娘与老程的生活场景算是一个高潮，三姑娘与母亲的平淡生活是一个展开，与母亲的争吵是又一个小高潮，三姑娘卖菜的场景是延伸，结尾的我碰见三姑娘的场景是一个交代，但是留下余音。从情绪上看，小说有一个波折和起伏，形成旋律感。从细部处理看，小说的景物与人物形成映衬关系，一段故事间一段景物，这就形成了叙事过程中的张与弛，紧与松，造成节奏感。

（二）非指称化期待：故事意义的引申与隐喻

《竹林的故事》的标题就给人一种暗示，这不是一个关于人的故事，而是一个关于景的故事，而景是不会有什么故事的，所以景就是一个隐喻。小说的标题暗示这是一个象征的文本，读者就会按这种暗示，用一种隐喻的程式阅读小说。因为小说故意淡化了情节，抹去了情节之间的自然关联，所以就会逼迫读者在情节之外重新构筑情节，给断裂的文本一个合理的解释。读者的解释离开文本，按照文学作品的阅读程式，读者就会认为故事本身并不是意义所在，意义在故事之外，因此，《竹林的故事》就必然会有一个文本之外的意义。文本的种种暗示让人产生对文本的非指称化期待，从而使之具有较为新鲜的意义。

(三) 整体性期待：空白填充与结局补足

因为《竹林的故事》留下许多空白，而且结尾并没有一个明确的人物结局说明，所以文本间的关联和人物的结局就全靠读者来补充。这种强迫性使小说的阅读程式转向诗歌的阅读程式，因为诗歌虽然有一个完整的意义，却往往没有一个完整的结构，部分与部分之间的关联全靠读者在期待推动下组合。太多的空白、片断化的场面、断续的对话，都必须靠读者重组与补充，这就使小说的完整性必须依赖诗歌的阅读程式。既然我们用诗歌的阅读程式阅读，自然容易使人认为该文本是一个诗化的文本。事实上，"诗化"并非作者有意为之，而是读者被迫将文本进行"诗化"的处理。

(四) 意义期待：相信语言有深意

《竹林的故事》努力营造了这样一种氛围：从各个层面看，这个故事都富有深意。读完小说之后，无论我们是否获得意义，如果我们确信故事告诉了我们某些说不清楚的意义，那么我们就是在按诗的程式阅读，或是按照文学的程式阅读。还有，如果我们相信许多语言都有言外之意，那么我们也是在按诗的程式阅读。例如当我们读到"锣鼓喧天，惊不了她母子两个，正如惊不了栖在竹林的雀子"的时候，除了比喻的形象性之外，语言本身也带给我们另外的想象。竹林的鸟雀，本来是容易受到惊吓的，但是却用来比喻三姑娘母子的不易受到惊吓。这是一个悖论，表面看来是矛盾的，因此我们相信它有言外之意。竹林里的雀子，之所以"不惊"，是因为它们不懂锣鼓的意味，它们与大自然一样，同人间的喜乐有一个间隔。三姑娘母女，因为与自然融为一体，所以就阻断了人间的喜乐。这个比喻既说明了三姑娘与母亲的生活状态，又说明了她们的心境，又在人与自然之间建立了一种无法阻断的联系。自然成了人化的自然，人成了自然化的人，人的生活因此而得到了超越。

综上所述，《竹林的故事》的文本结构和语言特点均可支持读者对诗歌的期待，因此读者可以按诗歌的程式阅读，这是一种互动关系。对它是一个诗化的文本的判断因此得到了文本的支持。

本讲的目的是掌握发现潜在文本的方法，就是要在文本的空隙、空白处寻找逻辑关联，组建一个完整的、沉在文本之下的文本。任何文本都有一个底本，但文本不可能做到对底本的完全叙述。读者看到的是文本，想到的是底本，并且可以根据底本建构一个不违背文本且有文本依据的述本。文本解释是二度创造。细读法主张，二度创造不可脱离文本依据，相反要依赖文本，建构一个文本意图。

延伸阅读

1. 周作人：《〈竹林的故事〉序》。在这篇序言里，周作人谈了他对废名小说的总体风格印象及评价。周作人认为，废名小说的主要风格是"平淡朴讷"，他的小说并不描写大悲剧大喜剧，只是平凡人的平凡生活，但这却正是现实。文学不是实录，而是一个梦，但是梦却离不开现实作为材料。另外，他认为废名的超凡之处在于他的著作具有独立精神。

2. 党秀臣：《竹林的故事》，载李继凯主编《三名文品：现代文学卷》，陕西人民教育出版社1999年版。该文认为，阅读《竹林的故事》，就如观赏一幅山水画卷。老程一家的生活异常艰辛，作者却用淡笔描述，体现了作者素朴、简练的写作特色，受到了中国诗词的影响。而三姑娘不去看龙灯，是对冷酷、无情的社会本质的深刻揭示，作者采用的是衬托的手法。因此，景色越美，就越能与三姑娘的悲剧结局形成对比，具有震慑力与教育启示意义。

3. 温儒敏、陈庆元主编《中国语文（简编本）》之《竹林的故事阅读提示》，北京大学出版社2009年版。该文认为，《竹林的故事》写了一些生活琐事，但其中漂浮着某种诗意和牧歌情调，应用读诗的心态读该小说，该小说将人与自然和谐融会，有一种天人合一的味道。该文还认为，废名开启了后来的沈从文、汪曾祺等小说的创作路数。

4. 王毅：《三姑娘：制作的美丽》，载王毅著《文本的秘密》，华中科技大学出版社2009年版。该文认为，阅读惯性让读者觉得《竹林的故事》中美丽风景的描述的用意在于用来展开故事和故事中的人物，竹林的高洁象征三姑娘的清纯，然而这种阅读立场遮蔽了许多小说中很明显的东西。论者通过《边城》中的翠翠为陪祖父而放弃看划龙船的情节与三姑娘为陪妈妈而放弃看赛龙灯情节的对比后反问，为什么他们不可以一起去看？翠翠和三姑娘不同，翠翠不能，是因为要守船；三姑娘妈妈不能去，是因为寡妇不能抛头露面，废名因而给出了一个合乎制度的解释。论者进一步指责，母女俩并非因为父亲去世而相依为命，真正的原因在于叙述者的男性眼光，"我"总是采取男性的眼光规约着三姑娘的言行，使之符合安分守己的女性美的形象。在"我"与三姑娘的交往过程中，"我"总是流露出这样一种意识：女人们应由男人来决定，正如三姑娘妈妈的生活得由三姑娘的爸爸来规定一样。因此，三姑娘形象既说不上自然，也说不上美丽，她身上附着了太多中原文化对女性认识的历史积淀。

5. 邵金锋：《告诉你一个你不熟悉的三姑娘》，载《宜宾学院学报》2002年第1期。该文认为，三姑娘的性格在父亲去世前后发生了极大程度的断裂，父亲的死使三姑娘迅速地成熟了，她出嫁前为死去的父亲看守着母亲，当她不能继续做下去的时候则在情感上与母亲成了永久的断裂。

6. 贺仲明：《自然生命观下的美与悲》，载《名作欣赏》2010年第5期。该文认为，《竹林的故事》主要传达的是一种自然生命观，它主要通过美和悲的形式表现出来。美是《竹林的故事》最显著的特征，但是它表达的并不是欢快热闹的"牧歌式的青春气象"，而是人生的悲凉感。作品中的哀愁与美的特质融合在一起，共同传达出一种关于生命的悲凉感。但是美与悲并不是作品的思想主题，它们都统一于自然之下，共同承担着以自然为中心的生命态度的主题。

思考题

1. 你还能从《竹林的故事》中发现哪些潜在文本？请用文本加以解释说明。
2. 你怎样看待"延伸阅读"中的观点冲突？

第五讲

蛮荒着的美丽与现代了的阐释

在相当长的一段时间里,沈从文经受着误解和冷落。误解和冷落的最高形式虽然是20世纪40年代末期那场简单粗暴的政治批判,但却不能因此反过来,一口咬定是简单粗暴的政治批判造成了这种误解和冷落。早在其文学生涯如日中天的1936年,沈从文就火气十足地抱怨"目前多数读者"说,"我作品能够在市场上流行,实际上近于买椟还珠,你们能欣赏我故事的清新,照例那作品背后蕴藏的热情却忽略了,你们能欣赏我文字的朴实,照例那作品背后隐伏的悲痛也忽略了"[1]。在沈从文研究已经热闹得近乎喧嚣的今天,一般人津津乐道的,不也照样是沈氏小说中的优美与清新吗?他的名作《边城》,不也照样被僵化在"优美的湘西世界"里,被种种匪夷所思的奇谈怪论包围在误解的热闹之中吗?《边城》的优美背后所隐含着的悲痛,不也照样被风景化,甚至消费化了吗?

鉴于已经有了太多匪夷所思的奇谈怪论,以及大多数读者都已经对《边城》有了相当的了解和固定的印象,我们这里就不再谈《边城》的一二三,而只关心这样一个问题:如何理解小说里的美和悲剧?

一 湘西与沈从文的"湘西世界"

通行的文学史教材都会从题材的角度,把沈从文的小说划分为批判现代都市文明和歌颂优美的"湘西世界"两大板块。从全面概括和梳理基本

---

[1] 沈从文:《习作选集代序》,《沈从文全集》第9卷,北岳文艺出版社2002年版,第4页。

史实的需要来看，这种划分当然是有意义的，但就理解沈从文而言，一个"湘西世界"就足够了。"湘西世界"凝聚了"乡下人"沈从文的热情与理想，蕴含着他对人性和人类命运的完整理解。理解沈从文，理解《边城》里隐伏着的悲痛，因而必须从外围入手，从理解"湘西世界"开始。

沈从文的相关作品，尤其是《湘行散记》《湘西》和《从文自传》三部散文集告诉我们，真实的"湘西世界"绝非生活中的"世外桃源"。恰好相反，这是一个"怕人的地方"。生活的贫穷，统治者的残暴，普通人愚昧而无可奈何的命运……凡是我们所能想到的"旧中国"的一切，这里都不缺乏。而且，似乎比别的地方更严重一些。

与此同时，沈从文也决非浅俗者所想象的那样对苦难视而不见，闭目沉浸在自己臆造出来的"审美世界"里。他曾经在辰溪煤矿工人向大成一家的真实境遇面前感叹说：

> 读书人的同情，专家的调查，对这种人有什么用？若不能在调查和同情以外有一个"办法"，这种人总永远用血和泪在同样情形中打发日子。地狱俨然就是为他们而设的。他们的生活，正说明"生命"在无知与穷困包围中必然的种种。[1]

沈从文之所以要离开他终生魂牵梦萦的"湘西世界"，到别的什么地方学些"不明白的问题"，看些听些"耳目一新的世界"[2]，就是因为想要在事实中的"湘西世界"之外，寻找一种新的合理的生活。就此而言，沈从文的文学抱负，与当年想要"走异路，逃异地，去寻求别样的人们"[3]的鲁迅并没有什么两样。

不同的是，沈从文并不认为生活在这种悲惨境遇中的普通民众应该为此负责。他始终对自己笔下的人物，对普通人的生存和命运怀着无限的同情和"不可言说的温爱"[4]。在他看来，普通民众只是命运的承受者，而

---

[1] 沈从文：《辰溪的煤》，《沈从文全集》第 11 卷，北岳文艺出版社 2002 年版，第 381 页。
[2] 沈从文：《从文自传》，《沈从文全集》第 13 卷，北岳文艺出版社 2002 年版，第 364 页。
[3] 鲁迅：《呐喊·自序》，《鲁迅全集》第 1 卷，人民文学出版社 2005 年版，第 437 页。
[4] 沈从文：《〈边城〉题记》，《沈从文全集》第 8 卷，北岳文艺出版社 2002 年版，第 57 页。

非这种命运的根源。不遗余力地赞美湘西普通民众,歌颂他们的诚实、勇敢、热情等高贵品质,是沈从文始终不变的基调和主题。"由于边地的风俗淳朴,便是作妓女,也永远那么浑厚","常常较之知羞耻的城市中人还更可信任",《边城》这句很容易引来误解和争议的话,既体现了作家沈从文的勇气,也表达了他对湘西普通民众的最高赞美。

但,既然这个地方的普通民众无一不像小说通过主人公翠翠之口所歌唱的那样,"既诚实,又年青,又身无疾病","大人会喝酒,会作事,会睡觉","孩子能长大,能耐饥,能耐冷",而整个湘西,却又有无休止的内战、官府的横征暴敛、鸦片的毒害等外在力量的压迫,"失去了原来的质朴,勤俭,和平,正直","为历史所带走向一个不可知的命运"[①],无可奈何地"向堕落与灭亡大路走去"时,问题就出来了,"这责任应当归谁?"[②]沈从文终生面对和思索的,就是这个问题。

很显然,沈从文既非当年左翼文人所批判的"无灵魂"作家,更不是今天的无聊文人眼中的"纯文学"工作者。沈从文之为沈从文,就在于他不像天真的左翼革命作家那样,相信社会制度的变革可以决定一切,认定只要通过暴力革命推翻了旧制度,建立一个公正合理的社会新秩序和新制度,就能够解决湘西的问题,解决我们这个民族的问题。沈从文实际上一直坚持着五四时期鲁迅"改造国民性"的文学启蒙传统,在"人性"和"生命"两个关键词的范围思索这个问题。对他来说,问题不在于改变外在社会境遇,把"这些人"安置到一个新的秩序和制度之中,而在于如何改变"这些人"的生活态度:

> 我们用什么方法,就可以使这些人心中感觉一种"惶恐",且放弃过去对自然和平的态度,重新来一股劲儿,用划龙船的精神活下去?这些人在娱乐上的狂热,就证明这种狂热使他们还配在世界上占据一片土地,活得更愉快更长久一些。不过有什么办法,可以改造这

---

① 沈从文:《〈边城〉题记》,《沈从文全集》第 8 卷,北岳文艺出版社 2002 年版,第 59 页。

② 沈从文:《辰河小船上的水手》,《沈从文全集》第 11 卷,北岳文艺出版社 2002 年版,第 275—276 页。

些人狂热到一件新的竞争方面去？①

沈从文这里所说的"这些人"，指的是遵循自然的寒暑交替，按照自然的习惯生活的普通湘西民众。所谓参与"新的竞争"，则是指参与以支配和征服自然的态度生活，正"改变历史，创造历史"的另外一批人所主导的生存竞争。这两种对待自然的态度，通常被误认为是中国人和西方人之间的区别性特征，沈从文这里的意思，也因而被解读为中国和西方之间的生存竞争。而事实上，西方也和中国一样，存在着传统和现代之间的转换问题。所以确切地说，这是古代性生活态度与现代性生活态度之间的差异问题，是古代人和现代人之间展开的"新的竞争"。

以对人类的"爱"为底色，本着"乡下人"的诚实和热情，致力于营造文学的"湘西世界"，表现"优美，健康，自然，而又不悖乎人性的人生形式"，以此引导我们对"人生向上的憧憬"，和"对当前一切的怀疑"②，就是沈从文针对这个问题而开出的药方。也就是说，《边城》所要展示的实际上是沈从文心目中"优美，健康，自然，而又不悖乎人性的人生形式"。但为什么却会被理解为悲剧呢？

二 《边城》里的"自然"和自然里的"边城"

很显然，《边城》所展示的是沈从文的"湘西世界"，而不是历史中的湘西。历史中的湘西应该在作者的《湘行散记》《湘西》和《从文自传》等作品中寻找、体味。但正如作者所说的那样，我们不应该在作品与现实之间的关系上，而应该在作品本身的表现形式上考虑《边城》是否"真实"，"只看它表现得对不对，合理不合理；若处置题材表现人物一切都无问题，那么，这种世界虽消灭了，自然还能够生存在我那故事中。这种世界即或根本没有，也无碍于故事的真实"③。《边城》的"自然"，因此不是因为与历史中的湘西相契合而显得"自然"，而是与沈从文心目中理想

---

① 沈从文：《箱子岩》，《沈从文全集》第11卷，北岳文艺出版社2002年版，第281页。
② 沈从文：《习作选集代序》，《沈从文全集》第9卷，北岳文艺出版社2002年版，第5—6页。
③ 同上书，第5页。

的"人生形式"相契合而成其为"自然"的。

　　这提醒我们首先必须抛弃把《边城》理解为逃避现实生活的"世外桃源"，用"看风景"的眼光对待小说的态度。在这个意义上，《边城》虽然首先从通常所说的风景描写开始，在自然风景的引领下，一步一步把我们带进了优美的"湘西世界"，但作者的用意却不在展示自然风景本身的美。今天的人通过沈从文，通过《边城》而认识湘西，把湘西变成了消费时代的旅游风景区，则是另一回事。汪曾祺曾经说过，沈从文教人写小说，千头万绪只归结为一条："贴到人物写。""看风景"的旁观和有距离的"审美欣赏"，绝不是"贴到人物写"，而是沈从文不止一次讥讽过的带着陶渊明诗文集前往湘西，把桃源县当做古桃花源来欣赏的"读书人"所为。

　　所以，《边城》虽然也以风景描写见称，但以"风景"的形式呈现在小说中的"自然"，即通常所说的"大自然"，并不是沈从文描写的重心所在。小说所要营造的"自然"，乃是建基于人性的"人生形式"，也就是茶峒"边城"这个地方的普通人生活习俗和行为方式以其"不悖乎人性"而体现出来的"自然"。茶峒"边城"的生活习俗和行为方式，因而也就反过来成了沈从文心目中"优美人性"具体而直观的形式。只有透过茶峒"边城"的生活习俗和行为方式，我们才能触摸到沈从文心目中的"优美人性"。

　　与我们熟悉的法律和契约不同，茶峒人总是遵循不成文的习俗和管理来处理日常生活，应对各种事务。沈从文口中随处可见的"照规矩""照例""自然"等词语，就是这种生活方式的直接体现。掌水码头的船总顺顺虽然是茶峒"边城"的中心人物，但却不是随心所欲，而是依照当地不成文的习惯法调解和处理各种事务和纠纷的：

　　　　水面上各事原本极其简单，一切都为一个习惯所支配，谁个船碰了头，谁个船妨害了别一人别一只船的利益，照例有习惯方法来解决。惟运用这种习惯规矩排调一切的，必需一个高年硕德的中心人物。

　　顺顺的声望和社会地位，也就来自于对习惯方法的遵从和熟练运用，而不是个人的强力或者其他外部社会的委托者。小说中决定翠翠命运的关键性情节，即天保、傩送两兄弟同时爱上了翠翠，争执的结果，也是决定用"为当地习惯所认可的竞争"来解决。茶峒"边城"风俗的纯朴，人性的优美和单纯，可以说正是这种不依仗个人的心机和才智，而是根据习惯方法解决问题的生活方式的自然产物。

既然是习惯方法保证了个人的权威，而非个人的权威保证了习俗的正当性，那么这习惯方法的权威性又来自何处呢？《边城》另外一个关键词是"天"，或者说"自然"。小说描绘翠翠70岁的老祖父说，老船夫"从二十岁起便守在这小溪边，五十年来不知把船来去渡了若干人。年纪虽那么老了，骨头硬硬的，本来应当休息了，但天不许他休息，他仿佛便不能同这一分生活离开"，仍然守着他的渡船，来回接送过往客商。茶峒依山临水而建的吊脚楼，在河水来得特别猛时，"必有一处两处为大水冲去，大家皆在城上头呆望。受损失的也同样呆望着，对于所受的损失仿佛无话可说，与在自然安排下，眼见其他无可挽救的不幸来时相似"。翠翠的母亲，也就是老船夫的女儿丢下一老一小两人自杀，在老船夫看来也只能由"天"负责。船总顺顺的大儿子天保，在与弟弟的爱情竞争中失败后，乘家中新油船下行，经茨滩时落水淹死。听到这个不幸的消息，备受打击的老船夫只能惨惨地喃喃自语说："这是天意！一切都有天意。"面对赶来询问相关情形的老船夫，船总顺顺的回答也是："一切是天，算了吧。"

与"天""老天"密切相关的，但含义却完全不同的是"神"，即当地人信奉的"傩"。船总顺顺两个儿子的取名，以及第八章翠翠哼唱着的迎神歌曲等，都曾约略透露过这一点。前者透露的信息尤为明确：

> 作父亲的当两个儿子很小时，就明白大儿子一切与自己相似，却稍稍见得溺爱那第二个儿子。由于这点不自觉的私心，他把长子取名天保，次子取名傩送。天保佑的在人事上或不免有龃龉处，至于傩神所送来的，照当地习气，人便不能稍加轻视了。

不难看出，在茶峒"边城"这里，大家虽然相信"天"主宰着自己的命运，支配着"人"的一切，但并不认为这个"天"完全符合人的愿望。"天"有支配万物和主宰一切的力量，但这种力量本身却不一定同时具有"善"的特性，可以从"人"的愿望和要求这方面得到正当性。

湘西人心目中"善"和最高正义的化身乃是"神"。"神"可以通过巫师和相应的仪式而驾临人间，与"人"交流和沟通，体现在它身上的"善"的正当性，也因此可以从"人"这一方面得到解释，实现"人"和"神"的沟通。这在《湘行散记》《湘西》两部散文集中有大量的叙述，有心者可以自己注意整理，这里不再过多展开。再说，《边城》也主要是在"人"和"天"之间书写和思索茶峒人的生活，和"神"没有太多直接的关系。

撇开一切枝蔓和表象，把问题归结到最基本的生活态度上，我们可以把"边城"茶峒的"人生形式"概括为这样一句话：一种顺从"天"的支配，把"天"下一切都看做"应该来"的事情而坦然承受。翠翠的祖父，那个忠实地在自己的职位上完整地度过了一生的老船夫，就是对这一生活态度的最好诠释。

三 "蛮荒"中的"人生形式"

梳理清楚支撑着"边城"茶峒"人生形式"的生活态度之后，问题就很清楚了：这是一种和我们熟悉的"现代"生活截然不同的"人生形式"。"边城"不仅仅意味着这是一个地理意义上的边地小城，它"同时是一个时间概念，文化概念"[①]，一种属于过去时态的正在无可奈何地消逝着的"人生形式"。用沈从文自己的话来说，《边城》写的是中国"另外一个地方另外一种事情"[②]。冒点简单化的风险，我们不妨在和论题相关的意义上，把"边城"茶峒天、神、人三者共存的"人生形式"称为"蛮荒中"的古代性生活世界，以便和我们生活于其中的"现代"生活世界区别开来。

如前所述，这种"人生形式"里的一切都在"天"或者说"老天"的主宰之下。"天"支配着"人"的一切，"人"不可能违背或者反抗"天意"，但"天意"却不一定意味着正义或者"善"。天保大老之死就是例

---

① 汪曾祺：《又读〈边城〉》，《汪曾祺全集》第5卷，北京师范大学出版社1998年版，第445页。
② 沈从文：《边城·题记》，《沈从文全集》第8卷，北岳文艺出版社2002年版，第58页。

子。但问题是,"边城"茶峒的人却又对"天"支配下的一切奉行完全顺从的态度,从来不思索"天意"的正当性问题,从来没有想过脱离或者反抗"天"的支配与控制的可能,在安静、单纯和寂寞里守着自己应得的那一分哀乐,过着自己名分下的生活。这"应得",就是根据"天",而不是依"人"的标准而言的"应得"。

因而对"边城"茶峒人来说,每个人"应得"的生活实际上是双重的,既有节日的欢乐,也有日常的寂寞与单调,更有遭逢不幸的沉重。两者之间,茶峒人明显更为偏向后者,而沈从文似乎不知不觉中偏向了前者,更强调生活的欢乐。对于已经70岁,忠实地守了50年渡船,但却依然放不下孙女翠翠,依然在为翠翠操心劳力的老船夫,小说第七章写道,他已经太老了,

> 应当休息了,凡是一个良善的中国乡下人,一生中生活下来所应得的劳苦与不幸,业已全得到了。假若另外高处有一个上帝,这上帝且有一双手支配一切,很明显的事,十分公道的办法,是应当把祖父先收回去,再来让那个年青的在新的生活上得到应分接受那一份的。

在第九章里老船夫回答了二老对自己的称赞,对二老强调未来的希望,对自己则强调责任的沉重:

> "我是老骨头了,还说什么。日头,雨水,走长路,挑分量沉重的担子,大吃大喝,挨饿受寒,自己分上的都拿过了,不久就会躺倒这冰冷土地上喂蛆虫吃的。这世界上有的是你们小伙子分上的一切,应当好好的干,日头不辜负你们,你们也莫辜负日头!"

相信"一切都是天意"的茶峒人,并没有像我们现代人那样把生活分成两种:一种是不合理的"现实生活",一种是未来的"理想生活",更没有依照"理想生活"来改造甚至消灭"现实生活",最终建成一个彻底消除了痛苦和不幸,只有完全的光明与幸福的"理想社会"的革命热情。对他们来说,生活就是生活,就是沉重与欢乐并存,美丽和不幸相伴,节日与平常日子不可分割地交织在一起的。一切都是"应得"的,"一切要来

的都得来"。

对任何一个古代性世界的人来说，这样的生活都是理所当然的、"自然"的。中国有《老子》里影响深远的"祸兮福之所倚，福兮祸之所伏"，西方则在《旧约·约伯记》里，通过约伯之口说出了同样的古代性生活智慧："难道我们从神手里得福，不也受祸吗？"即使在现代理性主义风暴席卷一切之际，也仍然有存在主义者以不同的方式顽强而固执地坚守着这古老的生活智慧，认定"人将始终既生活于真理之中又生存于非真理中"[①]。

《边城》最初的写作动机，显然来自于这种古代性生活智慧笼罩下的"人生形式"。在《题记》中，沈从文满怀深情地写道：

> 对于农人与士兵，怀了不可言说的温爱，这点感情在我一切作品中，随处都可以看出。我从不隐讳这点感情。我生长于作品中所写到的那类小乡城，我的祖父、父亲，以及兄弟，全列身军籍；死去的莫不在职务上死去，不死的也必然的将在职务上终其一生。就我所接触的世界一面，来叙述他们的爱憎与哀乐，即或这枝笔如何笨拙，或尚不至于离题太远。

就此而言，忠实地守了50年渡口，最后在暴风雨中死在自己职位上的老船夫，显然才是《边城》所要赞颂的"人生形式"的象征。而一直被解读为中心人物的翠翠，则明显尚未完全进入这种"人生形式"，——准确地说，是处在进入这种"人生形式"的途中。小说第七章曾借大老之口，隐约透露了这层意思：

> "翠翠太娇了，我担心她只宜于听点茶峒人的歌声，不能作茶峒女子做媳妇的一切正经事。我要个能听我唱歌的情人，却更不能缺少个照料家务的媳妇。'又要马儿不吃草，又要马儿走得好'，唉，这两句话恰恰是古人为我说的！"

[①] [美] 威廉·巴特雷：《非理性的人》，段德智译，上海译文出版社1994年版，第291页。

情人和听歌只是茶峒"人生形式"的美与欢乐的一面,而责任与沉重的一面,则尚未完全为翠翠所领悟。翠翠的茶峒"人生形式",是在祖父死后,杨马兵把一切原委仔仔细细地告诉了她,此前不明白的事"全明白了"之后才完成的。不幸和痛苦把翠翠带向成人,最终将她塑造成了一个真正的茶峒人。这是写实,也是象征:"边城"茶峒理想的"人生形式",必然由美和悲哀交织而成。

但,最初的动机并不能保证整个的过程,进而决定最后的结局。而作者本人,尽管可以提出要求和指示入口,却不能决定读者如何理解和解读他的作品。所以最终的事实是:孙女的青春光彩淹没了祖父大地般厚重的存在,《边城》的"故事"也随着翠翠成为小说的主人公而被解读成了现代性的爱情悲剧。

为什么会出现这种偏差呢?

四 错位的"现代"的眼光

原因当然不可能很简单。善于心理分析和从创作主体方面洞幽烛微者,当然会从作家深层次的创作心理方面考虑,而富于斗士精神的女性主义批评,则不难从中解读出种种复杂的社会文化心理病灶。但可以肯定的是,各种争奇斗狠的解释无一例外都是站在"现代"的立场上,从"人",而非从"天"的立场上看待《边城》。也就是说,把问题理解为由"人"为的原因造成,认定可以在以果溯因的直线性思维模式中,找出并克服造成"悲剧"的原因,最终一劳永逸地消除人类生活中的不幸与痛苦,消除"悲剧"。

前面已经说过,在"边城"茶峒的"人生形式"中,最终主宰并控制着一切的乃是"天",而不是"人"。老船夫关于自己的独生女儿因爱情、亲情之间的冲突而自杀一事的态度,就是生动的例证。翠翠的母亲当年和一个茶峒的屯戍军人通过唱情歌而相识相爱,"很秘密的背着那忠厚爸爸发生了暧昧关系",两人为此相约一同逃走,"但从逃走的行为上看来,一个违悖了军人的责任,一个却必得离开孤独的父亲"。挣扎考虑的结果,屯戍军人首先服了毒,翠翠的母亲在生下腹中骨肉后,也"丢开老的和小的","陪了那个兵死了"。

> 这些事从老船夫说来谁也无罪过，只应"天"去负责。翠翠的祖父口中不怨天，心中却不能完全同意这种不幸的安排。到底还像年青人，说是放下了，也正是不能放下的莫可奈何容忍到的一件事。

"不能完全同意"，但却又只能"莫可奈何容忍"下来，默默地承担了抚育遗孤长大成人，并将她交给另一个人的日常责任。"翠翠既是她那可怜的母亲交把他的，翠翠大了，他也得把翠翠交给一个人，他的事才算完结！"大病初愈，走路尚且趔趔趄趄的老祖父之所以"不服气"，强撑病体进城探寻船总顺顺的口风，以至于在劳累和郁闷的双重打击下猝然离世，就是出于这种把不幸和痛苦看做日常生活而勇敢地承担的刚强。"做一个大人，不管有什么事都不许哭。要硬扎一点，结实一点，方配活到这块土地上！""怕什么？一切要来的都得来，不必怕！"这是老船夫朴实的人生态度，也是沈从文反复书写和宣扬的生存信念。

如果说《边城》真的有什么"男性中心"偏见的话，在笔者看来也就在这种把尚未完全成年的翠翠当做一个孤苦无依，时时处处需要包括爷爷在内的他人照顾的弱者来对待的心态。这种偏见实际上从属于沈从文一以贯之的"湘西精神"的一部分，而不是仅仅体现在性别关系环节上。其根源仍然在于认定"人"无法挣脱"天"的支配和控制，因而只能勇敢而刚强地承受一切，面对一切的"人生形式"。

从这种传统"人生形式"内部来看，《边城》的悲剧，显然不在翠翠无可奈何的等待，也不在天保大老的死。真正触动沈从文灵魂的，实际上是老船夫身上承载着的"人生形式"的未来命运。暴风雨之夜，作为这种"人生形式"象征物的白塔轰然倾塌，老船夫也死了。倒了的白塔很快重新修好了，但老船夫的"人生形式"能够在新一代茶峒人身上得到修复和延续吗？难说。

> 这个人也许永远不回来了，也许"明天"回来！

这个隽永而意味深长的经典结尾，在我看来不是指向翠翠，而是指向老船夫。它不仅呼应着沈从文在小说《题记》里对传统湘西"人生形式"

之没落的痛苦和隐忧,也和他的《湘行散记》《湘西》等作品构成了相互印证、相互补充的有机整体。

而一直占据着问题的核心,引导和左右着我们的阐释与解读的所谓翠翠的"爱情悲剧",在湘西传统的"人生形式"里,也只可能被理解为"人"必须承受和面对的日常生活的一部分,理解为生活在土地上的"人"之命运的一部分。对"边城"茶峒人来说,爱与憎,痛苦与幸福,节日时刻的欢愉和日常生活的沉重共同交织而成的生活,乃是"人"唯一可能的真实生活。我们看到,就是在节日里,一方面"必然有许多船只可以赶回",另一方面则"有许多船只只合在半路过节",听得见的声音和看得见的景象背后,总"有些眼目所难见的人事哀乐,在这小山城河街间,让一些人嬉喜,也让一些人皱眉"。在这种"人生形式"里,日常生活的沉重托起了节日时刻的欢愉,人生的短促与脆弱孕育了生命的美丽与庄严,过日子就意味着同时与两种性质相反的元素打交道,生活在明暗交织、哀乐互生的被"天"给定的命运里。

> 一切总永远那么静寂,所有人民每个日子皆在这种不可形容的单纯寂寞里过去。一份安静增加了人对于"人事"的思索力,增加了梦。在这小城中生存的,各人自然也一定皆各在分定一份日子里,怀了对于人事爱憎必然的期待。

一切都是必然。一切又都因为这种必然而显得那么"自然",那么安闲。京派作家反复渲染的"美"与"悲哀"的必然关联,就是这种"人生形式"的美学意蕴。《边城》上下,同样浸透了这种由"美"和"悲哀"交织而成的美学意蕴。

"现代"的我们,虽然事实上仍然生活在"边城"茶峒的"人生形式"里,但奉行的却是另一种截然不同的生存态度。之所以说事实上仍然生活在其中,是因为今天的生活中同样充满了翠翠和翠翠母亲的"爱情悲剧",同样会有人遭遇到天保大老的不幸。相应地,也同样会有老船夫这样忠实地担负日常生活职责的勇者。幸福和不幸的具体样式变了,但背后的生存事实却依然亘古不变。

但"现代"人之所以为"现代"人,就因为坚信这一切绝非"天"给定的必然命运，而是"人"造成的，因而反过来可以由"人"的努力来消除历史现象。"如果人类想在地上有一座乐园，必定得用自己的手来建造。如果人类曾经失去了一座乐园，必定是用自己的手捣毁的。"① 何其芳这句话，就是对我们熟悉的"现代"生存论最精练、最准确的概括。就像老船夫在独生女儿丢下自己和刚出生的翠翠自杀之后，虽然把一切都理解为"天"的安排，但内心里却决不认可这份命运的合理性一样，现代人同样坚决不承认自己生活世界的合理性。不同的是，"蛮荒着"的茶峒人不认为"人"有能力改变这一切，因而勇敢而刚强地承受一切，就成了他们唯一的"人生形式"。而"现代"人，则在日益高涨的对自身力量的信任感的推动下，首先把包括人类的痛苦和不幸在内的一切都归结为"人"所造成的历史现象，——这就是我们通常所说的现代性"人义论"的核心要旨。在此基础上，开始了凭借"人"的努力消除痛苦和不幸，重新创造一个理想与现实合一，"事实"与"应当"一体的新世界的现代性努力。

改造和征服自然的科学技术革命，改造和控制人类的社会历史革命，就是这个现代性方案并驾齐驱的两翼。

在最粗糙的意义上，我们可以把五四时期的"问题小说"看做刚刚跨入"现代"的中国人对痛苦和不幸之成因的追问。这种追问意味着现代中国知识人开始用怀疑和不信任的眼光看待一切，"为什么"的追问取代了传统的顺从和承受。发问的方式潜在地隐含着问题得以生成的境域和寻求答案的方向。"为什么"之问，意味着"现代"人将一切都纳入了"事出有因"的线性因果逻辑，认定一切现象都必然有人类理性能够理解和发现的原因。问题的发生境域和提问方式决定了解答问题的路径乃至最终答案的生存论逻辑，现代中国知识分子理所当然地在"人"身上找到了痛苦和不幸的根源，发现是"人"，——具体而言就是人群中的"坏人"及其赖以生存的"坏制度"，造成了我们现实生活中的痛苦和不幸。五四时代的"文学革命"由此顺理成章地转化成了"革命文学"，转化成了以消灭"坏人"及其"坏制度"为目标的社会历史革命。

沈从文意识到甚至清楚地看见了改造和控制人类的社会历史革命所伴随着的生存悖论和巨大的社会风险，明确宣布了和左翼进步文人的决裂。

---

① 何其芳：《乡下》，《何其芳全集》第1卷，河北人民出版社2000年版，第280页。

第五讲　蛮荒着的美丽与现代了的阐释　/　115

但对"现代"的另一个侧面，即改造和征服自然的科学技术革命，却采取了另外的态度。前面已经引述过的散文《箱子岩》，就是他对征服自然的现代性进程之复杂态度的充分流露。在欣赏与"自然"相融合，"很从容的各在那里尽其性命之理"的传统湘西人生存姿态的同时，沈从文表达了自己无法克制的隐忧：

> 听他们谈了许久，我心中有点忧郁起来了。这些不辜负自然的人，与自然妥协，对历史毫无负担，活在这无人知道的地方。另外尚有一批人，与自然毫不妥协，想出种种方法来支配自然，违反自然的习惯，同样也那么尽寒暑交替，看日月升降。然而后者却在改变历史，创造历史。一分新的日月，行将消灭旧的一切。

沈从文对湘西"这些人"命运的思考和关注，实际上是在他已经进入，并且受到了"另一批人"生存世界的巨大牵引的情形下发生的。如同"边城"茶峒人虽然不承认"天"的"善"与正当性，但却无可奈何地顺从着"天"的安排过日子一样，沈从文虽然对"现代"持有复杂的态度，但却不能不承认它必将不可避免地压倒和取代旧有一切的必然，"一分新的日月，行将消灭旧的一切"。

植根于这种"现代"了的生存境域，"边城"茶峒人的一切，在沈从文笔下才成了"他们"的生活，成了他欣赏和思索的对象。换句话说，只有对"现代"了的沈从文来说，湘西才从事实性的生活世界变成了文学的"湘西世界"，变成了审美观照的对象。"这些人想什么？谁知道。"《边城》如此。其他表现和抒写"湘西世界"的散文和小说，也如此。

而且，即便知道和明白"这些人"的心思，沈从文也和我们一样，永远不可能进入作为生活世界的"湘西"。正如"湘西世界"里的"这些人"有他们自己的命运一样，这也就是沈从文，是我们，是所有"现代"了的人们的命运：

> 我呢，在沉默中体会到一点"人生"的苦味。我不能给那个小妇人什么，也再不作给那水手一点点钱的打算了，我觉得他们的欲望同悲哀都十分神圣，我不配用钱或别的方法渗进他们命运里去，扰乱他

们生活上那一分应有的哀乐。①

　　《边城》虽然通过揭示全部由"纯洁的好人"及其"淳朴的习惯"构成的"人生形式"背后隐含着的沉痛的方式，触及了"蛮荒"的传统生活智慧对美与悲哀之间的共生关系的认识，对根据"事出有因"的线性因果逻辑，将一切痛苦和不幸皆归罪于"坏人"和"坏制度"的革命现代性方案提出了质疑和挑战，但最终却未能完全跳出"现代"的总体性藩篱。将"边城"茶峒的"人生形式"当做审美观照的对象这个叙述姿态，本身就只有在"现代"了的"人生形式"之内才有可能。

　　在这个意义上，沈从文本人也应该为《边城》被误解，被"现代"眼光下的种种奇谈怪论所包围担负一份责任。作家"现代"了的叙述姿态，和一般读者"现代"了的阅读成规，共同将《边城》推进了现代性"社会悲剧"的轨辙。既然种种误解与作者本人不无关系，那本章开头部分对目前流行的理路和观点的评价，似乎也就显得刻薄了些，让我们在这里做点调整吧。

延伸阅读

　　1.《边城》是沈从文"湘西世界"最夺目的明珠，但却不是全部。要深入理解沈从文及其"湘西世界"的历史文化内涵，至少还必须读他的《湘西》《湘行散记》和《从文自传》散文集。《湘行散记》和《湘西》收入《沈从文全集》第11卷，《从文自传》收入《沈从文全集》第13卷。

　　2. 赵园的《沈从文构筑的"湘西世界"》（原载《文学评论》1986年第6期），是论述和分析沈从文"湘西世界"最为全面，也最深刻的一篇论文。以后各种文学史教材，乃至不少论文和专著关于沈氏"湘西世界"的论述，大都从这里获得基本的灵感和思路。

　　3. 汪曾祺《沈从文的寂寞》和《沈从文和他的〈边城〉》（均见《汪曾祺全集》第3卷），是目前论述沈从文的寂寞和《边城》背后的隐痛最为清楚，也最为通脱的两篇文章。汪曾祺一直自承为沈从文的学生，文章

---

① 沈从文：《一个多情的水手与一个多情的妇人》，《沈从文全集》第11卷，北岳文艺出版社2002年版，第267页。

以知人论世的平和态度，采取叙述和议论相结合的方式娓娓道来，是我们理解沈从文及其《边城》最好的向导之一。汪曾祺关于沈从文的其他一些文字，也值得一读。

思考题

1. 联系和对照周作人、废名等人关于美与悲哀的相关论说，梳理现代京派文人对"寂寞""美""悲哀"等问题的理解。

2. 如果说《边城》的悲剧是人性悲剧的话，请分析它与古希腊的命运悲剧和现代性社会悲剧之间的异同。

第六讲

超越善恶的"人性冒险"

  读古人的作品，我们往往会觉得作家就生活在他的作品里，作品也就是他生活感情与经验的自然流露。作家人格的魅力和作品的魅力相互照亮对方，彰显对方，让他的作品和他的生活充满了令人神往的魅惑。现代的情形就不一样了。现代作家和他的读者之间有个心照不宣的约定：文学创作是一种想象性的虚构行为，作品里的世界和经验，与作家本人的生活世界和经验之间，并没有必然的对应关系。这个约定，一方面最大限度地释放出了现代文学上天入地的想象力，让现代作家们在短时期内迅速生产出数量远比历代作家们累积起来的还要庞大得多的现代文学作品。但另一方面，它也斩断了作家本人和他的作品之间的血肉关联，使得文学创作在很大程度上沦为一种可不断复制和转移的技术行为，作家的魅力和作品的魅力之间的良性互动关系越来越彻底地消逝了。能够让我们在作品中读出作家本人的情感与经验，自觉或不自觉地将作品的可爱和他本人的可爱联系起来的作家越来越少。

  但艾芜却是为数极少的例外。他以自己青年时期在滇缅边地和南洋诸国漂泊流浪的人生经历为基础的短篇小说集《南行记》，在充分利用现代文学想象性虚构特权的同时，又有意无意地将文学创作与生活实践联系起来，创造了一个真假莫辨、善恶共存的文学世界，让"艾芜"这个名字和《南行记》这部作品交织在一起，构成了一个永远流溢着青春光彩和热腾腾的生命气息的"人—文世界"。《山峡中》就是这个"人—文世界"里最令人难忘的篇章。

一 《山峡中》的三个世界

小说的情节并不复杂:"我"偶然闯进一个由小偷和盗贼所构成的"小世界",怀着新鲜和好奇的心理尝试着参与了他们的生活方式,目睹了他们的罪恶之后,最终毅然离开"他们"继续独自前行,寻找"另外的光明"[①]。但和一般"弃恶从善""改过自新"的俗套小说不同的是,"我"不仅兴致勃勃地参与了"他们"的偷盗行为,而且在他们身上发现了人性的美,发现了异乎寻常旺盛的生命强力。所以,最终离开了这群小偷和盗贼的"我"并没有体验到从迷途重返正道的欣喜,反而若有所失地生发出了"烟霭也似的遐思和怅惘",回味起这短短几天的"有趣经历"来了。——而且,如果我们按照古代阅读习惯,把"人—文"联系起来考察的话,离开了这群小偷和盗贼的"我"并没有真正回到正常的人类生活"大世界",而是一有机会,就会继续冒险尝试各种"小世界"所特有的"恶的诱惑",继续书写自己出入于善恶之间的"南行记"。

在这个深入,深入之后又脱离了"他们"的"小世界",继续走"我"自己的道路的过程中,艾芜为我们展示了某种超越善恶之外,比我们通常所说的善和恶更有魅力的存在。这个"更有魅力的存在"究竟是什么呢?

在最直观的层面上,小说为我们展示了"三个世界"的存在。第一个是原本由野猫子、鬼东哥、夜白飞、小黑牛、老头子等一群小偷和盗贼组成的"小世界"。"我"加入进来后,又变成了"我们这几个被世界抛却的人们"共同拥有的"这个世界",一个被外面的世界遗忘了的"暂时的自由之家"。在"我"决定离开之后,这个世界又重新被叙述为"他们"的"小世界",最终消失在了"我"的眼皮底下,重新成为看不见的存在。

小说中的第二个世界,集中体现在作为符号而出现的"张太爷"身上。正是这位"张太爷"夺走了小黑牛原本拥有的一切,对一个老实而苦恼的农民来说"那多好呀"的一切:土地、耕牛,"还有那白白胖胖的女人"。正是这位"张太爷",将小黑牛从一个善良的农民变成了一个不合格

[①] 艾芜:《山峡中》,《艾芜文集》第1卷,四川人民出版社1981年版,第163页。以下引述小说内容均据此版本,不再一一详注。

的"笨贼",成为"小世界"的一员,最终被残忍地抛进了凶险的江流。老头子的训斥道出了这个世界的基本性质:"天底下的人,谁可怜过我们?……个个都对我们捏着拳头哪!"

在艾芜笔下,这个世界一开始被直接称呼为"世界"——"我们这几个被世界抛却的人们",——随后又在沉思小黑牛的悲剧命运时,被命名为"那个世界"。为方便起见,我们这里就含混一点,称之为"大世界"吧。中国现代文学最擅长的,就是展示这个"大世界"的肮脏、阴谋和丑恶,揭示其终将崩溃的"历史必然",指引人们走上挣脱丑恶"大世界"的压迫而获得解放的"集体主义"道路。情形正如王晓明所指出的那样,鲁迅给我们留下了他对阿Q们畸形灵魂的深入剖析,茅盾详细描述了旧中国的崩溃命运,巴金热烈呼唤封建社会的彻底覆灭,"从三十年代初革命文学的旗帜下,更不断传出对黑暗统治的切齿控诉"[①],中国现代文学的主流传统,既从这个"大世界"出发,又反过来把自由和解放的希望完全压缩到了这个"大世界"之内。

相形之下,艾芜的艺术天性,似乎不太擅长观察和描写这个"大世界"。40年代中后期,他也曾在时代潮流的推动下,把目光和笔触聚焦到"大世界",写出了《山野》《石青嫂子》《一个女人的悲剧》等曾经受到时论高度赞誉的作品,但我们今天一提到艾芜,仍然会本能地跳过这些数量庞大的后期作品,把他定格在《南行记》上。回到《山峡中》,我们可清楚地看到,小说通篇都采用时断时续的侧面暗示的方法来处理这个实实在在的庞然大物。最合乎情理的解释是:从以流浪者和漂泊者身份宣告和"大世界"决裂,背向着"大世界"踏上南行之路的那一刻起,艾芜就成了一个永远向着"前面",向着不可捉摸但恰好因其不可捉摸而充满了诱惑的"前面"行进着的青春的姿态。对这个青春的姿态来说,"大世界"早已经被宣告为过去时态的存在而不再值得考量,它唯一倾心的事物,就是那个不可捉摸的"前面"。

"前面"何以拥有如此这般的魅力,直教艾芜如此生死不顾,抛掷全部的生命热力大步前行?答案就隐藏在《山峡中》的第三世界里。小说光彩夺目的女主角野猫子反复哼唱的谣曲,就是第三世界的投影:

---

① 王晓明:《沙汀艾芜的小说世界》,上海文艺出版社1987年版,第124页。

> 那儿呀，没有忧！
> 那儿呀，没有愁！

"我"因为目睹小黑牛的悲剧而终于打定主意离开"这个世界"的动力，也是来自这个世界：

> 小黑牛在那个世界里躲开了张太爷的拳击，掉过身来在这个世界里，却仍然又免不了江流的吞食。我不禁就由这想起，难道穷苦人的生活本身，便原是悲痛而残酷的么？也许地球上还有另外的光明留给我们的吧？明天我终于要走了。

鲁迅曾经大手笔地将中国的历史提炼为"想做奴隶而不可得的时代"和"暂时做稳了奴隶的时代"两者的循环，鼓励中国的青年们大胆"创造这中国历史上未曾有过的第三样时代"[①]。无论从文学精神的融会，还是从事实上的人际交往来看，艾芜都可以当之无愧地算做鲁迅心目中正在创造"第三样时代"的中国青年。他那一往无前的青春姿态，或多或少会令人想到鲁迅的《过客》，想到在没有路的地方也要"跨进刺丛里姑且走走"[②]的勇者精神。只是艾芜充满了肉体的弹性和流动着青春的汁液，没有鲁迅那么多的沉重，那么多复杂的内心焦虑罢了。

为此，我们也就姑且向鲁迅借个方便，把《山峡中》中总是在"前面"引诱着、召唤着艾芜的这个世界，称为"第三世界"罢。

二 "小世界"的善恶之争

"大世界"已经被抛在身后，"第三世界"的诱惑则暂时隐退，《山峡中》全力展示的是"小世界"的善恶纠缠。

小说一开始就以高度简洁的粗线条，勾勒出"小世界"的生存环境：

[①] 鲁迅：《坟·灯下漫笔》，《鲁迅全集》第1卷，人民文学出版社2005年版，第225页。
[②] 鲁迅：《两地书·二》，《鲁迅全集》第11卷，人民文学出版社2005年版，第16页。

夜色越来越浓，逐渐吞没了横在江面上的"巨蟒似的"铁索桥；凶恶的江水奔腾着、咆哮着，"激起吓人的巨响"；"阴郁、寒冷、怕人"的山中夏夜。简单的比喻和同样简单的寥寥数语，既是自然环境的描写，更是作者主观感情的投射：从外面看，这是一个"阴郁、寒冷、怕人"的世界。确实，无论放在怎样的"大世界"中评价，盗贼们的世界都只能栖身在"阴郁、寒冷、怕人"的角落里，栖身在"大世界"的合法性权威暂时失去了效力的地方。

桥头那座失去了往日荣耀的神祠，正是在这个意义上成为丧失了合法性权威的"大世界"的象征，进而成了"小世界"的天然居所：

> 桥头的神祠，破败而荒凉的，显然已给人类忘记了，遗弃了，孤零零地躺着，只有山风、江流送着它的余年。
>
> 我们这几个被世界抛却的人们，到晚上的时候，趁着月色星光，就从远山那边的市集里，悄悄地爬了下来，进去和残废的神们，一块儿住着，作为暂时的自由之家。

转折就发生在这里。当叙述者站在外部勾勒"小世界"的自然生存环境，甚至是暗中从"大世界"的立场打量一切的时候，"阴郁、寒冷、怕人"既可以说是包围着"小世界"的自然环境，也可以说是"小世界"自身的特征。但是，当艾芜的笔触转到"小世界"的时候，情形却完全不一样了。连续的无人称的客观景物描写，一下子变成了复数第一人称"我们"，破败而荒凉的神祠，则变成了"暂时的自由之家"。

随着这一转变，"大世界"和"小世界"之间的关系也出现了逆转。叙述者的感情天平明显地偏向了后者，"阴郁、寒冷、可怕"的是"大世界"，而不再是"小世界"了。夜白飞粗野的咒骂，把"阴郁、寒冷、可怕"的标签，掷还给了"大世界"：

> "他妈的！这地方的人，真毒！老子走尽天下，也没碰见过这些吃人的东西！……这里的江水也可恶，象今晚要把我们冲走一样！"

而"小世界"里的一群盗贼，则暂时脱离了他们的职业身份，沉浸在一种近乎家庭日常生活的氛围中,享受着劳作之后的稍许安闲:大家都围坐在火堆旁边,老头子不紧不慢地抽着旱烟,以自己的经验和老资格训导着年轻人;鬼冬哥一边迎合着老头子的话题和兴趣,一边"夸自己的狠",绘声绘色地讲述自己职业生涯的精彩片段;"我"一边听他们的故事,一边心不在焉地随手翻着书;火堆上的铁锅里煮着大块的咸肉,翻滚着,沸腾着,透过锅盖发出诱人的香气……

但艾芜还嫌这一切不够。于是乎,野猫子就在作者的精心安排下出场了:

> 神祠后面的小门一开,白色鲜朗的玻璃灯光和着一位油黑脸蛋的年青姑娘,连同笑声,挤进我们这个暗淡的世界里来了。黑暗、沉闷和忧郁,都悄悄地躲去。

这个名叫"野猫子"的女盗贼一出现,就用她的木头小人儿、她的撒娇、她的粗野率真的笑骂把前面描绘的家庭日常生活氛围推向了高潮,让盗贼们的"小世界"恍惚间变成了其乐融融的大家庭。

从文学史的角度看,如果没有野猫子这个人物,则《山峡中》就只能放在《水浒传》之类的古代侠义小说传统中来看。只有在把中心转移到"我"和野猫子身上之后,小说才变成了西方浪漫主义传奇,进而变成了现代性的个人主义精神史。这一点,我们留在后面展开,这里先回到"小世界"的善恶问题上来。

就像神祠虽然成为"我们"的"暂时的自由之家",但凛冽的山风和江水的咆哮声却始终提醒着我们它的破败一样,"小世界"里浓浓的家庭日常生活氛围,也总是一再地被小黑牛的呻吟所打破。小黑牛的伤势和呻吟,把"小世界"和"大世界"之间的外部对抗关系,转变成了"小世界"内部的冲突和选择。首领老头子最终按照盗贼"小世界"的生活规则,残忍地把因身受重伤而想要"不干了"的小黑牛抛进了凶恶的江中。目睹这一幕,"我"由此下定决心尽快离开"他们",继续向"前面"去寻找"第三世界"。

但问题是,"小世界"有自己的生活规则,并非来去自由的"第三世界"。身受重伤的小黑牛,不就因为流露出"我不干了"之意而被残忍地抛进了江中吗?"我"又凭什么离开这群既可爱又残忍的盗贼呢?

三　生命的赌注与人性的胜利

艾芜的高明之处就在这里:他巧妙地把"我"和"小世界"之间的冲突,转化成了一场人性的冒险,转化成了"我"的自由选择,让"我"用自己的善良赢得了"他们"的信任,最终脱离了"小世界"。而"小世界"也用这种信任表明了自己的善意。

小说写道,"我"第二天醒来的时候,其他人早已经照例离开神祠前往附近集市"做买卖"去了,只有野猫子留了下来。在这种情形下,能否离开"小世界"的问题,就集中到了"我"和野猫子之间的关系上。毫不奇怪的是,当"我"揭穿了野猫子的谎言,指出"他们"昨晚将小黑牛抛进了江中的事实后,野猫子理所当然地站到了"小世界"生活规则一边,断然拒绝了"我"的请求,要求"我"继续规规矩矩地留在"小世界"里,打消离开的念头,"往后再吃几个人血馒头就好了"。

尚未正式成年的少女野猫子,凭什么能够阻止"我"离开呢?小说给出的答案是:个头矮小的野猫子用"刀功"证明了她的武力远远在"我"之上,让"我"难以脱身。但在我看来,这个答案的说服力其实相当微弱。野猫子之展示自己的"刀功",与其说是为了威胁,倒不如说是想要在"我"面前炫耀自己的本领。两人的较量,完全是在一种彼此领会、彼此信任的基础上展开的一场游戏。野猫子毫无心机地把自己藏在柴草中的"一把雪亮的刀"递给了"我","我"则根据野猫子的指令和要求,"由她摆布,接着刀,照着面前的黄桷树,用力砍去"。其结果是"只砍了半寸多深",恰好证实了野猫子对自己的嘲弄,为她展示自己"刀功"的厉害提供了反面的陪衬:

"让我来!"

她突地活跃了起来,夺去了刀,做出一个侧面骑马的姿势,很结实地一挥,喳的一刀,便没入树身三四寸的光景,又毫不费力地拔了出来,依旧放在柴草里面,然后气昂昂地走来我的面前,两手插在腰上,微微地噘起嘴巴,笑嘻嘻地嘲弄我:

"你怎么走得脱呢？……你怎么走得脱呢？"

细读这段文字，与其说野猫子是在对"我"进行武力威胁，倒不如说是借此向"我"展示她的另一种魅力。

从老头子第一天让两人扮作小夫妻在集市上行窃，次日却将两人独自留在山中神祠等情形来看，野猫子这种半真半假、亦真亦假的炫耀里包含着的潜台词，作为当事人的"我"显然不会真的傻到一无所知。篇幅短小的《山峡中》，实际上也潜含着一个西方早期浪漫主义者热衷描写的罗曼司：一个行吟诗人和美丽而野蛮的强盗首领之女的爱情故事。所以，野猫子"武力威胁"的结果，也只是"我给这位比我小块的野女子窘住了"，而不是"困住了"，或者"吓住了"之类。

问题不在野猫子的"刀功"，而在于"我"无法否定盗贼"小世界"生活哲学的正当性。这群盗贼的生活哲学，集中体现在老头子的这段话里：

"天底下的人，谁可怜过我们？……小伙子，个个都对我们捏着拳头哪！要是心肠软一点，还活得到今天吗？你……哼，你！小伙子，在这里，懦弱的人是不配活的。"

熟悉《南行记》，熟悉艾芜相关作品的同学不难发现，老头子这里发出的呼喊，实际上是艾芜反复渲染，反复表达的母题。《南行记》开篇的《人生哲学的一课》表达的就是这种生活哲学："就是这个社会不容我立脚的时候，我也要钢铁一般顽强地生存！"[①] 后来的《偷马贼》，赞扬的也是这种千方百计要在大地上扎下生存之根的生活哲学。

面对野猫子的嘲笑和责难，"我"实际上并没有否认这种生活哲学的正当性，而是采取了一种模棱两可的说辞来为自己辩护："你的爸爸，说的话，是对的，做的事，却错了！"正是"我"这种既无力反驳和说服对方，却又不认同"小世界"的盗贼生活哲学，坚持要离开的态度，才引出了野猫子的"武力威胁"。稍微细致一点，我们可以把老头子宣扬的盗贼

[①] 艾芜：《人生哲学的一课》，《艾芜文集》第1卷，四川人民出版社1981年版，第30页。

生活哲学分解为一正一反两个命题：1. 要挺起腰杆，硬着心肠活在这个世界上；2. 懦弱的人不配活在这个世界上。1是正命题，2是反命题。

很显然，"我"赞赏的是命题1，即正命题，对反命题却保持着怀疑。正因为赞赏命题1，所以"我"才会怀着好奇之心，饶有趣味地参与了老头子"他们"的偷盗行为。也正因为赞赏命题1，作为叙述者的"我"才会把对小黑牛的处置写成是一件"不得已的，谁也不高兴做的"事情，才会让父兄一样蔼然可亲的老头子，在黑夜里"发出钢铁一样的高声"，斩钉截铁地宣告和维护了"小世界"的盗贼生活哲学。甚至还可以说，正是因为赞赏命题1，《山峡中》才有了令人难忘的野猫子，天真、野蛮而又美丽的野猫子。

而对命题2的怀疑，则造就了《山峡中》独有的矛盾冲突及其解决方式。怀疑不同于彻底的否定和拒绝，而是一种暧昧的中间状态，它既有可能导向肯定，也有可能导向否定性的结局。应该说，"我"虽然对小黑牛的命运抱着深深的同情，但对他本人则绝对说不上欣赏和钦佩。单是"小黑牛"这个名字，就给人一种不协调的软弱感。这个名字确实只应该属于一个"老实而苦恼的农民"，而不应该安在一群"在刀上过日子"的人头上。当野猫子得知"我"想要离开"他们"，脱口嘲弄说"你也想学小黑牛"的时候，"我"软弱无力的辩解，实际上等于默认了野猫子"他们"对小黑牛的评价：一个"懦弱的人，一辈子只有给人踏着过日子的"。

准确地说，"我"的离开，其实与小黑牛的遭遇并没有直接的因果关系。从一开始，"我"就是抱着一种好奇的旁观者心态，抱定了最终要离开的主意之后，才加入了"他们"的队伍。就像浮士德认定自己有一颗"永不满足"的心，才信心十足地和魔鬼签了赌约一样。小说写得很清楚：

> 至于说到要同他们一道走，我却没有如何决定，只是一路上给生活压来说气怨话的时候，老头子就误以为我真的要入伙了。今天去干的那一件事，无非由于他们的逼迫，凑凑角色罢了，并不是另一个新生活的开始。

所以，还在小黑牛被抛入江流之前，"我"就打算向老头子说明自己的本意，准备在合适的时候"独自走我的"，只不过是给小黑牛"一阵猛烈的呻唤打断了",没有来得及向老头子说明而已。小黑牛的死,只不过是在一定程度上加快了"我"离开的步伐,为"我"的离开提供了一个偶然的契机。

换句话说,"我"只不过是在向"前面"寻找"第三世界"的途中,怀着好奇之心想暂时尝试一下"小世界"的生活,偷尝一口生活的禁果而已。明乎此,我们就不难理解何以野猫子的"武力威胁"更像是一次炫耀性的引诱,而强盗首领老头子即便是在断然拒绝夜白飞的哀求,决定将小黑牛抛入江中的"作恶"时刻,仍然以其"钢铁一样的高声"显示了自己的强者魅力。"小世界"的生活,本来就是"我"极力想尝试的人生经验的一部分,而且是最具诱惑力的一部分。在这种情形之下,离开,还是继续留下来的问题,实际上就成了"我"的个人选择。

相应地,当"我"决定离开之后,因小黑牛的遭遇而预想出来的可怕场面并没有出现。小说巧妙地避开"我"与"他们"的正面冲突,将问题转化成了如何证明"我"的善良。小黑牛的遭遇,一方面固然和他不适应盗贼生活法则的懦弱性格有关,另一方面是他没有机会证明自己彻底抛弃了"大世界"的生活规则,无法打消同伙的疑虑,因此而被残忍地抛进了江中。老头子和众人之所以不得不作出这种"谁也不高兴做的"选择,根本上还是由于"大世界"和"小世界"之间水火不容的生存论对立,而不是人性的残忍和自私。

而"我"呢,则因为偶然的遭遇,获得了自我证明的机会。就在因为想要离开的事和野猫子发生争执,受到后者的"武力威胁"之后不久,一位官老爷带着太太和十几名持枪士兵路过人迹罕至的神祠,照例施展其淫威"盘问我们是做什么的,从什么地方来,到什么地方去"。"野猫子咬着嘴唇,不做声",把两人的命运交付给了"我"。"我"机智从容地应对士兵们的盘问,没有让官老爷及其士兵识破"我们"的身份,向野猫子证明了"我"与"大世界"之间的彻底决裂,证明了"我"的善良与值得信赖。冲突从此急转直下,不待苦苦思索如何向老头子说明情况的"我"开口,"他们"就在我的睡梦中悄悄离开了。临行前,还特意在"我"的书里留下了三块银元。而野猫子还特意把自己须臾不离身的木人儿也留在了灰堆旁边。

在这个偶然的遭遇中,野猫子和"我"实际上都先后把自己的命运交付到了对方手上。面对士兵们的盘问，野猫子把一切问题都交由"我"来回答，固然有其不得已而为之的一面，但暗中却等于是用自己的生命做赌注，赌一个根本没有理由的信念：这个刚刚被威胁过的读书人会是"我们一伙的"。而"我"用实际行动证明了野猫子的信念，和野猫子一起应付过了士兵们的盘问，实际上也就等于放弃了自己离开"小世界"的最好机会，把自己的生命交付到了野猫子"他们"手上。能不能按照自己的愿望离开，决定权从此完全转移到了"小世界"里的这群盗贼们手上。

同时以生命为赌注的冒险的结果，是野猫子和"我"都赢了。"我"证明了自己的善良和值得信赖，野猫子"他们"也证明了自己的善良和可信任。而小说《山峡中》，也通过这个相互证明的过程，把"我"的猎奇之旅，变成了对人性的坚强与善良的赞歌，表明了人性的善与美在一切环境中的顽强存在。所以毫不奇怪的是，艾芜不仅把"我"的离开处理成了被"他们"弃置的结果，而且还让"我"在"他们"离开之后，陷入了对"小世界"追思和回味：

> 但看见躺在砖地上的灰堆，灰堆旁边的木人儿，与留在我书里的三块银元时，烟霭也似的遐思和惆怅，便在我岑寂的心上缕缕地升起来了。

无须多说的是，怀着"遐思和惆怅"的"我"当然又踏上了自己的路，向着"前面"继续寻找"第三世界"。《山峡中》这次以生命为赌注的冒险之胜利，实际上不是让"我"告别，而是让"我"更加坚定地站在了"小世界"的强者生存哲学这边，强化了"我"对不可测知的"前面"的信任感，增强了"我"对"第三世界"的信心。

今天看来，这种强者生存哲学实际上早已经超出了一个"五四"青年的浪漫主义文学事业所能涵盖的范围。从源头上看，它实际上把鲁迅等人对理想"中国新青年"的期待变成了一个生活事件。往后看，抗战爆发后的闻一多对"原始""野蛮"和"兽性"[①]的激赏和呼唤，不也等于追认

---

① 闻一多：《〈西南采风录〉序》，《闻一多全集》第 2 卷，湖北人民出版社 1993 年版，第 195—196 页。

艾芜的先驱者地位吗？如何进一步把包括《山峡中》在内的艾芜"南行"系列作品从僵死的文学风格术语中解放出来，放置到中国现代文学，甚至中国现代文化精神的总体脉络中解读，仍然是一个充满了诱惑的空白。

延伸阅读

1. 艾芜的绝大部分"南行"小说，包括后来基本风格和面貌都已经发生了巨大变化的"续编"等，都收在《艾芜文集》第1卷（四川人民出版社1981年版）里，可供我们更多地了解和感受作家早期的"南行姿态"。而这种姿态在后来历史情境中发生的复杂变化，也可以进一步阅读、讨论。

2. 为了不至于把小说《南行记》和作家本人的南行经历简单地混淆起来，我们希望有兴趣的同学还能够进一步阅读《我的幼年时代》《童年的故事》《我的青年时代》三部自传。三部作品均收在《艾芜文集》第2卷（四川人民出版社1984年版）里，可供我们从人与自然的关系这个角度进一步理解真实的艾芜，理解作为中国现代文学史上的另类而存在的"南行"系列作品中独特的生存世界。

3. 王晓明的《沙汀艾芜的小说世界》（上海文艺出版社1987年版），迄今仍是艾芜研究最有分量的著作。该书下半部分，以个人阅读经验为立足点，以丰富细腻的文本分析材料，并融合研究者个人的生活经验和历史感受，对艾芜的小说创作作了全面的梳理。作者有意识地把艾芜放在以鲁迅为代表的中国现代文学传统中审视、发掘其独特贡献的整体性眼光，也体现了作家研究的最高水准。

4. 在单篇论文方面，吴福辉和王晓明两人《关于艾芜〈山峡中〉的通信》（原载《中国现代文学研究丛刊》1993年第3期）是最出色的一篇。吴福辉对盗贼哲学的探讨和思考，以及将小说中的人物详细划分为四种类型来探讨的做法等，既显示了良好的文本分析技巧，又巧妙地把研究者的人生感悟融进了对研究对象的理解。王晓明的回应，则结合个人经验，解释了《山峡中》对自己的历史意义，展示了文学研究与个人生活之间的血肉关联。

思考题

1. 请从野猫子的角度分析一下野猫子本人,以及"小世界"里的其他盗贼对"我"的看法与评价。

2. 通读艾芜"南行"作品,比较一下作为"南行者"的"我",与鲁迅笔下的"过客"(《野草·过客》)形象之间的异同。

第七讲

《骆驼祥子》的"故事"与"主义"

一 "纯洁个人"遭遇不幸的"故事"

《骆驼祥子》的情节很简单：一个名叫祥子的乡下小伙子，18岁上失去了父母和田产，被迫跑到北平城里来，成了一名靠出卖劳动力谋生的洋车夫，希望通过自己的勤苦和节俭，买一辆属于自己的洋车，过上安稳的高等车夫生活。但残酷的现实毁灭了他的理想和希望，他三次买车，第一次被军阀抢走，第二次被侦探特务洗劫一空，第三次被迫卖车埋葬妻子。三起三落之后，祥子丧失了一切的理想和尊严，成了一具游荡在北平街头，等待着最后腐烂的行尸走肉，一个"个人主义的末路鬼"[①]。

但简单的情节背后的"故事"，或者说上述情节究竟围绕着怎样的一个"故事"展开，却说法各异。最通行的是"万恶的旧社会"毁灭了祥子的理想和希望，将一个纯洁而善良的年轻人变成了北平街头的行尸走肉的"故事"。这种说法可以诉诸本能的个人感情，——尤其是青少年读者的个人感情——解读为"丑恶社会"如何残忍地伤害并最终毁灭了"纯洁个人"的浪漫主义感伤"故事"。更重要的当然是，它可以放在"新民主主义革命"论这个长期支配着我们对现代文学总体性质及其历史进程之理解的现代中国元叙事中解读，通过指认"旧社会"的罪恶与不公，指认"新

[①] 老舍：《骆驼祥子》，《中国新文学大系 1937—1949·第八集》（长篇小说卷一），上海文艺出版社 1990 年版，第 180 页。以下引述小说内容均据此版本，不再一一标注具体页码。

民主主义革命"的必要性和正当性。正因为如此，一般文学史教材关于《骆驼祥子》的叙述和分析，即便不想直接搬用或沿袭，也很难挣脱这个"故事"的缠绕。

不过，随着"新民主主义革命"论在支配地位上的变化，这个"丑恶社会"毁灭了"纯洁个人"的文学史"故事"，也越来越多地受到了质疑和挑战。其中最尖锐、最直接的挑战来自于小说另一个主要人物：老、丑，却又强悍无比的虎妞。祥子的毁灭主要不是经济上的，而是精神上的。直到最后，祥子仍然保持着他较常人要高大得多的身板，口袋里揣着比不名一文地来到北平城，甚至比第一次丢了车之后还要多出不少的钞票。正是这种物质和经济上的相对优越，使得他的堕落在老舍笔下显得更加让人厌恶，更加触目惊心：走在为别人结婚或出殡的仪式队伍里，"他那么大的个子，偏争着去打一面飞虎旗，或一对短窄的挽联；那较重的红伞与肃静牌等等，他都不肯去动。和个老人，小孩，甚至于妇女，他也会去争竞"。哀莫大于心死，祥子的毁灭，就在于他的理想、他的灵魂已经被彻底掏空，成了游荡在北平街头的"个人主义的末路鬼"。再说了，如果仅仅是为了强调经济上和物质上受到的剥夺的话，祥子一家人在乡下如何走投无路，最终剩下祥子一人背井离乡，孤身逃到北平城的情节，岂不是更有意思？

问题恰好在这里。祥子的毁灭，是他从乡下带进城里来的个人奋斗精神和理想的毁灭，——用老舍的话来说，是那点"清凉劲儿"的毁灭。而毁了祥子"清凉劲儿"的，却不是军阀、侦探或者什么反动恶人，而是后来成了他妻子的虎妞。祥子最后一次，也就是第三次被迫和自己的车分手，就是为了埋葬虎妞。小说写得很清楚，遭到虎妞引诱之后的祥子，"就是想起抢去他的车，而且几乎要了他的命的那些大兵，也没有像想起她这么可恨可厌！她把他由乡间带来的那点清凉劲儿毁尽了，他现在成了个偷娘们的人！"从小说的整体情节发展来看，祥子实际上早在第十章目睹车夫老马和他的孙子小马儿虽然有自己的车，但却依然难逃命运的魔爪之后，就放弃了自己买一辆车来拉这个神圣的人生目标，放弃了个人奋斗，放弃了在虎妞面前的挣扎。此后，才遭到第二次不幸，被特务暗探抢走了全部存款。

虎妞的强悍挑战，不仅迫使"丑恶社会"如何毁灭了"纯洁个人"的传统故事作出调整和让步，不惜把虎妞从极端令人厌恶的小说人物，变成了值得同情的不合理社会制度的受害者，以便继续把一切不幸和丑恶归罪于"丑恶社会"，而且催生了解读《骆驼祥子》的另一个"故事"。这就是融合深层心理分析和性别批评，把小说解读为纯真无邪的少年，如何被老奸巨猾的虎妞玩弄于股掌之间，最终毁了祥子的"故事"。从原型批评的角度来说，这是一个"白色少年"落入"黑色巫婆"的魔掌，最终遭到毁灭的"故事"。从性别批评的角度来看，这是一个"女人强奸男人"的"故事"，是"男人强奸女人"这个传统常规模式的倒转。

不用说，和"丑恶的社会"毁灭了"纯洁的个人"相比，"男人被女人强奸"这个故事无疑要时尚得多，文化阐释和社会想象空间也相当开阔。小说关于虎妞与祥子的复杂关系的描写，也只有在这个"故事"中才能获得圆满的解释。小说中多次写到的祥子对性生活的厌恶与恐惧，以及老舍其他作品中反复出现的"虎妞式"人物，也可以由此或直接，或间接地得到合理的说明。

但严格说来，它并不是一个全新的"故事"，而只能算是"丑的社会"毁灭了"纯洁个人"这个老套"故事"的简单翻版。唯一的区别就是把"丑恶的社会"换成了"黑色巫婆"，把"纯洁个人"改成了"白色少年"，把我们烂熟于心的"无产阶级"和"剥削阶级"之间的对立，换成了"男阶级"与"女阶级"的对立，如此而已。除了可能在推进老舍创作心理分析方面有所贡献之外，这个花样翻新而骨子里老套依旧的"女人强奸男人"的"故事"，并没有太多值得关注之处。顺便说一句，国内外不少气势汹汹且噱头十足的性别批评论著，也和《骆驼祥子》的这个新"故事"一样，并没有在"女阶级"对抗"男阶级"这个马克思主义阶级斗争的新形式之外，增添任何新的思想。

此外，上述两个"故事"还隐含着一个共同的特点，那就是要么将问题归罪于"丑恶的社会"，要么归罪于"黑色巫婆"，认定祥子本人不必为他自己的毁灭而承担任何责任。这一点，显然无法解释老舍对祥子本人的复杂感情。小说前半部分充满了对祥子毫不掩饰的偏爱和同情，但随着情节的推进，老舍对祥子的态度明显发生了变化，厌恶之情越来越浓烈，以至于在结尾处变成了对祥子从灵魂到身体的极度厌恶。只要稍稍对比一下第一章和第二十四章关于祥子身体的描写，就不难看出这种情感基调的巨大变化。老舍对祥子的态度，也和鲁迅对阿Q的态度一样，一方面是"哀其不幸"的深切同情，一方面是"怒其不争"的批判。完全将问题归罪于他者，实际上等于忽视了小说的后半部分，忽视了老舍对祥子"怒其不争"的一面。

为着应对这个问题，又出现了应和着老舍在结尾处对祥子"个人主义"的判决词，将小说解读为批判"个人主义"的国民劣根性的新"故事"。

二 改造"国民劣根性"的文化批判

套用我们熟悉得早已经麻木了的"外因通过内因而起作用"的说法，"丑恶的社会"对"纯洁的祥子"的伤害和毁灭，也必定离不开祥子本人的性格弱点。随着这种伤害和毁灭的深入，问题也就不可避免地转化成祥子本人的堕落，而不再是"万恶的社会的陷害"。这一点显然正是小说对祥子的态度由最初的无限同情发展成了最后的极度厌恶的根源。在这种情形之下，循着老舍在小说结尾处宣布的"个人主义末路鬼"之说，强调和放大祥子身上的"国民劣根性"，从传统的北平文化的角度解读《骆驼祥子》的悲剧，也就有了充分的合理性。

这个"故事"的好处，首先是把老舍及其《骆驼祥子》从"新民主主义革命"论里剥离开来，放到了以鲁迅为中心的"改造国民性"的元叙事里来解读。"改造国民性"当然也是促成传统中国向现代中国转化的现代性总体工程的一个重要方面，和"新民主主义革命"的目标和方向都是一致的，但却更贴近中国新文学自身的历史状况，也更能把文学革命和政治革命区别开来。少讲甚至不讲阿Q、祥子这样的无产者自身的弱点，忽视作家对他们的批判，在很大程度上就是"新民主主义革命"论这个更偏向于政治革命的现代中国元叙事的产物。而"改造国民性"，却用文化的概念，将包括祥子在内的传统中国社会各阶层人物，全都纳入了反思和批判的范围，阐释的包容性和灵活性也因此得到了极大地扩张。

最主要的是，这个"故事"激活了《骆驼祥子》和老舍其他作品的整体关联，将祥子、虎妞、刘四爷等一干人物的思想和生活习惯等，纳入了老北平所特有的"京味文化"系统中来看待。这样，不仅老舍在中国现代文学历史脉络中的位置和特殊贡献得到了准确的安置，小说中的语言、风俗、生活习惯等诸多艺术方面的问题，也得到了妥帖而恰当的解释。把老舍当做北平市民文化的表现者和批判者来看待，从"京味文化"的角度理解老舍的艺术追求，因而也就逐渐取代了此前过于单调狭窄的政治革命视角。我们在"延伸阅读"部分推荐给大家的，就是这方面的代表性成果。

但这个"故事"在面对《骆驼祥子》的时候，却有一点不容忽视的偏差。这就是：祥子并非土生土长的北平人，而是北平的"外来者"。他保持着乡下人的那点"清凉劲儿"，保持着乡下人的质朴和本分的时候，不仅刘四爷看不上他早出晚归拼命拉车的举动而"心中有点不痛快"，虎妞嘲笑他是"傻骆驼""地道窝窝头脑袋"，就连周围的同行也觉得他是个异类，"不得人心"。祥子真正成了北平人，成了地道的北平洋车夫，"入了辙"的时候，恰好是他最终堕落了的时候。在某种意义上，祥子的失败恰好不是因为北平市民文化的熏陶和影响，而是未能适应并融入北平市民文化。再者，老舍在小说结尾明确说过，祥子的悲剧乃是"个人主义末路鬼"的悲剧，而不是笼统而含糊的文化悲剧。

这样一来，从"改造国民性"文化批判的角度解读《骆驼祥子》，实际上也面临着"丑恶的社会"毁灭了"纯洁的个人"这个老套"故事"曾经遭遇到的困境：分别居于社会和个人两端，在相互指责和相互推诿中走向"鸡生蛋还是蛋生鸡"的无休止循环里。究竟是祥子本人，还是整个系统出了毛病的传统文化应该为祥子的堕落承担罪责，依然是个每种说法都有道理，但每种说法都毫无意义的无效话题。

三 "个人主义"的失败史

我们知道，《骆驼祥子》这部小说是应《宇宙风》半月刊之约，以连载的形式首次同读者见面的。全书一共24章，恰好供杂志连载一年。这种发表形式虽然在一定程度上限制了作者，使小说的结尾稍为显得有些匆促，但老舍对祥子的命运及其结局，却自始至终有着明确的构思和目标，绝对不是写到哪算哪。老舍自己说得很清楚："我所要观察的不仅是车夫的一点点的浮现在衣冠上的、表现在语言上与姿态上的那些小事情了，而是要由车夫的内心状态观察到地狱究竟是什么样子。车夫的外表上的一切，都必有生活与生命上的根据。我必须找到这根源，才能写出个劳苦社会。"①

这个说法不仅以其表达的内容，更以"观察""外表""根源"等极富严谨的现代科学色彩的词语，表明了老舍对祥子的基本态度：那就是像科学家在实验室里观察和记录实验对象的反应和变化一样，把祥子放在北平城这个巨大的社会实验室里来"观察到地狱究竟是什么样子"。小说开头对北平洋车夫总体社会状况的调查和分析，就是这种"科学的实验"态度的有力佐证："有了这点简单的分析，我们再说祥子的地位，就像说——我们希望——一盘机器上的某种钉子那么准确了。"小说干净利落地斩断了祥子一切的社会关系，把他从与世界有着千丝万缕联系的活生生的人，变成了一个孤零零的小动物。看不到任何与情节发展无关的言行举止，更是出于把祥子当做试验品来观察的需要。结尾两章甚至根本就没有给人物留下任何自我挣扎和表达的机会，而是直接用叙述者的旁白推搡着祥子往前走，来到了早就准备好的结论面前：

  体面的，要强的，好梦想的，利己的，个人的，健壮的，伟大的，祥子，不知陪着人家送了多少回殡；不知何时何地会埋起他自己来，埋起这堕落的，自私的，不幸的，社会病胎里的产儿，个人主义的末路鬼！

这种把人物放在封闭的实验室里，居高临下地观察人物甚至直接支配人物的写作姿态，实际上不是现实主义，而是自然主义的。老舍其实是把自己熟悉的北平城当做实验室，把祥子当做试验品来检验自己的假设。如果说自然科学的实验还有可能受到实验过程和实验结果的挑战，得出与实验者预期相反的结论的话，虚构性的"文学实验"则根本不必担心这个问题。就像传说中的暴君之于自己的臣民一样，小说家对自己笔下的人物享有随心所欲的绝对支配权。——他甚至比传说中的暴君还要自由，因为暴君还有可能遭到外敌入侵或臣民的奋起反抗，而小说家随心所欲的虚构则

---

① 老舍：《我怎样写〈骆驼祥子〉》，曾广灿、吴怀斌编：《老舍研究资料》（上），北京十月文艺出版社1985年版，第608页。

完全不必担心遭遇到实在性的解构或抵制。在这个意义上，"文学实验"实际上较之"科学实验"更切近现代科学技术的本质："科学家制定了他们的假设来安排实验，然后用实验来证实他们的假设，整个过程中，他们显然是在和一个假设的自然打交道。"①

从常识上说，如果拉洋车这个行业确实像老舍所写的那样，甚至不能维持祥子这样优秀的从业人员的温饱和繁衍后代的最低需要，那就不可能在北平持续存在数十年。老舍笔下的祥子，与真实的北平人力车夫的生活状况并不相符。这一点，邓云乡在《文化古城旧事记》一书里有着详细的记述，有兴趣的同学可以自己找来看。回头来看，老舍撇开基本的历史状况不顾不管，把祥子孤零零地提取来作为自己"文学实验"样本的举动，充分说明了小说最后的结论乃是老舍一开始就明确拥有的构思。这就是说，整部小说所要探究的，确实是祥子的"个人主义"如何导致了他最终的失败。

四 "身体"遭遇虎妞

老舍既然是在写小说，而不是编讲义，我们显然就不能望文生义，把小说中的"个人主义"和思想史或哲学史上的"个人主义"直接等同起来。老舍之所以是老舍，《骆驼祥子》之所以是《骆驼祥子》，就因为这里的"个人主义"是任何一本教科书上都找不到的东西，一种直接与作为动物的人的身体粘连在一起的"身体个人主义"。

小说开头描述和赞扬祥子的蓬勃生气，实际上是在赞扬他的身体，他的劳动能力。祥子买车的理想和对未来的信心，同样也是建立在自己的劳动能力，也就是建立在自己的身体上的。老舍由衷地欣赏祥子健康、纯洁而充满活力的身体：

> 他的身量与筋肉都发展到年岁前边去；廿来的岁，他已经很大很高，虽然肢体还没被年月铸成一定的格局，可是已经像个成人了——一个脸上身上都带出天真淘气的样子的大人。看着那高等的车夫，他

---

① [美] 汉娜·阿伦特：《人的境况》，王寅丽译，上海人民出版社2009年版，第228页。

计划着怎样杀进他的腰去，好更显出他的铁扇面似的胸，与直硬的背；扭头看看自己的肩，多么宽，多么威严！杀好了腰，再穿上肥腿的白裤，裤角用鸡肠子带儿系住，露出那对"出号"的大脚！是的，他无疑的可以成为最出色的车夫；傻子似的他自己笑了。

更由衷地赞美从这健康、纯洁而充满活力的身体里自然而然地流溢出来的精神，一种身体化了的精神：

> 他没有什么模样，使他可爱的是脸上的精神。头不很大，圆眼，肉鼻子，两条眉很短很粗，头上永远剃得发亮。腮上没有多余的肉，脖子可是几乎与头一边儿粗；脸上永远红扑扑的，特别亮的是颧骨与右耳之间一块不小的疤——小时候在树下睡觉，被驴啃了一口。他不甚注意他的模样，他爱自己的脸正如同他爱自己的身体，都那么结实硬棒；他把脸仿佛算在四肢之内，只要硬棒就好。是的，到城里以后，他还能头朝下，倒着立半天。这样立着，他觉得，他就很像一棵树，上下没有一个地方不挺脱的。

"脸仿佛算在四肢之内"一语，以及接下来的"一棵树"，"他确乎有点像棵树，坚壮，沉默，而又有生气"等表述，无一不缠绕着祥子的身体展开，并且反过来把他的"脸上的精神"固定在了他的身体之内，将其塑造成了一个沉默的身体性存在。

与此相应的是，祥子悲剧性的堕落，也是从虎妞毁了他身体的纯洁，毁了他身上的"清凉劲儿"开始的，最终定格在严重的脏病彻底毁了他的身体，毁了他以身体能力为基础的个人理想，毁了他蕴含在身体里的精神。

> 入了秋，祥子的病已不允许他再拉车，祥子的信用已丧失得赁不出车来。他作了小店的照顾主儿。夜间，有两个铜板，便可以在店中躺下。白天，他去作些只能使他喝碗粥的劳作。他不能在街上去乞讨，那么大的个子，没有人肯对他发善心。他不会在身上作些彩，去到庙会上乞钱，因为没受过传授，不晓得怎么把他身上的疮化装成动

人的不幸。作贼，他也没那套本事，贼人也有团体与门路啊。只有他自己会给自己挣饭吃，没有任何别的依赖与援助。他为自己努力，也为自己完成了死亡。他等着吸那最后的一口气。他是个还有口气的死鬼，个人主义是他的灵魂。这个灵魂将随着他的身体一齐烂化在泥土中。

小说开头对祥子身体及其身体化了的精神的描写，恰好与这里的结尾构成了严格而完整的对应：祥子的精神和灵魂既然一开始就被老舍内化并固定在了他的身体内部，"这个灵魂将随着他的身体一起烂化在泥土中"，也就成了祥子的必然结局。就像树叶必然随着枝干的死亡而烂化在泥土中那么自然。把祥子的精神和"主义"身体化，也正是祥子的堕落和毁灭在小说中沿着身体和精神两个向度同时展开，身体的毁灭和精神的堕落互为因果，纠缠着、厮打着坠入最终结局的根源之所在。

正因为祥子的精神和"主义"附着在他的身体上，直接就是他身体的一部分，虎妞也才会后来居上，越过军阀、侦探特务和不公正的社会制度，成了毁灭祥子最直接、最关键的力量。理由很简单，只有虎妞才能够以占有和支配祥子身体的方式，支配和控制祥子的精神，通过病态的"性榨取"毁了祥子纯洁健康的身体，同时也毁了他寄居在身体之内的灵魂。

我们看到，一向体面要强的祥子在因为上杨宅拉包月的事才三天半就告吹，失魂落魄而又走投无路地回到人和车厂，遭虎妞诱奸之后，身体上的经历同时也就变成了精神上的毁灭，"她把他由乡间带来的那点清凉劲儿毁尽了"。从这次被诱奸开始，祥子宗教般神圣的买车理想和个人奋斗信念，陷入了彻底的危机。纯洁的身体被玷污的耻辱感和堕落的诱惑混杂在一起，让祥子觉得"不但身上好像粘上了点什么，心中也仿佛多了一个黑点儿，永远不能再洗去"。在这里，小说第一次真切地写出了祥子的绝望："他对她，对自己，对现在与将来，都没办法，仿佛是碰在蛛网上的一个小虫，想挣扎已来不及了。"

也就是在这里，以"纯洁少年"遭到"黑色巫婆"虎妞的诱奸为转折点，祥子堕落和毁灭的根源，开始从外在环境的逼迫和挤压，变成了他内心越来越强烈的主动渴求：

一种明知不妥，而很愿试试的大胆与迷惑紧紧的捉住他的心，小的时候去用竿子敲马蜂窝就是这样，害怕，可是心中跳着要去试试，像有什么邪气催着自己似的。纱茫的他觉到一种比自己还更有力气的劲头儿，把他要揉成一个圆球，抛到一团烈火里去；他没法阻止住自己的前进。

在这种情形之下，以到曹宅拉包月为偶然的契机，虽然获得了——至少是暂时获得了——逃出"黑色巫婆"虎妞的控制与支配的祥子，外在环境虽然发生了改变，但失败的命运感却越来越强烈地笼罩在了他的心上。以身体劳动能力为支撑的对未来的信心，开始走向了崩溃：

　　他的身量，力气，心胸，都算不了一回事；命是自己的，可是教别人管着；教些什么顶混账的东西管着。

所以，当虎妞找上曹宅，以假扮怀孕要挟祥子就范，想要把祥子彻底抓在自己手掌心里的时候，目睹了车夫老马和孙子小马儿的命运的祥子，几乎连哼都没哼一声，就选择了彻底认输。既然一切都已经注定，

　　对虎妞的要挟，似乎不必反抗了；反正自己跳不出圈儿去，什么样的娘们不可以要呢？况且她还许带过几辆车来呢，干吗不享几天现成的福！看透了自己，便无须小看别人，虎妞就是虎妞吧，什么也甭说了！

孙侦探抢走他辛辛苦苦存下来的买车钱，不过是在祥子已经彻底放弃了个人奋斗的理想之后，顺势再给他一击，将他彻底推进了命运的虎口——确实是虎口，虎妞的口。对祥子来说，虎妞不是人，而是"红袄虎牙的东西，吸人精血的东西"，落在虎妞手里的祥子"已不是人，而只是一块肉。他没了自己，只在她的牙中挣扎着，像被猫叼住的一个小鼠"。

祥子经受了三起三落的打击才放弃了买车的理想而走向堕落的通行看法，其实并不准确。

再往下说，虎妞难产而死，摆脱了"吸人血的妖精"无休止的性压榨

之后的祥子，按理应该对自己的未来重新有所考虑才对。但不，"他不敢想虎妞一死，他便有了自由"，反而令人奇怪地开始从经济利益方面怀念虎妞的"好处"，把剩余的三十多块钱当做了自己在世界上唯一的依靠，再也不敢，不愿意信赖自己的身体，信赖自己的劳动能力了。这其中最重要的原因，老舍交代得很清楚，就是虎妞毁了他的身体，"无论怎说，他的身体是不像从前那么结实了，虎妞应负着大部分的责任"。这个结论，一方面在开端上印证了虎妞对祥子异常恶毒，但却不能说毫无道理的判断，——"你不是娶媳妇呢，是娶那点钱"——一方面又作为后果，进一步把祥子对堕落的隐秘渴求，牢牢地固着在了对金钱的欲望上。

正因为祥子早在被迫和虎妞成亲之前就已经放弃了自己的理想，堕落已经成了他内心主动的渴求，所以他才会在虎妞死后继续循着虎妞当初强迫他跨入的轨辙，把曾经被他视为最下贱的堕落之举，变成了他的渴望、他的梦想："他好像是作着个不实在的好梦，知道是梦，又愿意继续往下作。生命有种热力逼着他承认自己没出息，而在这没出息的事里藏着最大的快乐"，在夏太太那里染上了性病。最终，通过白房子把自己从社会之病的受害者，变成了社会之病的源头，完成了从人到鬼的逆转。追根溯源，一切都指向虎妞。

但我们已经说过，把祥子的悲剧归咎于虎妞，把"丑恶社会"毁了"纯洁个人"的老套路，改写成"白色少年"遭遇"黑色巫婆"的新花样，并没有带来任何实质性改变。我们读《骆驼祥子》，同情祥子，但却没有必要把自己变成祥子，跟着祥子的感受和思路，一切归罪于虎妞。必须超越老舍，才能理解祥子，认识悲剧的根源。在"黑色巫婆"对"白色少年"的性压榨这个问题上，老舍实际上完全没有控制住自己的笔，反而受到了祥子式的性恐惧的支配，毫无必要地把白房子里外号"白面口袋"的底层妓女，写成一个性欲不仅反常而且病态地旺盛，先后让五个男人"像瘟臭虫似的死去"仍不满足，最后"自己甘心"做妓女以贪图性享受的妖物，就是明显的败笔。

真正的问题是：如果没有虎妞，没有"丑恶社会"，祥子的"身体个人主义"能不能摆脱悲剧的结局？

五 "身体"的自然困境及其文化出口

实际上,小说第十一章已经对这个问题作了明确的回答:不能。目睹车是自己的,"就仗着天天不必为车份儿着急"的车夫老马和孙子小马儿的悲惨境遇之后,祥子就彻底认命了:

> 穷人的命,他似乎看明白了,是枣核儿两头尖:幼小的时候能不饿死,万幸;到老了能不饿死,很难。只有中间的一段,年轻力壮,不怕饥饱劳碌,还能像个人儿似的。在这一段里,该快活快活的时候还不敢去干,地道的傻子;过了这村便没有了这店!这么一想,他连虎妞的那回事儿都不想发愁了。

确实,祥子满可以一跺脚奔天津或其他城市,甚至可以带着他存下的七八十块钱回到乡下,逃离虎口,挣脱"吸人血的妖精"的虎妞。热心而天真的人们,还可以设想祥子千方百计熬到解放,挣脱"丑恶社会"的压迫和剥削,在光明开阔的"黄金世界"里过着无忧无虑的社会主义幸福生活。即便如此,他的"身体个人主义"仍然只有死路一条。

祥子这里遭遇到的,乃是人类作为终有一死的有机生命体的自然宿命,一种使人类成为人类的必然规律。无论他是谁,无论他怎样强壮,无论他的职业分工和身份贵贱,只要他还是地球上的一个物种,人类就不可能逃脱祥子这里"看明白了"的事实:他的身体终将无可避免地从这个世界上消失,烂化在冷冰冰的泥土里。祥子附着在身体上,以劳动能力为基础的"身体个人主义",因此也必将随着他的身体而走向毁灭。

也就是说,祥子在这里遭遇到的乃是人类生命的自然属性所给定的必然结局。向虎妞低头,不过是在向身体的自然属性认输之后捎带着的举动。同理,只要他仍然是一个有身体的生物,任何一个光明开阔的"黄金世界"也就必定不可能让祥子的"身体个人主义"摆脱失败的命运。问题不是发生在个人与社会的关系环节上,而是发生在祥子和他的身体之间。顾名思义,社会改造只能改造社会,改造不了祥子的身体,自然也就帮不了祥子什么忙。

把买车的"志愿，希望，甚至是宗教"建立在自己的劳动能力上，建立在身体上的祥子在老马和小马儿祖孙两人身上看到的，乃是作为生物过程的个体生命无可逃避的必然宿命。不错，身体固然为人类提供了劳动能力，提供了维持人类存在所必需的物质产品。但身体反过来也需要消耗自己的劳动产品，以维系自身作为生物过程的存在，"身体自发的生长、新陈代谢和最终的衰亡，都要依靠劳动产出和输入生命过程的生存必需品"①。人类文明离不开物质生产，离不开人的身体及其劳动能力，但仅有物质生产，仅仅依靠身体及其劳动能力，却又不足以建立文明秩序，把人和野兽区别开来。

身体及其劳动能力，仅仅是人之为人的必要条件，而非充分条件。任何一种动物，无论属于高级形态还是低级形态，都有能力通过自己的身体获得维持自身生物过程所必需的产品。通俗地说，就是都有能力通过自己的身体获得食物。人类区别于野兽的地方，就在于他能够以自己的劳动能力为基础，在满足身体生物过程的必需性之余，创造出超越身体的必需性及其生物过程而存在的文明秩序，生活在自己参与，但在空间广度和时间长度两方面都超越其个体性存在的世界之中。只有在这个人类自己创造的世界里，个体生命才有可能挣脱其生物属性所给定的必然宿命，摆脱其动物性的生存状态。

在老舍看来，"体面的，要强的，好梦想的"祥子的毁灭和堕落，就是被同类从人的世界，一步一步驱逐进了动物的世界，野兽的世界。我们看到，第一次丢车后，祥子的行为就有了野兽化的迹象：

> 从前，他不肯抢别人的买卖，特别是对于那些老弱残兵；以他的身体，以他的车，去和他们争座儿，还能有他们的份儿？现在，他不大管这个了，他只看见钱，多一个是一个，不管买卖的苦甜，不管是和谁抢生意；他只管拉上买卖，不管别的，像一只饿疯的野兽。拉上就跑，他心中舒服一些，觉得只有老不站住脚，才能有买上车的希望。

---

① ［美］汉娜·阿伦特：《人的境况》，王寅丽译，上海人民出版社 2009 年版，第 1 页。

循着这个野兽化的堕落轨辙，我们很自然地在老舍笔下看到了最后的祥子，只剩下了身体肉架子的祥子：

> 人把自己从野兽中提拔出，可是到现在人还把自己的同类驱逐到野兽里去。祥子还在那文化之城，可是变成了走兽。一点也不是他自己的过错。他停止住思想，所以就是杀了人，他也不负什么责任。他不再有希望，就那么迷迷忽忽的往下坠，坠入那无底的深坑。他吃，他喝，他嫖，他赌，他懒，他狡猾，因为他没了心，他的心被人家摘了去。他只剩下那个高大的肉架子，等着溃烂，预备着到乱死岗子去。

但在我看来，把买车的理想建立在劳动能力上，奉行"身体个人主义"生活原则的祥子，一开始就没有挣脱个体生命的动物性生存状态，进入过摆脱了生命必需性的束缚的文明状态。祥子不是从一个祥子变成了另一个祥子，而是把"这一个"祥子的生命轨辙在老舍的"文学实验室"里作了一次完整的展示。对自己笔下的人物，对自己的试验样品，老舍自始至终就没有给祥子提供过超越其身体自然属性的有限性和必需性束缚的可能。

个体生命超越其身体自然属性的有限性和必需性束缚的首要前提就是以身体的自然属性为基础，在生产维持自身生物过程所必需的产品的同时，通过性行为繁殖后代，产出人口，维系人类作为动物种群的持续存在。这一点往往因其乃是不言而喻的必需前提，和现代个人主义思潮的兴起而遭受到忽视，但中国古代儒家思想和尼采以群体类存在为最高价值的道德哲学，却牢牢抓住了这点。人口的生殖和繁衍最直接、最明显可见的结果，是一个在时间上超越了个体生命的有限性的人类种群的诞生。

而种群的诞生又为人类提供了第二个超越自身有限性的可能，那就是与其他个体的交往而结成"群"，分享并生活在一个空间上远比个体生命更为开阔，也更为丰富多样的共同体里。人类种群及其共同体的存在，才是个体生命得以不断来到这个世界，完整地经历其生物过程所必需的先在前提。

被近代理性主义所照亮并极度夸大的第三条路径则更进一步了，以上述两种可能性为基础和前提条件，利用自身的理性思维能力和符号能力，通过不断的学习和创新而建构起一整套越来越强大的改造自然和支配自然，甚至最终改变身体自然属性的技术系统。这个理性技术系统，不仅能够最大限度地超越个人身体自然属性的限制，创造"全人类"共同分享的生活共同体，而且还发展出了一个超越自然时空限制的"虚拟世界"。

我们今天所说的人类社会的进步与发展，可以看做是这第三种超越个人身体自然属性束缚和限制的能力不断壮大的结果。但无论这种可能发展壮大到何种程度，它都不能取代，而必须以其余两种可能性为基础。反过来，其余两种可能的出口，也必须在理性和符号能力的引导下，才有可能超越身体必需性和直接性的控制而成为人类生活实践，让人成为人。前提条件的"先"和结果的"后"，仅只是逻辑意义上的区分，决非时间意义上的先后顺序。在人类任何一个哪怕最微不足道的行动中，都必然同时包含着这三种元素。

六 "骆驼"祥子的必然命运

回头来看，祥子被冠之以"骆驼"这个沉重的动物符号的根由，也就在这里：老舍一直就是把他——按理，应该说是"它"——当做动物，而不是当做"人"来塑造的。在主词相同的情况下，作为修饰限定成分的谓词，就成了将一个人和另一个人区别开来，或者说决定"这一个"之所以为"这一个"的决定性因素。"骆驼祥子"之所以是"骆驼祥子"，并非因为他叫"祥子"，而是因为他是"骆驼"，一个庞大而温顺的动物。老舍在将祥子的理想牢牢地压缩、固定在其身体上，将其塑造成"身体个人主义"者的时候，实际上就已经取消或堵死了超越身体自然属性的文化出口。

小说一开头，让祥子失去了父母和乡下的几亩薄田，孤身一人跑到北平城里来，干脆利落地斩断了过去的一切社会关联。接下来又以祥子的性格特点为根据，堵死了他适应并融入新环境，通过自己的行动和交往而成为新的生活共同体成员的出路。我们看到，进城三年多的祥子，"凡是以卖力气就能吃饭的事他几乎全作过了"，但令人不可思议的是，他竟然没有一个可以谈话和交往的朋友。偌大一个北平城，除了刘四爷的人和车厂之外，他竟然找不到，也想不到还会有第二个可以落脚的地方。堕落和毁灭之后，他才知道了小旅馆，甚至找到了白房子。同样，也只有在堕落和毁灭之后，老舍才让祥子"入了辙"，在同行车夫中找到了同情。在此之前，祥子自始至终都是孤独的、不合群的兽物，一匹孤零零地奔走在北平大街小巷的"骆驼"，一个汉娜·阿伦特所说的"劳动动物"。老舍虽然在一定程度上注意到了祥子的"不合群"是导致其失败的根源之一，借车夫老马之口道出了结成群的重要性，但却没有意识到他实际上一开始就堵死了祥子融入社群的可能性，最终还是把祥子的"入了辙"当做了堕落状态。

老舍不仅堵死了祥子在空间维度上通过交往行为融入社会群体的可能，而且在时间链条上，也剥夺了祥子通过本能的自然生殖和繁衍而进入人类社群的可能。虎妞之于祥子的关系虽然是特例，但特例背后包含着老舍对车夫们普遍命运的理解。小说第十六章，特别借两个不相识的无名车夫之口，道出了这一点。一个是四十多岁的高个子车夫语重心长的"哥儿们"体己话：

"我告诉你一句真的，干咱们这行儿的，别成家，真的！"看大家都把耳朵递过来，他放小了点声儿："一成家，黑天白日全不闲着，玩完！瞧瞧我的腰，整的，没有一点活软气！……"

在场的另一位车夫则在点头赞赏之余，为高个子补充了人体营养学根据：

"你瞧干这个营生的，还真得留神，高个子没说错。你就这么说吧，成家为干吗？能摆着当玩艺儿看？不能！好，这就是楼子！成天啃窝窝头，两气夹攻，多么棒的小伙子也得爬下！"

概括起来说，老舍阻止祥子通过生殖和繁衍行为超越其自身有限性的理由有二。第一，车夫们靠身体吃饭，而性行为对男性的身体有着巨大的危害，会损害和影响其劳动能力，掏空祥子"身体个人主义"的唯一的立足点。第二，人口生殖和繁衍会成为祥子的沉重负担，打破他省钱买车的希望,"他的志愿,理想,甚至是宗教"。祥子最令人难以原谅的自私举动,就是在虎妞死后,硬着心肠拒绝了小福子,客观上加速了小福子的毁灭和死亡。支持着他冷酷自私地推开了小福子一家的理由,就是害怕人口生殖和繁衍所带来的沉重负担,"他还喜爱她,可是负不起养着她两个弟弟和一个醉爸爸的责任","他不敢想小福子是要死吃他一口,可是她这一家人都不会挣饭吃也是千真万确"。"死吃他一口"的说法,形象、生动、深刻地刻画了祥子对人类时间链条上的他者的深深恐惧,也反过来把祥子固定在了他的身体,他的有限的生物过程之内。

至于第三种可能,也就是运用理性能力以超越身体和经验的限制,发展改造世界和支配世界的技术系统,则更是与祥子无缘。这里不多谈理性和技术的本质,仅只在和我们问题相关的意义上,指出理性和技术得以生存和发展的两个必需前提。第一,技术系统既然是一种超个人、超种族的整体性存在,也就意味着它只能在与他者的交往与合作中才能生成和发展,而交往与合作的必需前提之一,就是对陌生他者的信任和依赖。第二,它意味着个人必须在不断学习和接受新事物中改变自身,以便适应系统的整体规则。——浪漫主义者及其后裔不断批判技术对人的异化和控制,就是基于这一点。

但很不幸,我们在《骆驼祥子》这部小说中,看到的却是相反的情况。和他拒绝适应并融入新环境的"性格特征"相呼应的是,祥子对周围的一切都采取了不信任的态度。他不信任银行系统,拒绝与周围的人结成互助团体,而把所有的钱都牢牢地抓在自己手里,放在自己身上。具有讽刺意味的是,他唯一信任而且打心眼里佩服的车厂主刘四爷,用我们熟悉的阶级分析方法来看,恰好是剥削他、压迫他的人。另一个让他感到佩服且有几分亲切感的人物则是虎妞,——后来要了他命的"吸人血的妖精"。

更重要的是,他从根本上拒绝改变自己,拒绝学习和尝试除拉车之外的任何新经验。老舍似乎忘记了祥子在加入车夫行列,成为"胶皮团"一员之前,曾经有过"凡是以卖力气就能吃饭的事他几乎全作过了"的经历,也没有照顾到毁灭和堕落了的祥子还能不花大力气就能喝上粥的劳作。老舍笔下的祥子自始至终就只会拉车,不会,也没有想过自己还能依靠别的劳作过日子。他理直气壮地拒绝虎妞让他"作个买卖去"的提议说:"我不会!赚不着钱!我会拉车,我爱拉车!"

以祥子在北平城里的表现来看，我们很难相信他会是那个失去了父母和田产之后孤身一人来到北平，"不久他就看出来，拉车是件更容易挣钱的事"的不乏勇气和精明头脑的祥子，更不敢相信他会是那个被军阀士兵拉走之后，在黑夜里凭自己的直觉和有限的经验带着三匹骆驼逃了回来的小伙子。再往下说，如果祥子真就是这么一个不会，也不愿意获得新经验和新能力的"地道窝窝头脑袋"，他也就不可能有自己坚忍不拔的奋斗目标，在三年时间里积攒了一百块钱。

唯一合理的解释，就是老舍为了严格控制"文学实验"的过程和结果，抵达预设的结论而坚决拒绝了祥子改变自身，获得新经验和从事新职业的可能。想要"由车夫的内心状态观察到地狱究竟是什么样子"的目标，当真、而且果然让老舍在祥子身上观察到了地狱。因为，"文学实验"不受事实性存在的牵制，现代作家有虚构一切和支配一切的绝对权力。

所以，真正值得深思的问题不是祥子为什么毁灭和堕落，而是老舍为什么刻意要安排这样一场"文学实验"？不仅老舍，从鲁迅笔下的"木偶人"闰土开始，绝大部分的中国现代作家似乎也都热衷于安排目标和性质相同的"文学实验"，以至于中国现代个人主义文学史几乎清一色就是"个人主义失败史"，和欧美文学中的"个人主义成功史"构成了鲜明的对比。套用尼采的话来说，人在本质上是一种坚强的、能够适应并战胜各种恶劣生存环境而变得更强大的动物，但现代人总是倾向于把人理解成"一种纯粹被动的、机械的、反射性的、微不足道的和本质上是愚蠢的"动物。这是为什么呢？"是否是一种隐秘的、恶毒的、低级的、连他们自己都不愿意承认的贬低人类的本能？是否是一种悲观主义的猜忌，一种对失意的、干瘪的、逐渐变得刻毒而幼稚的理想主义的怀疑？……"①

延伸阅读

1. 樊骏的《认识老舍》（原载《文学评论》1996年第5—6期）是全面挖掘和梳理老舍的思想与创作的文化历史内涵的力作，作者精心研读老舍多年，在琢磨和体会老舍独特的"京味文化"，以及理解老舍语言艺术、创作风格背后所潜含着的历史意味方面颇多个人创见。此文后来曾收入作

---

① ［德］尼采：《论道德的谱系》，周红译，三联书店1992年版，第10页。

者的《中国现代文学论文集》(人民文学出版社2006年版),该论文集中另有多篇关于老舍和《骆驼祥子》的研究文章,也都是老舍研究的力作。

2. 赵园的《北京:城与人》(北京大学出版社2002年版)一书,是全面研究"北京文化"在中国现当代文学中历史形态和隐秘书写的专著,关于老舍的研究和分析,代表了这个领域的最高水平。

3. 关纪新的《老舍评传》(重庆出版社1998年版)特别重视挖掘老舍身上的满族文化因子,以"同情之理解"从少数民族文化在现代中国的历史遭遇这个特殊视角研究老舍,强调把老舍当做"满族作家"来对待。其诸多论断虽然仍有待深化,但在众多老舍传记和研究论著中,不失为有特色的一种。

思考题

1. 《骆驼祥子》隐含着一个不太明显,但却不容忽视的"乡村/城市"二元对立结构,试着梳理一下,老舍还有哪些作品包含着或者体现了这个结构?

2. 以《鲁滨逊漂流记》为例,比较笛福的"个人主义"和《骆驼祥子》"个人主义"不同精神内涵及其历史遭遇。

第八讲

《呼兰河传》的"写法"和主题

一 "不像小说"的小说

单从名字上来看,《呼兰河传》就"不像"我们心目中的小说。依照虽没有明明白白说出来,但大家都能够心领神会的某种潜在文学成规,"传"的主体不用说应该是人,而且有值得广为"传"扬之处的非凡之人。为一个叫做"呼兰河"的小城作传,一看就有点"那个"。再往下读,我们会发现中心人物、主要线索、核心情节、矛盾冲突之类小说的"基本要素",在《呼兰河传》里完全失去了用武之地。最后,细心而挑剔的人们还可能会发现:这部"不像小说"的小说,怎么好像还没写完哪?怎么把那么多人物,都撂在"尾声"里就"香港完稿"了呢?

难道萧红是"乱写"一气不成?确实越看越像是"乱写"。随处可见不规范——不符合语法规范的词语、句子、段落,乃至标点符号。比如,为什么要把那么多的文字加上括号呢?难道括号里的内容都是不必要的吗?不必要,为什么不直接删掉呢?用中学语文的标准来看,《呼兰河传》完全就"要不得"。但问题恰如茅盾所说:

> 要点不在《呼兰河传》不像是一部严格意义上的小说,而在于它这"不像"之外,还有些别的东西——一些比"像"一部小说更为

"诱人"些的东西：它是一篇叙事诗，一幅多彩的风土画，一串凄婉的歌谣。①

确实如此。包括茅盾本人在内，不少作者的"小说"无论怎么看都是小说。完整的构思，性格鲜明的典型人物，清晰的时代背景，条理分明而又贯穿始终的矛盾线索……凡是教科书所要求的"小说要素"，每一样都不缺。但无论怎么读，却又都不是小说，只能让人忍无可忍地抛在一边，"这算什么小说?!"而萧红这部"不像小说"的小说，却紧紧地抓住了我们，让我们一遍又一遍地走进呼兰小城，为她亮丽的童年后花园而欣喜，而鼓舞，为小团圆媳妇的不幸而愤怒，而痛心，为冯歪嘴子两个儿子的命运而揪心……就连那愚昧迷信的跳大神的鼓声和歌声所引出的萧红式感叹，也会长久地萦绕在我们心上："满天星光，满屋月亮，人生何如，为什么这样悲凉？""人生为什么，才有这样凄凉的夜。"②

"不像小说"而又比一般"像小说"的小说更能抓住读者，这——难道不正是小说艺术魅力的体现？小说家的艺术创新不就体现在大部分作者和读者熟悉的写作模式，把小说写得"不像小说"吗？教科书的"小说要素"论，只能在有了作品之后，帮助我们阅读和分析小说作品，而不能帮助，更不可能指导我们"写出"小说。文学创作不同于工业产品的规模化生产之处，就在于它的"越轨"，在于它总是以尽可能突破，而不是尽可能精确而忠实地复制既有模式为目标。萧红曾经说过这样的话：

> 有一种小说学，小说有一定的写法，一定要具备某几种东西，一定写得象巴尔扎克或契诃甫的作品那样。我不相信这一套。有各式各样的作者，有各式各样的小说。③

《呼兰河传》的"不像小说"，正是以写"各式各样的小说"为目标的

---

① 茅盾：《〈呼兰河传〉序》，《萧红全集》上卷，哈尔滨出版社1998年版，第107—108页。

② 萧红：《呼兰河传》，《萧红全集》上卷，第139页。本章引述《呼兰河传》的相关内容，皆据此版本，以下不再一一标注。

③ 聂绀弩：《回忆我和萧红的一次谈话》，《新文学史料》1981年第1期。

萧红实践自己的"小说学",创造只属于自己的标记性风格的一次成功的艺术冒险。

但这绝不是说萧红一开始就抱定要把《呼兰河传》写得"不像小说"的念头,并据此精心设计好了如何谋篇布局、如何塑造人物、如何安排情节等相关问题之后,再按照严格预定的"创新方案"写出了《呼兰河传》。萧红之为萧红,《呼兰河传》之为《呼兰河传》,就在于作者动笔之初,并没有这样一个既定的"创新方案"。萧红把一切都交给了"写作",交给了没有明确的目标和方向的"写作"。直到最后的《尾声》里,她仍然在琢磨自己笔下的人物,沉思着他们的命运:

> 听说有二伯死了。
> 老厨子就是活着年纪也不小了。
> 东邻西舍也都不知怎样了。
> 至于那磨房里的磨官至今究竟如何,则完全不晓得了。

质言之,不仅动笔之初没有"成熟的构思",就连结尾,萧红也没有留下什么"明确的结局"。这个结尾,不是诸如意味深长的暗示之类的结尾,而是承认"这一些不能想象了",明确宣告自己"不知"的结尾。《呼兰河传》的"写作"因此才是真正的艺术冒险,一次不知要到哪里去,最后到了哪里的冒险。

真正让《呼兰河传》"不像小说"的,其实是这种既不清楚自己究竟要写什么,又不明白究竟写出了什么的"写法"。人物塑造、情节安排、语言艺术等的"不像小说",只是这种"写法"的结果。小说主题的暧昧与复杂,同样是这种"写法"造成的。

二 "画出",而非"写出来"

在这个意义上,茅盾对《呼兰河传》的赞誉,实际上还是停留在结果上,没有深入触摸到萧红的"写法"。如果不考虑写《序》所必然,同时也是必需的感情因素的话,"它是一篇叙事诗,一幅多彩的风土画,一串凄婉的歌谣"这个说法,本身就含有歧义。叙事诗是时间艺术,描述在时间轴线上的展开和生产的一个完整的"事件过程",表现媒介是文字。风俗画是空间艺术,描绘和呈现位于同一个空间里的诸种事物,表现媒介是色彩。歌谣是抒情艺术,其立足点是抒情主体与自身的关系,表现媒介是声音。

实际上,茅盾这话的意思是:萧红的《呼兰河传》,是一部比一般的小说更胜一筹的小说,因为它除了一般小说的"小说要素"之外,还充满了风土画的生活画面感,具有浓郁的抒情色彩。也就是说,诗、画、歌谣都是附着在小说上,补充、强化和提高小说艺术感染力的附属特征。在萧红完成了《呼兰河传》,我们已经面对着"这部小说"的时候,这种观察问题的角度和思路的有效性和正当性都不容置疑。茅盾的敏锐的艺术感受能力,也足以让上述结论成为《呼兰河传》研究至今仍不容轻易撼动的奠基石。但在萧红面前只有一堆可以任意书写的空白稿纸,《呼兰河传》——甚至连这个名字也可以是另一个——将会是什么样子、将会写到哪些人、要表达什么"主题思想"等问题都还是一片混沌,唯一的实在就只有想要写的冲动和无数朦胧而含混的童年印象的情形下,仅仅是事后的透视和分析,显然就不够了。

《呼兰河传》之所以"不像小说",不是因为萧红有意"把小说写得不像小说"。在我看来,最根本的原因是:萧红不是以"写小说",而是以绘画的艺术感觉谋篇布局的,最终"画出"了《呼兰河传》。换句话说,萧红不是在小说中引入了绘画元素,而是直接以绘画的艺术为元话语,"画出"了《呼兰河传》。

开头我们就说过,为呼兰河作"传",直到今天也仍然不是常规意义上的小说所要处理的题材。韩少功的《马桥词典》发表后所引起的争议,就是例证。任何一个对中国传统的文字书写谱系略有了解者,都不难看出,这个题目应该毫无争议地交给地方志来处理。既然是一个共时性维度上绵延展开的空间性存在,为呼兰河这座小城作"传",首先当然应该以整饬有序的统一空间结构为基准,再根据这个统率一切的共同标准,分门别类按时间顺序来记载地理沿革、物产、人物、风俗等相关内容。以空间统率包括时间在内的一切存在要素,乃是方志叙事的世界根据,时间要么绽现为事先有确定范围和限度的,要么是循环的存在。相反地,现代小说则是以线性时间意识为世界根据,将空间包孕在时间内,绽现为某个可观察到的过程性时刻的艺术形式。

以作为空间艺术的"绘画"为元话语，就是萧红为应对呼兰河"传"以空间为世界根据的内在要求而作出的艺术冒险。从结构、故事、语言到主题，每一个层面都可以观察到这种元话语的在场，感觉到将零散而性质复杂多样的元素聚合在一起所产生的空间张力。

首先从结构上看，小说共七章。第一章以宏观的俯瞰视角，按照空间顺序勾勒了呼兰小城的总体格局：十字街、东二道街、西二道街、若干小胡同，将呼兰固定在了寒冷而荒凉的东北大地上。第二章仍然以高度概括的笔法，勾勒了呼兰小城的总体面貌，——以"神"为中心的精神生活状况。第一章写实，第二章绘虚；前者写人，后者画神。虚实交会，人神共生，大手笔地描绘了呼兰的立体风貌。

第三章以"呼兰河这小城里住着我的祖父"开篇，在整个的呼兰城中拈出"我家"，整部小说——应该说是整幅重彩油画——的聚焦点，以最绚丽、最热情、最饱满的笔触，描绘了"我家"的后花园。第四章则从"我家"的后面转到前面，以"一进大门"的正面视角为观察点，勾勒前院的整体格局，并按相应的空间顺序，逐一点出租住前院的几户人家：养猪的、漏粉的、拉磨的、赶车的。第五章，承接第四章对租住在西南角小偏房里，以赶车为职业的老胡家的介绍而来，写老胡家小团圆媳妇的悲惨命运。——第三章的后花园是《呼兰河传》，也是整个中国现代文学史上最明丽的斑点，一抹几乎刺得人睁不开眼的强光带，这里的小团圆媳妇则是《呼兰河传》，也是整个中国现代文学史上最阴暗的旋涡，一个让人不忍心睁眼细看的巨大而无比深邃、无比幽暗的黑洞，一个连最强的光线也逃不出来的黑洞。第三章和第五章，一后一前，一明一暗，刚好以第四章为中轴线，构成了一个稳定的对称结构，一块对比强烈而又均衡的区域。

第六章是《呼兰河传》"最像小说"的一章，它从小团圆媳妇，也就是第五章泼墨浇成的黑洞内部开始，将笔墨集中在滑稽中透着悲悯的灰色人物有二伯身上，以极大的耐心和顽强意志，筑造了一条灰色的过渡地带。有二伯既可厌又可怜的品质，恰好和他既住在"我家"，但又不是家庭成员的特殊位置构成了内在呼应。结尾处，有二伯因"绝后"而生的哭泣，顺势为全书最后一章，即第七章勾画冯歪嘴子一家——焦点是冯歪嘴子小儿子咧嘴一笑中露出的"小白牙"——的命运，营造好了势所必至的

运笔方向。冯歪嘴子的两个孩子，

> （大的孩子会拉着小驴到井边去饮水了，小的会笑了，会拍手了，会摇头了。给他东西吃，他会伸出手来拿。而且小牙也长出来了。（微微一咧嘴笑，那小白牙就露出来了。）

萧红的《呼兰河传》也就戛然而止了。为什么？不是还有经常拿有二伯、拿冯歪嘴子打趣寻开心的老厨子没写吗？那几个养猪的呢？磨房里的磨官呢？西南角上那漏粉的呢？……为什么不接着写啦？

这是一个苏东坡式的"行于所当行"，而"止于所不可不止"的结尾，但，——却没有苏东坡那种写作过程"大略如行云流水"，结果"文理自然，姿态横生"[①]的轻快潇洒。萧红把所有心血，把最后的一丝力气，都倾注在了冯歪嘴子小儿子的"小白牙"上。我们可以清晰地感觉到：随着这"小白牙"的完成，萧红一直紧握着画笔的手也松开了，再没有力气，没有精力为《呼兰河传》再添上哪怕一个细小的标点。她甚至是极度厌倦，迫不及待地扔下画笔，就躺在色泽还透着水意的作品旁边，进入了期待已久的休憩。

这颗"小白牙"是萧红从小团圆媳妇的悲剧，从整个《呼兰河传》，从中国现代文学史上最阴暗、最可怕的黑洞里挣扎、突围成功的标志。第五章的小团圆媳妇和第七章冯歪嘴子的小儿子，以第六章的灰色人物有二伯为缓冲和过渡，形成了一片独立而稳定的区域。第一章和第二章一实一虚，第三章和第四章一后一前所形成的简单对称构图，在这里有了变化：第五章和第七章隔着一片灰色地带而形成稳定感和均衡感，不再是直接而简单的对称。笔法有了变化，《呼兰河传》有了更丰富的色彩，更复杂的构图形式。

最重要的是：这颗"小白牙"——让我们假定是"一颗"——越过所有章节，直接和小说的开篇构成了尖锐的对立。这颗"小白牙"，迎着肆虐在东北大地上，毁灭着、吞没着一切的冬之严寒站出来，将自然的残暴

[①] 苏轼：《答谢民师书》，陶秋英编选，虞行校订：《宋金元文论选》，人民文学出版社1999年版，第163页。

转化成了人的伟大、人的坚强。冯歪嘴子小儿子羸弱瘦小但却不可遏制地生长，顶住了寒冬的淫威，将倾斜的画面扭转过来，变成了人的赞歌。一幅端端正正的《呼兰河传》，就像稳稳地坐落在东北大地上的呼兰河小城一样，在萧红的笔下建立起来了。多余的蛇足，反而只会淹没这颗"小白牙"的光彩。

三　明暗并置和"事物的时间"

从描绘严寒肆虐的东北大地开始，以点出冯歪嘴子小儿子的"小白牙"为终结，《呼兰河传》最直观、也最准确的印象，确确实实是一幅重彩油画。萧红首先画的是坐落在东北大地上的呼兰城，接着是"我家"。描绘"我家"时，先画后院、后花园，接着再画前院，前院的"几家人"。"几家人"里，重点是小团圆媳妇和冯歪嘴子一家。就像呼兰河的普通人既生活在结结实实的大地上，同时又生活在虚无缥缈的鬼神世界一样，萧红"画出"的《呼兰河传》，也是一幅包容着性质相反的不同元素的重彩油画。

如前所述，开篇裸露在天空下的东北大地，和结尾咧出来的"小白牙"，就是这样两种性质相反的异质因素的并置。从色彩直观上看，前者灰暗，后者明亮；从性质上看，前者是毁灭和吞噬着一切的大自然的淫威，后者是反抗着大自然的淫威而生长出来的人的刚强。东二道街上的大泥坑和"我家"的后花园，同样是两种异质元素的对立。前者是生之烦恼，后者是生之欢乐。就连在小团圆媳妇的悲剧中，我们也分明看得见两种对立的生存论要素：在最野蛮、最丑陋、最令人发指的"治病"之举中，蕴含着她婆婆最真诚的牺牲和奉献精神。

与这种将异质元素并置在一起的空间结构方式相一致的是，时间在《呼兰河传》里，也被处理成了从属于空间的内在元素。时间依然存在，但却以循环的方式潜伏在给定的空间范围内，而不是以突破一切、超越一切的线性形态来贯穿事物。首先每一天重复前一天的循环，住在呼兰城里的人们，从清晨开门买早点开始，到买豆腐做晚饭，日复一日在单调琐碎的日常生活中，"也就糊里糊涂地过去了，也就过着春夏秋冬，脱下单衣去，穿起棉衣来地过去了"。日复一日的循环，累积和叠加为四季的循环；

夏夜若无风无雨就这样地过去了，一夜又一夜。

很快地夏天就过完了，秋天就来了。秋天和夏天的分别不太大，也不过天凉了，夜里非盖着被子睡觉不可。种田的人白天忙着收割，夜里多做几个割高粱的梦就是了。

女人一到了八月也不过就是浆衣裳，拆被子，捶棒槌，捶得街街巷巷早晚地叮叮地乱响。

"棒槌"一捶完，做起被子来，就是冬天。

四季的循环，叠加而为人类在大地上亘古不变的宿命：

春夏秋冬，一年四季来回循环地走，那是自古也就这样的了。风霜雨雪，受得住的就过去了，受不住的，就寻求着自然的结果。那自然的结果不大好，把一个人默默地一声不响地就拉着离开了这人间的世界了。

至于那还没有被拉去的，就风霜雨雪，仍旧在人间被吹打着。

时间被空间包裹着，被事物包裹着。于是，《呼兰河传》的每一色块区域，都各自独立展开，构成了一个完整的结构。十字街头的女牙医是一个有头有尾的故事。东二道街上的大泥坑有自己春夏秋冬的循环。卖豆芽菜的王寡妇拥有自己完整的命运。灰暗不清的有二伯背着自己长长的过去，看见了自己的最终的命运。小团圆媳妇完成了自己的一生。冯歪嘴子一家拥挤在四面透风的破茅屋里，孕育着自己的悲欢离合。这些相互独立的故事，互不关联的片段，也许有时间上的重合，也许没有。它们发生在呼兰河这块土地上，这座小城里，并被这座小城聚合成了一幅色彩斑斓、明暗互生的人间百味生存图。

四 "改造国民性"的主题？

众所周知，在很大程度上得力于鲁迅的慧眼和大力推介而迅速在上海文坛站稳了脚跟的萧红，一直保持着对这位"文学导师"的高度景仰之情。客观地说，萧红的部分写作，甚至文学史形象也确实在一定程度上受到鲁迅的影响和塑造。由此而来的结果是《呼兰河传》被简单化地纳入鲁迅开创的"改造国民性"传统来理解，认为小说批判东北小城呼兰河的愚昧，揭露了普通民众身上背负着的沉重的"国民劣根性"，表达了作者对中国现代思想革命的深沉忧思。但是，《呼兰河传》采用绘画的空间结构原则，自始至终将不同的异质元素组合成明暗互生的图画，用空间包容并将时间整合而为循环着空间存在的"写法"，注定了这部小说是一个伟大的异端，决不可能被纳入常人所理解的中国现代文学传统来解释。

"改造国民性"的前提是历史的进步观，相信并认定可以通过改变国民的思想状况促成中国社会的进步。而任何一种进步意识，都必然意味着人类可以通过逐步减少"坏事"，同时增添"好事"的方法，最终达到根除"坏事"而仅保留"好事"的理想状态。两种不同性质的元素必须体现为"坏事"递减而"好事"递增的过程，才有可能"进步"。就此而言，"进步"总是在直线式时间中才能展开，才能被呈现出来。任何一种以"进步"观为基础的艺术，必然以时间结构为元话语。古代思想的叙事形式之所以是"故事"，一个开端和结局都早已经被预见了的循环之物，现代思想的叙事形式之所以是"小说"，一个向着未来无限展开的召唤结构，原因就在这里。

《呼兰河传》以绘画艺术为元叙事，在每一个色块区域，每一个片段上都包容着异质性元素的"画法"，根本不可能表达以进步论为基础的"改造国民性"主题。东二道街上的大泥坑，小团圆媳妇的悲剧，麻木而无聊地挣扎在四季循环中的呼兰普通民众，确实是愚昧的、丑陋的，甚至是黑暗的。但问题是，萧红笔下的呼兰小城，同时还有中国现代文学史上，甚至是世界文学史上最绚丽的"后花园"，这些又怎么解释呢？确实，这里的民众是愚昧的，动物般蠕动在生活的泥淖里，但正是这群愚昧的动物中的冯歪嘴子和王大姐，在大自然的淫威下，在世人的冷眼中，不屈不挠地生活着、繁殖着，养育了两个儿子，在席卷一切，吞没一切的大风雪中，扎下了人类生存的根。他的第二个儿子，——我们已经看到了："（微微一咧嘴笑，那小白牙就露出来了。）"这，——又怎么解释呢？

描绘底层民众愚昧的生存状态，刻画他们挣扎在泥淖里的可怜可悲的处境，一直是萧红小说创作的标志性题材，但人们期待的却是她能够指出改变这种状况，走向"地上乐园"的可能。胡风曾经这样准确地概述萧红

《生死场》里的东北农民生存状态说,他们"蚊子似地生活着,糊糊涂涂地生殖,乱七八糟地死亡,用了自己的血汗自己的生命肥沃了大地,种出粮食,养出畜类,勤勤苦苦地蠕动在自然的暴君和两只脚的暴君底威力下面"。但胡风高度赞扬的,却是在日本侵略者的残暴面前,

> 这些蚊子一样的愚夫愚妇们就悲壮地站上了神圣的民族战争底前线。蚊子似地为死而生的他们现在是巨人似地为生而死了。①

换句话说,中国现代"文坛"更期待着萧红的,是她能够用直线式的眼光看待世界,描绘出"大时代"如何裹挟着、推动着愚昧的底层民众走出生活的大泥坑,跟上"时代的步伐"。甚至,是站在"时代的前列",反过来"推动时代的进步"。

茅盾在高度评价《呼兰河传》之余,也从立足于同样的价值尺度,对萧红的"脱离时代"表达了委婉,但却相当尖锐的批评。在《呼兰河传》里,"我们看不见封建的剥削和压迫,也看不见日本帝国主义那种血腥的侵略",而在事实上,"这两重的铁枷,在呼兰河人民生活的比重上,该也不会轻于他们自身的愚昧保守罢?"原因在哪里呢?善于,而且敏于从"时代意识"方面把握问题的茅盾从萧红的"寂寞"入手分析说,个人"感情"上的一再受伤,

> 使得这位感情富于理智的女诗人,被自己的狭小的私生活的圈子所束缚(而这圈子尽管是她诅咒的,却又拘于惰性,不能毅然决然自拔),和广阔的进行着生死搏斗的大天地完全隔绝了,这结果是,一方面陈义太高,不满于她这阶层的知识分子们的各种活动,觉得那全是扯淡,是无聊,另一方面却又不能投身到农工劳苦大众的群中,把生活彻底改变一下。这又如何能不感到苦闷而寂寞?而这一心情投射在《呼兰河传》上的暗影不但见之于全书的情调,也见之于思想部

---

① 胡风:《〈生死场〉读后记》,《萧红全集》(上),哈尔滨出版社1998年版,第94—95页。

分，这是可以惋惜的，正像我们对于萧红的早死深致其惋惜一样。①

这就是说，十年前为"左翼"进步文坛所激赏的觉醒了的时代意识，在《呼兰河传》这里令人惋惜地消逝了。《生死场》里那好容易才在日本侵略者烧杀抢掠的暴行下艰难地转动起来的"年盘"——小说第十章题为《年盘转动了》——在《呼兰河传》里却又停滞了，人们依然蚊虫般蠕动在大自然的淫威下，挣扎在东二道街上的"大泥坑"里。曾经站在"时代前列"的萧红，在抗战的大时代里令人不胜唏嘘地"落伍了"，"正像我们对于萧红的早死深致其惋惜一样"。

最初落笔的时候，《呼兰河传》似乎确实想要沿着"改造国民性"的鲁迅传统，刻画呼兰民众"蚊子一样"麻木的生存状态，揭露其自欺而又欺人的愚昧与丑恶灵魂。对东二道街上的"大泥坑"不遗余力的渲染，一本正经地陈述"大泥坑"给当地居民所带来的"两条福利"，就是这种居高临下的讥讽之情的流露。在这个意义上，围绕着"大泥坑"阅读萧红，分析《呼兰河传》在"改造国民性"的现代文学传统中的位置和贡献，也不能说完全没有一点根据。

但从第二章开始，我们就能清晰地感觉到：作者的感情色彩发生了变化，居高临下地审视并冷眼嘲讽着呼兰人的麻木和愚昧的萧红，不知不觉被自己的对象改变了，被这种麻木和愚昧的生存状态紧紧攫住，变成了和呼兰人民一起挣扎、一起受难的普通人。我们看到，在冷眼旁观跳大神的"盛举"，不动神色地揭露大神和二神一唱一和，制造闹剧以谋取"烧香点酒"、一块红布、一只鸡之类蝇头小利的萧红，在这"盛举"结束，要送神归山的半夜时分，"那鼓打得分外地响，大神也唱得分外地好听"的时候，突然一下子抑制不住，变成了泪流满面的倾听者：

> 这唱着的词调，混合着鼓声，从几十丈远的地方传来，实在是冷森森的，越听就越悲凉。听了这种鼓声，往往而终夜不能眠的人也有。
>
> 请神的人家为了治病，可不知那家的病人好了没有？却使邻居街

---

① 茅盾：《〈呼兰河传〉序》，《萧红全集》（上），哈尔滨出版社1998年版，第109页。

坊感慨兴叹，终夜而不能已的也常常有。

满天星光，满屋月亮，人生何如，为什么这样悲凉？

……

若赶上一个下雨的夜，就特别凄凉，寡妇可以落泪，鳏夫就要起来彷徨。

那鼓声就好像故意招惹那般不幸的人，打得有急有慢，好像一个迷路的人在夜里诉说着他的迷惘，又好像不幸的老人在回想着他幸福短短的幼年。又好像慈爱的母亲送着她的儿子远行。又好像是生离死别，万分地难舍。

人生为了什么，才有这样凄凉的夜。

"好像不幸的老人在回想着他幸福短短的幼年"，不正是写作《呼兰河传》时萧红的心境吗？"人生何如，为什么这样悲凉？"不正是经历了茅盾所说的个人感情一再受伤害之后，拖着病痛之躯蛰居香港写《呼兰河传》的萧红此时此地的肺腑心声吗？所以，在接下来的第三章里，被改变和被唤醒了的萧红，像一支箭那样，急不可待地奔向了自己的"幸福短短的幼年"，奔向了"我家的后园"。

这个"倒转"，使得萧红从呼兰河的审视者和批判者，一个站在外部的功能性符号，变成了活生生的人，一个爱着呼兰河又恨着呼兰河，一个逃离了呼兰河又怀恋着呼兰河的真实存在。这个"倒转"，让《呼兰河传》的创作从"写小说"变成了"画小说"，最终奠定了《呼兰河传》之为《呼兰河传》的世界根据。也正是这个"倒转"，让萧红从鲁迅的方向，从中国现代文学，最终从以线性时间结构为根基的现代性生存世界里挣脱出来，成为萧红自己。

早在动笔"画"《呼兰河传》之前，萧红就以曾受到鲁迅高度赞誉的《生死场》为例，谈到了自己和鲁迅的"不同之处"：

鲁迅以一个自觉的知识分子，从高处去悲悯他的人物。他的人物，有的也曾经是自觉的知识分子，但处境却压迫着他，使他变成听天由命，不知怎么好，也无论怎样都好的人了。这就比别人更可悲。我开始也怜悯我的人物，他们都是自然奴隶，一切主子的奴隶。

但写来写去,我的感觉变了。我觉得我不配怜悯他们,恐怕他们倒应该怜悯我咧!悲悯只能从上到下,不能从下到上,也不能施之于同辈之间。我的人物比我高。①

这个由《生死场》引出的"不同之处",实际上更适合《呼兰河传》。小说第一章将呼兰河的芸芸众生放置在严冬的酷寒与荒凉中,描绘他们在四季循环中糊里糊涂地生,又糊里糊涂地死的麻木,对应的是"我开始也怜悯我的人物,他们都是自然奴隶"之说。

而"我的人物比我高","恐怕他们倒应该怜悯我"的感觉,完全可以看做冯歪嘴子不屈不挠的生存姿态的逼视与挑战的结果:

(可是冯歪嘴子自己,并不像旁观者眼中的那样绝望,好像他活着还很有把握的样子似的,他不但没有感到绝望已经洞穿了他,因为他看见了他的两个孩子,他反而镇定下来。他觉得在这世界上,他一定要生根的,要长得牢牢的,他不管自己有这份能力没有,他看看别人也都是这样做的,他觉得他也应该这样做。)

(于是他照常地活在世界上,他照常地负着他那份责任。)

冯歪嘴子安之若素地以自己的日常生活,有力地回击着一切蜷缩在自己想象出来的种种不幸和恐惧里的旁观者:

他在这世界上他不知道人们都用绝望的眼光来看他,他不知道他已经处在了怎样的一种艰难的境地。他不知道他自己已经完了,他没有想过。

一切的讥讽、议论和猜测,最终在他刚强的生存意志面前败下阵来,陷入了自己的绝望和恐慌中:

(到后来大家都简直莫名其妙了,对于冯歪嘴子的这孩子的不死,

---

① 聂绀弩:《回忆我和萧红的一次谈话》,《新文学史料》1981年第1期。

别人都起了恐惧的心理，觉得，这是可能的吗？这是世界上应该有的吗？)

如果我们稍微有点想象力的话，这些自认为站得比冯歪嘴子更高，更有远见卓识的聪明人，这些认定冯歪嘴子"必定如何"，甚至满腔热心地指点他"应该如何"的"别人"，难道不正是冯歪嘴子的"启蒙者"吗？我们熟悉的发生在先知先觉的知识分子和愚昧落后的普通民众之前的五四现代性启蒙，不过是这里的"别人"对冯歪嘴子的议论、争吵和推测的复制和放大而已。

在这个意义上，冯歪嘴子不屈不挠地扎根大地的生存姿态，不仅改变了《呼兰河传》的"写法"，改变了萧红居高临下的批判意识和悲悯情怀，更重要的是，它让萧红从"改造国民性"的中国文学现代性方案中挣脱出来，成为萧红自己。萧红说得很清楚，沿着"改造国民性"的方向审视和批判自己人物的结果，是让自己的人物变成了"听天由命，不知怎么好，也无论怎样都好"的虚无主义者。萧红没有说，但却清晰地表现在《呼兰河传》里的事实是，让人物反过来审视和批判作者的结果，是这些人物从僵死的观念符号，变成了绝不向命运低头的生活强者。

以"背叛鲁迅"的方式，萧红创造出鲁迅理想中的"活中国人"形象：辗转在生活的大风沙里，怀着"遇见深林，可以劈成平地"，"遇见旷野，可以栽种树木"，"遇见沙漠，可以开掘井泉"[①] 的决心，即便在没有路的地方，也毫不犹豫地"跨进去，在刺丛里姑且走走"[②] 的生活的猛士。这个猛士不是别人，正是冯歪嘴子。

延伸阅读

1. 萧红是中国现代文学史上最富于创造精神和艺术勇气的作家，她的作品都收集在三卷本《萧红全集》（哈尔滨出版社1998年版）中，建议有兴趣进一步研读和了解萧红的同学认真通读。

2. 赵园的《论萧红小说兼及中国现代小说的散文特征》（收入《论小

---

① 鲁迅：《华盖集·导师》，《鲁迅全集》第3卷，人民文学出版社2005年版，第59页。
② 鲁迅：《两地书·二》，《鲁迅全集》第11卷，人民文学出版社2005年版，第16页。

说十家》，浙江文艺出版社1987年版），将包括《呼兰河传》在内的萧红小说放在整个中国现代文学的历史脉络中来观察，高屋建瓴地从文体创造的角度探讨了萧红小说的历史意义。文章对萧红语言的"味""形式感"等的品味和咂摸，体现了极高的艺术感悟能力，萧红研究领域的不少定论，都可以在这篇文章里找到源头。

3. 季红真在《萧红小说的文化信仰与泛文本知识谱系》（《中国现代文学研究丛刊》2011年第6期）这篇论文中，通过认真细致的分析，梳理了萧红如何在五四新文学精神和民间乡土传统两种文化信仰的多层面复杂纠缠中，以五四新文化为坐标，在对民间思想的批判性认同中完成了精神的自我确立过程，可以帮助我们从另外的方向上观察萧红复杂的精神结构及其文本知识谱系。

思考题

1. 比较鲁迅《故乡》里的闰土和《呼兰河传》里的冯歪嘴子两个人物形象。
2. 从女性主义的角度理解萧红，是目前比较流行的一种思路，结合小说细节，分析《呼兰河传》在哪些地方流露出了萧红的"性别意识"？
3. 冯歪嘴子的形象和抗战时期的"民族意识"有没有相同之处？说说你的理由。

第九讲

"恶母"是怎样长成的

夏自清在《中国现代小说史》中称张爱玲的《金锁记》是"中国从古以来最伟大的中篇小说"[①]。傅雷也称《金锁记》是"我们文坛最美的收获之一"[②]。

小说《金锁记》这个题目的喻义很明显,文中有两处也明确地提到。第一处是分家那一天,作者写道:"今天是她(曹七巧)嫁到姜家来之后一切幻想的集中点。这些年了,她戴着黄金的枷锁,可是连金子的边都啃不到。"第二处是七巧将死时,小说这样写道:"三十年来她戴着黄金的枷,用那沉重的枷角劈杀了几个人,没死的也送了半条命。"由此可知,小说中的金锁,是指黄金的枷锁,小说中的女主角曹七巧,是把自己锁在黄金的枷锁里的女人,小说讲的是曹七巧为了黄金,作了富贵人家的媳妇,于是在黄金的枷锁里挣扎、焦虑着,以至于人格扭曲这一过程。金锁的另一层寓意,我们可以把它理解为黄金所代表的权势、地位,以及宗法家族制度。具体到曹七巧所生活的环境,就是指姜家这一簪缨望族深宅大院内的礼仪法规。曹七巧被人以黄金作为交易,卖给了声势显赫的姜家,作了姜家的二少奶奶。在担任姜家二少爷的妻子这一角色的同时,有了继承姜家财产的权利,但也必须遵循姜家这一望族的礼仪法规,尤其是必须恪守妇德规范,而矛盾的集结点就在这里。七巧的出身及教养使她不能适应姜家的那一套礼仪规范,残废的二少爷更不能满足七巧鲜活、健康的生

[①] 夏自清:《中国现代小说史》,复旦大学出版社2005年版,第261页。
[②] 迅雨(傅雷):《论张爱玲的小说》,《万象》1944年第3卷第11期。

命对情爱的合理需求。姜家没有适合七巧生活的土壤，所以曹七巧嫁入姜家，最初是套上了黄金的枷锁，接着便被套上了宗法制社会的礼仪规范、妇德规范诸种枷锁，于是在这重重枷锁的挤压下，原本有着活泼健康的生命的少女曹七巧，蜕变成一个食人的厉鬼。小说告诉我们，是非人的生存状态把曹七巧推向了非人的境遇。

小说分为两部分，前一部分重点摹写结婚五年后曹七巧做人家媳妇时的生活状态，后一部分写做了家长、掌握了经济大权的曹七巧对其子女进行的疯狂迫害。

一

小说第一部分重点描述结婚五年后曹七巧的生活，大量的人物参与观察和叙述，所有情节在一个夜晚与早晨之间完成。其一是两个丫环，借着月光谈述二奶奶的身世，言谈中对七巧的轻视情状毕现。其二是大小妯娌二人，对七巧抽鸦片的窃议，间接地写出了七巧的苦闷无聊。其三是七巧管小姑云泽的闲事，一方面展示了七巧对上流社会禁忌的不知避讳，另一方面展露了全家人对她的嫌恶、厌烦，揭示出七巧的家庭地位。其四是三公子季泽对七巧的躲避，展示了七巧情欲得不到满足的痛苦心态。其五是兄嫂来访，给了七巧一个发泄的机会，展现出七巧对自己生活状况的深切不满，并交代这场交换婚姻的缘由。这样，丫环、妯娌、小姑、季泽、婆婆、兄嫂这许多人物对七巧构成了一个环状视角，所有人物的言行都为表现七巧的性格及生存状态服务。从中我们可以看出七巧在姜家的生活状况：她在姜家毫无地位，遭人嫌恶，姜家上上下下的人谁都不把她放在眼里，甚至连丫头也瞧不起她。

这表明，名义上，七巧作了姜家的二少奶奶，然而实际上，七巧对姜家来说，只是一个闯入者，是姜家的异端。她游离于姜家的秩序之外，不被姜家所接受。姜家的深宅大院如同监牢禁锢住了她。七巧在姜家像个孤魂野鬼，孤独无依，没有对话者，没有栖落灵魂的居所。

这种恶劣的生存环境，这种水土不服的境况，使七巧难以自控，于是灵魂发生扭曲。诚如她嫂子所言：

> 我们这位姑奶奶怎么换了个人？没出嫁的时候不过要强些，嘴头子上琐碎些。就连后来我们去瞧她，虽是比以前暴躁了些，也还有个分寸，不似如今疯疯傻傻，说话有一句没一句，就没一点儿得人心的地方。

促使七巧换了个人的，恰是恶劣的外在环境，这除了姜家上上下下各种人给她心理上的胁迫，令她自尊心得不到满足外，最重要的还是情欲得不到满足。

文中描绘的七巧的丈夫，只是一具没有生命的肉体，是骨痨病患者。文中有一段姑嫂对话：

> 嫂子问道："整天躺着，有时候也坐起来一会儿么？"七巧哧哧的笑了起来道："坐起来，脊梁骨直溜下去，看上去还没有我那三岁的孩子高啊！"

这里所写到的七巧"哧哧的笑"，我们可以感觉到是多么悲凉、无望的笑！

在三公子季泽面前，七巧发泄了她心底的悲愤：

> 七巧直挺挺的站了起来，脸庞的下半部抖得像嘴里含着滚烫的蜡烛油似的，（这句话点出了七巧极力控制自己而不得的痛苦）用尖细的声音逼出两句话道："你去挨着你二哥坐坐，你去挨着你二哥坐坐！"她将手贴在季泽腿上，道："你碰过他的肉没有？是软的，重的，就像人的脚有时发了麻，摸上去那感觉……"……"天哪，你没挨着他的肉，你不知道没病的身子是多好的……多好的！"……她的背影一挫一挫，俯伏了下去，她不像在哭，简直像在翻肠搅胃地呕吐！

这是多么令人悲怆的一幕！七巧所希望的，只是一个没病的身子，可是这一点也难以满足！作为女人的七巧是不完整的，而她健康的生命多么需要这种完整。所以她明知季泽不是好人，但依然爱上了他，因为他是姜家大院里唯一可以交谈的年青男子，更因为季泽有健康的肉体。而作为姜家统治者的季泽出于自私的考虑是不能给她这种机会的。于是七巧真的只成了玻璃匣里蝴蝶的标本，鲜艳而凄怆！

而她未嫁入姜家前，曾经有生机益然的健旺的生命，文中有一段对往事的回忆：

> ……有时她也上街买菜，蓝夏布衫裤，镜面乌绫镶滚。隔着密密层层的一排吊着猪肉的铜钩，她看见肉铺里的朝禄。朝禄赶着她叫曹大姑娘。难得叫声巧姐儿，她就一巴掌打在钩子背上，无数的空钩子荡过去锥他的眼睛。朝禄从钩子上摘下尺来宽的一片生猪油，重重的向肉案一抛，一阵温风直扑到她脸上……

这里写七巧和朝禄的调情，是多么富有活力和激情！当年生猪油的"温风"自然而带浓郁的生活气息，给人以美好的憧憬，而今她丈夫的肉体却是一潭死水给人以无穷尽的绝望！

从鲜活健康的曹大姑娘，变成了玻璃匣子里蝴蝶的标本，根源在于最初攫取黄金的欲望。于是变为姜家二少奶奶的七巧唯一的希望便是有朝一日握有经济大权，真正地拥有黄金，拥有贵富和权势地位。

二

小说的后半部分，曹七巧终于成了姜家二房的家长，握有经济大权，也拥有对子女的支配权。这时候的曹七巧在异己的环境里生活多年，经过各种煎熬灵魂已扭曲变形，丧失了道德和人性，蜕变成一个厉鬼。小说的后半部分极力摹写作为家长的曹七巧的变态。

这种变态是通过七巧对其子女的戕害显现的。

对儿子的戕害，就是离间儿子和儿媳之间的关系，残害媳妇，结果媳妇一个得病死去，一个吞金自杀，最后长白不敢再娶了，小说后半部分重点描述的是她对女儿的戕害。

后半部分也紧紧围绕着"金锁"的主题。七巧嫁给姜家，目的很明确，就是为了占有黄金，为了黄金，她放弃了自己做一个正常人所拥有的快乐,现在,终于到了夫死公亡的时刻,七巧得到了一堆死钱。此时的七巧,在占有黄金的同时也沦为黄金的奴隶,成为守财奴,七巧所言所行,无不以黄金为出发点。

小说中写到长白和表兄一起玩,长安登上高处不慎摔下,幸好被其表兄接住,这一幕恰好被七巧看见。本来表兄表妹玩耍,对童心未泯的孩子们来说是很正常的事情,而在七巧眼里,却引发了她丑恶龌龊的思想,她把亲侄子痛骂一顿,赶出了家门。然后教育长安:……"天下的男子都是一样混账。……男人,碰都碰不得!谁不想你的钱?你娘这几个钱不是容易得来的,也不容易守得住……叫你以后提防着些……"守钱成了七巧后半生主要的生活目的。为了完全控制成长的女儿,竟硬给长安缠脚,虽然后来中止了,但长安的脚已不能复原。

长安上学堂时,仅仅因为丢了一条褥单,七巧便暴跳如雷,非要到学校去兴师问罪不可,长安着了急,拦阻了一下,七巧便骂道:"天生的败家精,拿你娘的钱不当钱。你娘的钱是容易得来的?"守钱已成为七巧后半生不自觉的生命意识,既然已经因为钱而牺牲了许多宝贵的东西,放弃了做人应该有的快乐,七巧便要守住这种代价。金钱也成了七巧表明自己人生价值的唯一物件,是七巧生存意义所在。或许只有想到钱的时候,七巧才有些许的心理平衡。

长安在她母亲的管教影响下渐渐放弃了一切上进的思想,安分守己起来。她学会了挑是非,使小坏,干涉家里的内政。她的言行举止越来越像她母亲了,而且跟随母亲吸鸦片上瘾。不知不觉中,长安也钻进了母亲给她设计的锁链中,开始了可怕的恶性循环。七巧不仅给自己身上套上枷锁,也给女儿套上枷锁。七巧和女儿关于婚事的纠葛是后篇的重点。

长安近三十岁时,才经堂妹介绍,认识了大她几岁,在德国留学八年刚归国的童世舫,不久两人订了婚,这是长安一生中一段美妙的时光,然而作为母亲的七巧怎么反应呢?小说中有这样一段描写:

> 长安带了些星光下的乱梦回家来,人变得异常沉默了,时时微笑着,七巧见了,不由得有气,便冷言冷语道:"这些年来,多多怠慢了姑娘,不怪姑娘难得开个笑脸。这下子跳出了姜家的门,趁了心愿了,再快活些,可也别这么摆在脸上呀——叫人寒心。"

这里的寒心，其实不只是表面的意思，更是因为长安洋溢着幸福的表情刺痛了她内心的伤痕。七巧一生中情欲得不到满足，没有感受过真正的爱情，这于她，是最惨痛的伤痕。这种伤痕不能触碰，一触碰便会引发七巧难以自控的疯狂绝望的情绪。所以七巧容忍不了别人的幸福，甚至是女儿的幸福，她受不了这种刺激。女儿的幸福让她想起一生无爱的惨痛经历，所以她感到寒心。

七巧一生无爱，主要是因为她嫁给了姜家的残废，潜意识里她把姜家作为坑了她一世的仇人，不知不觉中，也把姜家的血脉，也是自己亲生女儿的长安当成了报复对象。所以她说："我待要告诉那姓童的趁早别像我似的上了当。"

长安的婚姻被扼杀的场面是小说最后的高潮。七巧得知童世舫和长安藕断丝连，便背着长安命令长白请童世舫到家来吃便饭。在七巧家的餐室里，童世舫和长白喝着酒，天南海北聊天时：

> 长白突然按着桌子站了起来……世舫回过头去，只见门口背着光立着一个小身材的老太太，脸看不清楚，穿一件青灰团龙宫织缎袍，楼梯上铺着湖绿花格子漆布地衣，一级一级上去，通入没有光的所在。世舫直觉地感到那是个疯人——无缘无故的，他只是毛骨悚然。

这里重点突出世舫的感觉——那是个疯人，无缘无故地，他只是毛骨悚然。

"她再抽两筒就下来了。"这轻描淡写的话，最终扼杀了女儿的幸福。"她那平扁而尖利的喉咙四面割着像剃刀片。"可以想见这句话对世舫的杀伤力。接下来有一节，作者又写了世舫的感觉：

> 世舫……忽然觉得异常的委顿，便躺了下来。卷着云头的花梨炕，冰凉的黄藤心子，柚子的寒香……他坐了起来，双手托着头，感到了难堪的落寞。

这里异常的委顿，难堪的落寞，冰凉的感觉，寒香，都表明了世舫极度失望、异常悲凉的情绪。

而长安呢？"长安悄悄地走下楼来，玄色花绣鞋与白丝袜停留在日色昏黄的楼梯上，停了一会儿，又上去了，一级一级，走向没有光的所在。"

幸福被扼杀了，今后的长安，在七巧的控制下，将继续暗无天日地生活，没有生命的亮色……长安没有辩解，没有反抗地接受这一切更让人心生无限的悲凉！

目送所爱的背影，"长安脸上现出稀有的柔和，隔得远远的站定了，只是垂着头！"对她生命中完美的一段，她怀着宗教般的虔诚来面对它的离去："她觉得她是隔了相当的距离看这太阳里的庭院，从高楼上望下来，明晰、亲切，然而没有能力干涉，天井、树、曳着萧条的影子的两个人，没有话，不多的一点回忆，将来是要装在水晶瓶里双手捧着看的——她的最初也是最后的爱。"

这美好的一切近在咫尺，却遥不可及。七巧就这样亲手毁掉了自己亲生女儿的幸福。这时的七巧，完全变成了一个阴森可怖的恶魔。

三

张爱玲在写七巧的遭际时，不是带着谴责、憎恨的笔写的，而是流露出一种人道主义的怜悯情怀。她指出，正是非人的境遇，非人的生活状态，造就了七巧的疯狂。七巧的悲剧最终根源于不平等的社会现实。如果社会上没有贫富的对立，七巧没有必要为了黄金放弃爱情；如果没有森严的等级制，七巧在姜家也不会受到非人的待遇。总之，是社会现实剥夺了七巧的幸福。七巧追求爱情的那一场景给人以无限的忧伤。

这一幕发生在分家后几个月，季泽登门，向她表示爱情，我们看这时候七巧的感觉：

七巧低着头，沐浴在光辉里，细细的音乐，细细的喜悦……这些年了，她跟他捉迷藏似的，只是近不得身，原来还有今天！可不是，这半辈子已经完了——花一般的年纪已经过去了。……当初她为什么嫁到姜家来？为了钱么？不是的，为了要遇见季泽，为了命中注定她要和季泽相爱。

突如其来的幸福使七巧迷醉，使她拥有了少女般瑰丽如梦幻的情怀。然而七巧已经习惯从金钱上思考问题，防备他人，所以她立刻警觉："他难道是哄她么？他想她的钱——她卖掉她的一生换来的几个钱？"这一转念立刻淹没了一刹那的心醉神驰。但是这种爱情对她的诱惑力实在是太大了，她实在太需要这种感觉了，七巧真想不论真假，先迷醉一会儿再说。

然而突然间，一个阴影袭上心头，七巧开始理智起来：

> 不行！她不能有把柄落在这厮手里。姜家的人是厉害的，她的钱只怕保不住。她先得证明他是真心不是！

这一处是小说文本中的一个关键。阻止七巧投入爱情的，是姜家的礼仪规范。七巧既然已握有金钱，就必须守姜家的家法，尤其是要恪守妇德规范，一旦有越轨行为，不仅金钱守不住，自身性命也难保。

在传统宗法制度下，妇女并无独立的人格，始终处于依附的地位。恩格斯说："个体婚制在历史上决不是作为男女之间的和好而出现的，……恰好相反，它是作为女性被男性奴役，作为整个史前时代所未有的两性冲突的宣告而出现的。"[①] 在婚姻家庭中，女性作为"夫"和"子"的附属而存在，并无拥有私有财产的权利。在封建法律方面，"妇女终身处于被监护人的地位，一切人身及财产处分事宜，原则上皆从男子"[②]。"在'夫死从子'观念的支配下，对家庭财产的处分及其他民事法律活动，起码须征得长子同意，母的能力是极不完整的。"[③] 七巧是以恪守妇道的姜家二房的身份继承了财产，一旦有悖于妇德的行为，即无继承财产资格。这表明，从嫁入姜家那一天起，就已经注定七巧不可能再拥有爱情。

后来终于证明季泽的爱是假的，七巧忍不住发作了——她在发作的同时知道自己的行为太蠢，但她无法控制自己，因为她太希望这是真的爱情了，因其渴望太深，所以才忍受不了这种虚假，忍受不了受人愚弄。

---

① 《马克思恩格斯选集》第4卷，人民出版社1975年版，第57页。
② 陶毅、明欣：《中国婚姻家庭制度史》，东方出版社1994年版，第163页。
③ 同上。

小说写道，季泽走后，七巧的心开始痛。小说这样写七巧爱情破灭后的虚空感觉：

> 酸梅汤沿着桌子一滴一滴朝下滴，像迟迟的夜漏——一滴，一滴……一更，二更……一年，一百年。真长，这寂寂的一刹那。

七巧"倏地掉转身来上楼去，提着裙子，性急慌忙，跌跌绊绊……她要在楼上的窗户里再看他一眼……"而在她眼中的爱人形象："季泽正在弄堂里往外走，长衫搭在臂上，晴天的风像一群白鸽子钻进他的纺绸裤褂里去，哪儿都钻到了，飘飘拍着翅子。"

在七巧的眼中，曾给她爱的感觉的那个人是一种飘逸而美好的形象，却像鸽子一样难以捕捉，遥不可及。而这一切永不再来！

> 七巧眼前仿佛挂了冰冷的珍珠帘，……一阵凉，一阵热，她只是淌着眼泪。

爱情永远失去了。没有了爱情的七巧"过了秋天又是冬天，七巧与现实失去了接触，虽然一样地使性子，打丫头，换厨子，总有些失魂落魄的"。

没有了唯一的爱的感觉的七巧的灵魂已完全死了。在这里，作者写出了七巧值得同情的一面。七巧所企求的只不过是做一个完整的女人，拥有一个真心对她好的有着健康生命的男人。这不是什么奢望，然而七巧终生都没有得到。为了黄金她付出了惨重的代价——难怪七巧发疯，——在这种境遇下，哪一个有正常需求的人会不发疯呢？

张爱玲在这篇小说里，在对七巧的处境遭际悲悯的同时，也表达出对人生完美境界的一种向往。这一点是通过长安这个人物表现出来的。

长安的人生有过两次短暂的快乐时光。第一次是进寄宿学校的半年，学校生活使长安健康起来。然而不久，因为一条褥单丢了，七巧要到学校去兴师问罪。文中写道：

> 长安哭了一晚上。她不能在她的同学跟前丢这个脸。对于十四岁

的人，那似乎是天大的重要。她母亲去闹这一场，她以后拿什么脸去见人？

由此可见，在长安的内心底，有很强的自尊心，有着很强的对美好事物的向往。为了维护自己在同学老师眼中的美好形象，她宁愿舍弃快乐的学校时光。这种舍弃对她来讲，是多么痛惜却又无奈。

小说中写，做了退学的决定后，"半夜里她爬下床来，从枕头底下摸出一只口琴，吹那首'long long ago'的调子，'告诉我那故事，往日我最心爱的那故事，许久以前，许久以前……'"

这琴声在后来，长安到公园去，向童世舫提出解除婚约时又出现了。长安主动向童世舫提出解除婚约，也是基于一种自尊，是为了保持自己在童世舫眼中完美的形象。"这是她的生命里顶完美的一段，与其让别人给它加上一个不堪的尾巴，不如她自己早早结束了它，一个美丽而苍凉的手势。"虽然她知道，那是要装在水晶瓶里双手捧着看的她的最初也是最后的爱，一旦舍弃，她将处于不堪的境地，但为了永远保持这份美好的感觉，长安只有忍痛割爱。

在公园里，当她终于说出解除婚约的话后，

> 长安悠悠忽忽听见了口琴的声音，迟钝地吹出了 long long ago——告诉我那故事，往日我最心爱的那故事，许久以前，许久以前……。
> ……什么都完了。长安着了魔似的，去找那吹口琴的人——去找她自己。

长安着了魔似的执着地追寻着的这旋律，这回环重叠的琴声，是一个象征，是她对完美人生境界的呼唤与向往，对美好的母亲形象的呼唤与向往。许久以前，许久以前，到底是什么时候，曾经有过的，那最心爱的故事？那应该是鸿蒙初辟，人最接近原始，还没被外界污晦的社会环境沾染的时候吧？是七巧进姜家前，有着健旺丰沛的生命激情的时候吧？长安是多么希望做一个好女儿、好妻子。在与童世舫订婚后，她一心一意地戒烟，一心一意地往好女人的路上走，然而母亲最终还是剥夺了她做一个正常女人的机会。而她却没有能力干涉，这是多么辛酸、无奈的一种感觉！

这样，"long long ago"的美丽而凄惨的音乐，成为《金锁记》的主旋律，也表达出作者对完美人生境界的一种向往。对未被沾染的人的本真的一种追求。小说中也提到，七巧嫁到姜家戴上黄金的枷锁后，也常常想起许久以前的那些日子。那时候的七巧，有着滚圆的胳膊，雪白的手腕；那时候的七巧，有着健旺的生命力，有着美好的生命激情。她完全可以走另外的一条人生道路，虽然贫穷，却也是活鲜鲜的生命，是一个完整的女人。

在这里，七巧对往事的回忆和长安的口琴曲子相呼应，表现了小说中人物对美好人生境界的追求。

然而，小说最后说：

> 三十年前的月亮早已沉了下去，三十年前的人也死了，然而三十年前的故事还没有完——完不了！
> 一代又一代，为黄金为权势而舍弃正常人性的悲剧依然上演。

作者以这句韵味无穷的话结束了全文。

延伸阅读

1. 迅雨（傅雷）：《论张爱玲的小说》，《万象》1944年第3卷第11期。文中说，情欲的作用，很少像在《金锁记》里这么重要。曹七巧最基本的悲剧因素，是因为"她是担不起情欲的人，情欲在她心里偏偏来得嚣张"。"爱情在一个人身上得不到满足，便需要三四个人的幸福与生命来抵偿。"正是"可怕的报复把她压瘪了"。

2. 夏志清：《中国现代小说史》，复旦大学出版社2005年版。此书是文学史上唯一设张爱玲专章的著作。在张爱玲专章中，夏志清称张爱玲的《金锁记》是"中国从古以来最伟大的中篇小说"。小说中的女主角，"是把自己锁在黄金的枷锁里的女人，不给自己快乐，也不给子女快乐"。指出："七巧是社会环境的产物，可是更重要的，她是她自己各种巴望、考虑、情感的奴隶。张爱玲兼顾到七巧的性格和社会，使她的一生，更经得起我们道德性的玩味。"

3. 邵迎建：《重读张爱玲〈金锁记〉》，《中国现代文学研究丛刊》1996年第4期。"从女性的视角重读七巧的故事"，文中认为傅雷、夏志清两位学者"无意识中陷入男性优越的传统思想陷阱的评论"，导致"作品的灵魂被抽空"。作者认为"《金锁记》是一篇控诉男权制的作品"。"《金锁记》是女性的话语，女性的文本，用女性的方式讲述的'狂女传记'，意在暴露家族制度和礼教的最大的被害者——女性的生存实态。"

思考题

1. 作为母亲形象，七巧和现代文学史上其他母亲形象有什么异同？
2. 怎样理解家庭制社会中有关女性"角色"的认同？

第十讲

巴金《寒夜》中的牺牲问题

《寒夜》是巴金得享盛誉之作。夏志清说巴金通过《寒夜》真正发掘了人性,成为优秀的心理写实派小说家;[1] 司马长风说《寒夜》是平民的史诗,真正的史诗,巴金因之由小说家进而为艺术家。[2] 这些评价虽非过誉,但离巴金本人对《寒夜》的定位颇有些距离。巴金在《寒夜》的后记里说它是一个关于斯文扫地的故事,表达的是对于国民党治下的政治、社会制度的控诉。是的,仍然是对于制度的控诉。这意思,早在说明《家》的主旨时,作家就已经表达过了。[3] 从《家》到《寒夜》,时间是过去了十多年,巴金却在老调重弹,似乎并没有什么长进。当然,思想或观念上的长进,对于有些作家来说,是比艺术上的长进为难的。虽然在有些文学或文学史的框架下,艺术上的长进是天地间最伟大的事项,但巴金恐怕并不以为然;就算把自己框定为小说家、文学家或艺术家,恐怕也都只是不得已之事。因此,从巴金对于制度的控诉着手,或许不失为诠解《寒夜》的有效切口。

一 身体的疾病政治学

在《家》中,巴金选择了一个幼稚而大胆的叛徒进行控诉,小说因此

---

[1] 夏志清:《中国现代小说史》,刘绍铭等译,(香港)中文大学出版社2001年版,第330—331页。
[2] 司马长风:《中国新文学史》下卷,(香港)昭明出版社1978年版,第73—74页。
[3] 《巴金全集》第1卷,人民文学出版社1986年版,第442页。

显得简单、热烈、直接。有的人甚至认为《家》不过是青春写作，热情有余，沉淀不足。《寒夜》不一样，主人公汪文宣已经34岁，人到中年了，而且时乖命蹇，曾经在上海和妻子曾树生共同享有的教育救国理想，破灭在重庆平淡、琐碎的日常生活中。汪文宣犹豫多思，既对社会的不公感到愤慨，又自恨疾病缠身，无力维持日常生活。在汪文宣这个人物形象上，不但全无热烈的青春气息，而且暮气沉沉，沉淀着社会所有的病症，即巴金所谓斯文扫地，还沉淀着肉体在岁月的侵蚀下所有的颓败。然而，正是在汪文宣颓败的肉体上，寄寓着巴金对于政治、社会制度的控诉。汪文宣的肉体患上了肺病，是颓败的，他的精神却极度纯洁。汪文宣凝视着自己肉体的逐渐败亡，慢慢放逐自己"我要活"的生命欲望，以一己的牺牲换取妻子曾树生走向自由和快乐的可能。这与鲁迅《伤逝》中的史涓生是多么不同的一个灵魂。史涓生害怕子君"只知道搥着一个人的衣角"会使自己丧失飞翔的能力，将子君送上了末路，却仍然试图通过忏悔洗净自己。汪文宣却承认自身的怯懦和无力，并不试图通过言语漂白自身人性的脆弱面。从精神上来说，汪文宣延续的是郁达夫《沉沦》主人公的零余者形象，精神和身体都因政治、社会的原因而颓败，但本身却能质本洁来还洁去，在寓言的意义上控诉一定时代的社会、政治问题。相比于《沉沦》主人公最后直接表示国族的积弱造成自身的死亡，巴金并没有把汪文宣当成国族的肉身，而是强调在具体的社会制度之下，汪文宣的身体因为得不到应有的保护而面临无可避免的败亡。说得更为明确一点，就是汪文宣的身体故事是一个国家和社会脱序的故事，汪文宣的身体是社会的肉身。汪文宣在抗战胜利的消息中死去，丝毫没有感觉到胜利的喜悦，意味着胜利是国家的胜利，与社会毫无干系，社会的肉身在胜利的空气中寂寞无声地败亡，一切都似乎未曾发生。离开社会，国家就是一个形而上的空壳，汪文宣作为社会肉身的死亡，就意味着社会的牺牲，没有得到国家应有的代偿，国家的建制因此必然是不公平、不合理的。当然，这种简单的二元对立分析，并不是要取消汪文宣作为国民的身份，而恰恰是要凸显汪文宣的国民身份遭到了来自国家层面的制度性漠视。但这种制度性漠视虽然毁灭了汪文宣的肉体，任其在贫病交加、妻离子散中死去，却没有从精神上摧毁他。他坚持以正常的职业伦理维持自己的校对员工作，对工作上的人事关系保持一般的判断；更为难能可贵的是，他绝不以肺病为由，强留妻子曾树生在身边，以他者的牺牲满足自身情感的需要和家庭的圆满。汪文宣自始至终都是"老好人"。也就是说，在制度性漠视之下，在贫病交加的生活中，虽然生命已消磨净尽，他精神的头颅始终是高昂的。

问题是，这个高昂的精神头颅何以无法在国家和社会脱序的现状中有所作为，而只能成为寓言的载体？五四启蒙的身体政治学并不如此，我们熟知鲁迅在《呐喊·自序》中说的："凡是愚弱的国民，即使体格如何健全，如何茁壮，也只能做毫无意义的示众的材料和看客，病死多少是不必以为不幸的。所以我们的第一要著，是在改变他们的精神，而善于改变精神的是，我那时以为当然要推文艺，于是想提倡文艺运动了。"①鲁迅的意思大概可以这样理解，即精神健全、茁壮的国民，是解决国族问题的第一条件。也许，在某些精神贫血的历史时刻，鲁迅提出的第一条件被转换成了所有条件，至少在《寒夜》中，我们可以观察到的是这样的状况。汪文宣夫妇作为有理想、有抱负的青年，已经被生产出来了，他们就应该能够教育救国了。但什么阻止了这一过程的顺利发生？巴金给出的答案是制度。可20世纪40年代的制度不正是由汪文宣夫妇这样的青年生产出来的吗？他们已经不是叶圣陶笔下的倪焕之，还在寻找或建设由自己担任立法者的制度。虽然汪文宣自觉外在于40年代的制度，但40年代的制度大半却是由类似于汪文宣这样的国民建构并运转起来的。那么，答案应该不能止于对制度的控诉，还应该更深入一步，指向对自身的反思。恰恰是在这一点上，《寒夜》毫无成就可言，表现得如同《沉沦》一样，仅仅是凸显了斯文扫地的知识分子或国民的纯洁和无辜。当然，将历史的罪愆置于一个普通的国民身上或一个病弱的知识分子身上，有些过于夸大其词和冠冕堂皇。但这不正是五四启蒙的身体政治学的本义吗？鲁迅《狂人日记》是承载这一本义的经典文本，狂人最后发现自己身上流淌着两千年吃人的历史血液，与鲁迅肩住黑暗的闸门的巨人的自我隐喻，都表明其时知识分子以立法者自谓，要承担所有的历史罪愆，更要开创所有的新的历史。历史究否由或能由知识分子开创，即使在经典马克思主义理论中，也是个问题，但巴金在《寒夜》中控诉制度，却是替汪文宣卸责，极大地削弱了五四启蒙的身体政治学所曾有的历史深度和魅惑。祛魅是一件好事，至少能

---

① 《鲁迅全集》第1卷，人民文学出版社2005年版，第439页。

给启蒙政治一个日常生活的肉身，使后来者的思考不再局限于启蒙者形而上的政治设计，但深度的丢弃恐怕难免将历史当成一个垃圾桶，无法有效清理知识分子的主体意识、经验和幻象。如果在反省的意义上，巴金给予小说主人公的不仅是同情，还有批判，那么，作家通过小说表现出来的当不至于仅仅控诉制度。所幸的是，巴金并没有将答案写成战争，虽然战争是个更无争议的借口；说起来，忧生悯乱，也是个源远流长的人类和人性关怀，但究竟有时有些迂远。我们也许不妨重提晚清流行的福泽谕吉的箴言"先成兽身，后养人心"[①]，并进而修改五四启蒙的身体政治学："凡是病弱的国民，即使精神如何健全，如何苗壮，也只能做毫无意义的示众的材料和看客，病死多少是不必以为不幸的。所以我们的第一要著，是在改变他们的体格。"如此修改，并非要将五四所颠倒的晚清逻辑重新颠倒过来，而是要说明现代中国的制度建设过于循偏至的轨迹发展，以至于我们无法寻找问题的症结或起源。鲁迅关于国民性的发现和建构诚然并不简单，但他对于荷兰医学带来明治文明这一历史路径确乎扬弃得急促了一些。在医学昌明、制度完善的情况下，汪文宣至少不会愚孝其母，一味延请中医张柏情，而是听从妻子曾树生的建议，去西医医院进行治疗。40年代，在一个知识分子家庭，家庭经济并没有拮据到无钱治病，汪文宣却自暴自弃式地放弃治疗和休养，为的是孝顺母亲和维护自己作为男人的尊严（不用妻子的钱治病），这种精神无论如何都有些洁癖了。有洁癖的精神或过于纯粹的精神，是缺乏生命力的，更谈何转换成有效的制度实践？诚然，肺结核在当年是绝症，这是影响巴金谋篇布局的重要因素。但巴金并非一个自然主义作家，善于从疾病或遗传中找到小说人物结局的必然原因。不，完全不是如此，小说每到重要关节出现的话语是，如果不是那场战争、那个时代和那样的制度，汪文宣的家庭不至于分崩离析，汪文宣自己也能够从容选择治疗和保养身体。巴金自己在《寒夜》后记中说得更加清楚，他把汪文宣们称为"那些被不合理的制度摧毁、被生活拖死的人"[②]。不是疾病摧毁、拖死了汪文宣，而是制度摧毁了他，生活拖死了他。因此，巴金通过《寒夜》试图表达的是，汪文宣所患的肺结核并不可

---

① 后世流传的"文明其精神，野蛮其体魄""身体是革命的本钱"都从此来。
② 《巴金全集》第8卷，人民文学出版社1986年版，第704页。

怕，可怕的是不合理的制度，是生活。这也就是说，疾病在人并不致命，致命的是疾病在制度。在这样的意义上，我们也许可以说，选择跟随上司去兰州寻找自由和快乐的曾树生也是被制度摧毁了的；只是摧毁的不是她健康的身体，而是不够茁壮的精神。曾树生曾经与汪文宣分享共同的教育救国理想，后来为了生活，却不得不在银行当花瓶，更不得不离开深爱的丈夫，自我的意识和观念遭受生活的侵蚀，日渐怀疑自己坚持与丈夫、儿子在一起，是一种新式的贤妻良母主义。仿佛是温水煮青蛙，这种自身几乎毫无意识的摧毁也许是不合理的制度所带来的真正的摧毁。如果说汪文宣尚有昂起的精神头颅，曾树生则已被制度和生活敲打得什么也没有剩下了。当疾病缠身的汪文宣向曾树生回忆起上海时期时，她简直已经毫无兴趣。这种制度性的漠视造成的自我意识的深度睡眠，化妆成平淡生活本身的样子，化妆成为夫妻间的隔膜和婆媳间的妒恨，的确有着更深的现代性秘密。

二　母题故事的化妆术

在我们的古典记忆中，"夫妻本是同林鸟，大难临头各自飞"，妻子问丈夫"我和你妈同时掉下水，你先救哪个？"都是真理般的存在。这构成了文学叙述的母题，《寒夜》则同时纠结在这两个母题中，将巴金对于制度的控诉艺术地隐藏起来。我们不妨将此拟为母题故事的化妆术。在这一化妆术中，夏志清先生看到了永恒的人性秘密，并许为《寒夜》的艺术成就。如果他意识到自己所欣赏的仅是母题故事的化妆术，也许就要再次批评巴金的小说创作不够严肃了。且让我们从古典记忆的迷思中走出来，重新回味一下小说的开头：

> 紧急警报发出后快半点钟了，天空里隐隐约约地响着飞机的声音，街上很静，没有一点亮光。他从银行铁门前石级上站起来，走到人行道上，举起头看天空。天色灰黑，象一块褪色的黑布，除了对面高耸的大楼的浓影外，他什么也看不见。他呆呆地把头抬了好一会儿，他并没有专心听什么，也没有专心看什么，他这样做，好象只是为了消磨时间。时间仿佛故意跟他作对，走得特别慢，不仅慢，他甚

至觉得它已经停止进行了。夜的寒气却渐渐地透过他那件单薄的夹袍,他的身子忽然微微抖了一下。这时他才埋下他的头。他痛苦地吐了一口气。他低声对自己说:"我不能再这样做!"①

这样的叙述像是一个电影中常用的长镜头,场景变化很慢,时间"特别慢",甚至"已经停止",每一个细节都蕴含重大的信息,人物的每一个动作似乎都是主体深思熟虑之后发生的;叙事者显然有意让读者放慢阅读速度,最好是回过头来重读,不断地重读。更为特别的是,"他"这个主语出现的频率有些异乎寻常的高,高到小说叙述的句法破碎。我们不得不思考,"他"为什么不断地蹦出来,影响阅读?这样的叙述风格,巴金维持到了《寒夜》终篇,不仅"他"汪文宣不断地要求读者的注意,而且"她"曾树生、汪母也不断地要求读者的注意,都不肯或止。在每一个小说人物都吁求注意的语境中,小说叙述了汪文宣极度敏感和焦虑的内心话语:

> 他在失望中,忍不住怨愤地叫道:"我这是一个怎样的家呵!没有人真正关心到我!各人只顾自己。谁都不肯让步!"这只是他心里的叫声。只有他一个人听见。但是他自己并没有注意到这一点,他忽然以为他嚷出什么了,连忙掉头向四周看。四周黑黑的,静静的,他已经把那两个小贩丢在后面了。②

我们知道,怨愤地喊叫着"各人只顾自己。谁都不肯让步!"的人,其内心是希望通过他者的牺牲满足自己的愿望,实际上也正是"只顾自己"而"不肯让步"的人。他不肯牺牲,他家里的其他人也不肯牺牲,都是顽固不化的现代意义上的个性主义主体。因为吁求的是他人的牺牲、自家的圆满,汪文宣生怕自己内心的欲望被人觉察,于是敏感而焦虑地"连忙掉头向四周看"。这个不肯牺牲的自我被汪文宣深锁在自己的内心,只在梦里一再出来活动。而包裹着这个不肯牺牲的自我的恰恰

---

① 《巴金全集》第 8 卷,人民文学出版社 1986 年版,第 419 页。
② 同上书,第 423 页。

是一个敢于牺牲自我的外在形象，一个近乎愚孝的儿子，一个近乎懦弱的丈夫，一个徘徊在母亲和妻子之间受夹板气的男性，一个"老好人"。借用弗洛伊德的概念来说，汪文宣以超我现身，牺牲本我，在自我的意义上，的确是敢于牺牲的个体。问题是，他始终意识到自己作出了牺牲，并希望他人付出等量的牺牲，这种念念不忘的态度意味着他到底还是"只顾自己"而"不肯让步"的人。因此，《寒夜》是一个关于不肯牺牲的故事，夫妻矛盾、婆媳矛盾的母题，都可以视为方便小说叙述的化妆术。

化妆术的存在至少意味着三个方面的问题：一是巴金不敢面对人性之不肯牺牲的现实；二是巴金同情日常生活之困窘；三是现代汉语话语欠缺表达不肯牺牲之现实的能力。这三个方面也许并存且互有关系。巴金可能是敢于面对人性之不肯牺牲的现实的，因为他至少挖掘了高昂着精神头颅的汪文宣内心不肯牺牲的欲望。因为不肯牺牲，日常生活显得越发困窘，汪文宣一家不但不能共度时艰，而且相互猜忌，以家破人亡结束。而现代汉语的话语是不太能够表达这些内容的，巴金不得不转而采用了母题故事的化妆术。类似的情况也发生在钱锺书《围城》中，全无用处的方鸿渐相当于汪文宣，追求家庭自由的孙柔嘉相当于曾树生，而挑拨是非的孙柔嘉的姨妈相当于汪母。有着忧世伤生抱负的钱锺书应当不满足于仅仅讲述家长里短的母题故事，但他和巴金一样，只能采用母题故事的化妆术。这可能的确表明了现代汉语的有限性。因此，我们有必要穿过母题故事的化妆术，抵达现代汉语难以准确标识的现代性秘密的所在。第一，化妆术将不肯牺牲的问题转化成了牺牲的无效，即尽管汪文宣牺牲了自己，还是无法换得家庭的稳定，回心转意的妻子却找不到婆婆和儿子了。第二，不肯牺牲的问题被化妆术转换成了婆媳之间天然的、永恒的矛盾，也即人与人之间的天然隔膜。即使曾经有着共同理想的夫妻，在婆媳矛盾的干扰下，也会陡生隔膜，曾树生感觉丈夫已经无法理解自己，虽然做丈夫的在尽量体贴妻子。第三，牺牲是不可说出且无法理解的，一旦说出，牺牲就不存在。在曾树生看来，只要汪文宣在信中告知病情，并要求她回到身边，她就会义无反顾地从兰州回到重庆。但汪文宣选择了只字不露，意味着牺牲一旦经过话语表达，就不再是牺牲，而是索取。第四，同情可以取代牺牲使牺牲不成为问题。在国家和社会脱序的意义上，巴金控诉制度缺乏对于知识分子的基本同情。这也就是说，如果制度是一种同情的存在，国民的牺牲就因为有偿而不成问题，国民也不会不肯牺牲。在人与人之间关系的意义上，巴金叙述了曾树生婆媳俩相互的怜悯，这也就意味着，如果不是战时日常生活那么困窘，逼得她们同在一个屋檐下局促地生活，她们都有足够的同情心理解对方，从而愿意有所牺牲。于是，牺牲便不成问题了。甚至可以说，因为同情的存在，牺牲本来就不是牺牲。第五，也许是一点不甚要紧的身体政治问题，化妆术遮蔽了曾树生与其他三个家庭成员之间的身体差异。曾树生所以与汪文宣、汪母、汪小宣都存隔阂，部分原因是她的身体充满青春活力，而汪文宣患了肺结核，犹豫多思，汪母年老体弱，多愁善感，汪小宣少年体弱，暮气沉沉。疾病带给了汪文宣等三人不同的看待世事的眼光和心情，曾树生难以体会。那么，对于牺牲的理解，他们也就别有差池。

正如我们在《寒夜》破碎的句法中所看到的那样，现代个体本质上是拒绝让渡和牺牲的。现代个体自我的完成或主体性的确立，在于控制和占有。"他/她"试图在语法意义上控制和占有每一个单句，"他/她"所代表的小说人物也试图在观念和情感的意义上控制和占有每一个他者，吁求他者的注意、让渡和牺牲。这是多么可怕的现代性悖论！"他/她"们如何能够订立彼此都满意的社会契约，建构合理的、同情的制度？一套有效的制度恐怕并不能采用汪文宣的方式，以超我克服本我，将内心的欲望看似自我消化其实是压抑起来。如此结果恐怕只有一条，即防民之口甚于防川，内心欲望总有膨胀并爆发的一天，于是一切建构沦为枉然。在母题故事的化妆术背后隐藏的正是这样的现代性悖论。五四启蒙唤醒了个体对于自由、对于主体性的想象，但正如鲁迅所质疑的，"娜拉走后怎样？"连同鲁迅在内，我们对于现代的理解都缺乏有效的实践维度，无法建构合理的制度。从五四到40年代，二十多年过去了，我们所能做的、所愿做的、所会做的仍然只是控诉。甚至是控诉，也只能依托古典智慧的变身，躲在母题故事的化妆术的鼻翼之下。

当然，夏志清、司马长风们对于化妆术的欣赏，也仍然是有道理的。文学到底是社会的一种剩余物，技艺上的推陈出新、借尸还魂都弥足珍贵。化妆术达到《寒夜》那样的舒徐自如，只是偶尔跳脱散漫，到底是现代小说中少见的，我们理应给予艺术上的一定评价。

三　道德理想的覆灭

在 1929 年写、1940 年改的《克鲁泡特金的"伦理学"之解说》中，巴金全面解说了克氏伦理学的三个基本要素：互助、正义、大量。互助即同情，正义即公平，大量即自我牺牲。关于自我牺牲，巴金的详细解释如下：

> 我们各人都有过剩的活力，除了满足自己的需要外，还可以无报酬地给与他人，……居友说得好："我们单为自己是不够的；我们有着更多的眼泪，为我们的苦痛所流不尽的；我们有着更多的快乐，为我们的生存所享不完的。"这种"自己牺牲"乃是生命之满溢。
>
> 在人类中间有着两种倾向。一方面人要求着尊重个人的自由，权利与发意性；另一方面人又倾向着共同的善与万人的福祉。这两个倾向都是不可忽视的。种族忽视了此等个人的要求，则此种族衰灭；个人忽视了共同的善，则此个人衰灭。现社会中宗教、强权、资本等等把这两个倾向皆忽视了，所以现社会之衰灭乃是不可避免的事。
>
> 在现今如果不将这两种倾向调和在一起，则决不能创造一个可以鼓舞人类的崇高的道德理想。①

这个解释首先让我们质疑汪文宣的牺牲并不是一个无政府主义者的牺牲，因为他不仅没有过剩的活力，而且因为疾病的缘故，濒临死亡。这样的人仍然要作出自我牺牲去满足他人，倾向"共同的善与万人的福祉"，固然是值得尊敬的，但严格说来，应该是无力的。而这种无力感正是巴金用以控诉不公平的制度的武器。在克鲁泡特金的伦理学里，互助、正义、气量都是人的社会本能。汪文宣生存于其中的国家、行业甚至家庭不但不能辅助他社会本能的充分发挥，而且还使他积劳成疾，无从治疗和保养疾

---

① 巴金：《克鲁泡特金的"伦理学"之解说》，克鲁泡特金：《伦理学的起原和发展》，巴金译，平明书店 1941 年版，第 526—527 页。

病，指向的便是"现社会之衰灭乃是不可避免的事"。对于巴金这样一个无政府主义者来说，不可避免的衰灭意味着道德理想的覆灭。不仅汪文宣之死意味着道德理想的覆灭，曾树生出走的徒劳和归来的无地，也意味着道德理想的覆灭。曾树生所以出走，就是因为她要求个人的自由、权利和发意性。汪文宣尊重她选择的正当性，但是汪文宣的尊重并不能替代社会对于她选择的漠视。曾树生从重庆来到兰州，除了得到经济生活上的忙碌，并没有得到自由、快乐和爱情上的满足，也就是说，她的社会本能并没有得到发挥的空间。于是，曾树生又从兰州回到重庆，以期见到她真正关心和爱的汪文宣、汪小宣，遗憾的是汪文宣已死，连坟都不知所在，汪小宣也不知所踪，她的社会本能失去了作用的标的。曾树生并没有舍弃共同的善，但她却找不到共同的善得以发生的条件了，个人因此也就面临危机。那么，应当说，曾树生出走的徒劳和归来的无地，更加深刻地表征了道德理想的覆灭。

考虑到巴金认为"现社会之衰灭"因于"宗教、强权、资本等等"，我们有理由认为巴金将汪文宣之死也归结为"宗教、强权、资本等等"对于道德伦理的忽视。从这个意义来看待曾树生对于牺牲的犹豫，或许能更好地切近《寒夜》所表达的道德理想覆灭的深层问题。小说多次描写了曾树生对于牺牲的犹豫，其中以下述描写最深刻：

  永远是这一类刺耳的话。生命就这样平平淡淡一点一滴地消耗。树生的忍耐力到了最高限度了。她并没有犯罪，为什么应该受罚？这里不就是使生命憔悴的监牢？她应该飞，她必须飞，趁她还有着翅膀的时候。为什么她不应该走呢？她和他们中间再没有共同点了，她不能陪着他们牺牲。她要救出她自己。[①]

曾树生并非从一开始就不能接受牺牲，只是"宗教、强权、资本等等"对于道德伦理的忽视将她的家庭成员原子化，"她和他们中间再没有共同点了"，人的社会本能行将被彻底摧毁，曾树生将牺牲的本能当成了被动的受罚，感觉到生命的不断消耗和憔悴。家庭（和社会）是"使生命

[①] 《巴金全集》第8卷，第588页。

憔悴的监牢",则关于人群的道德理想就不但要覆灭,而且面临没有再造的根基的危险。"她应该飞,她必须飞","她要救出她自己",可惜小说的结局是她飞无可飞之处,救出自己也是徒劳无功的末路之旅。道德理想再造的根基何在?当然,在这个细节里,"宗教、强权、资本等等"隐而不彰,曾树生更多面对的也仅仅是上司陈主任代表的资本的诱惑和压迫。汪文宣面对的则是"宗教、强权、资本等等"的共同忽视,这典型地表现在下述细节中:

> 面前摊开的是一本歌功颂德的大着的校作。他一个字一个字地校对着。作者大言不惭地说中国近年来怎样在进步,在改革,怎样从半殖民地的地位进到成为四强之一的现代国家;人民的生活又怎样在改善,人民的权利又怎样在提高;国民政府又如何顺念到民间的疾苦,人民又如何感激而踊跃地服役,纳税,完粮……"谎话!谎话!"他不断地在心里说,但是他不得不小心地看下去,改正错的字,拔去一些"钉子"。
>
> 这个工作已经是他的体力所不能负担的了。但是他必须咬紧牙关支持着,慢慢地做下去。他随时都有倒在地上的可能。可是他始终用左手托着腮在工作。他常常咳嗽。不过他已经用不着担心他的咳声会惊扰同事们了。他已经咳不出声音来了。自然他会咳出痰来,痰里也带点血。他把痰吐在废纸上,揉成一团,全丢在字纸篓中去。有一次他不小心溅了一点血在校样上,他用一片废纸拭去血迹,他轻轻地揩了一下,不敢用力,害怕弄破纸质不好的校样。他拿开废纸,在那段歌颂人民生活如何改善的字句中间还留着他的血的颜色。"为了你这些谎话,我的血快要流尽了!"他愤怒地想,他几乎要撕碎那张校样,但是他不敢。他凝视着淡淡的血迹,叹了一口气。他终于把这张校样看完翻过去了。[①]

汪文宣在谋生(资本)的压力下,虽然明知眼前是当权者(强权)的谎话,但却无法奋起反抗,反而以自己的生命为献祭,将谎话修补完整。

[①] 《巴金全集》第 8 卷,第 671—672 页。

这是何其荒谬的工作现场！更为可怕的是，这一工作现场只能保留在汪文宣这样的直接在场者的记忆中，校样上的血迹是要随着校样一起销毁的。在正式出版的公共媒介中，汪文宣的献祭不留痕迹。这也就是说，在资本和强权运行的过程中，虽有无数国民（斯文）的牺牲，但运行结束之后，资本和强权以"共同的善与万人的福祉"的面貌出现，完全抹去了国民牺牲的血迹，一片歌舞升平。对于巴金这样的无政府主义者来说，面临着国民所遭受的制度性漠视也许尚能奋起反击，面临着国民牺牲之被全盘抹杀和改头换面为国民政府的功德，他也许就只有描写道德理想的覆灭了。因此，巴金如此表达他写作《寒夜》的用意：

> 我从来不是一个伟大的作家，我连做梦也不敢妄想写史诗。诚如一个"从生活的洞口……"的"批评家"所说，我"不敢面对鲜血淋漓的现实"，所以我只写了一些耳闻目睹的小事，我只写了一个肺病患者的血痰，我只写了一个渺小的读书人的生与死。但是我并没有撒谎。我亲眼看见那些血痰，它们至今还深深印在我的脑际，它们逼着我拿起笔替那些吐尽了血痰死去的人和那些还没有吐尽血痰的人讲话。这小说我时写时辍，两年后才写完了它，可是家璧兄服务的那个书店已经停业了（晨光出版公司还是最近成立的）。并且在这中间我还失去了一位好友和一个哥哥，他们都是吐尽血痰后寂寞地死去的；在这中间"胜利"给我们带来希望，又把希望逐渐给我们拿走。我没有在小说的最后照"批评家"的吩咐加一句"哎哟哟，黎明！"，并不是害怕说了就会被人"捉来吊死"，唯一的原因是：那些被不合理的制度摧毁、被生活拖死的人断气时已经没有力气呼叫"黎明"了。①

巴金已经看到自己所理解的无政府主义道德理想的覆灭，故而他对于人群国族之进境虽未必悲观绝望，对于自身服膺的主义和伦理，则已经毫无信心了。应对"批评家"的几句"伟大""史诗""希望""黎明"之类的话，除了自谦之外，更多的乃是以一个无政府主义者的清醒和绝望看待"现实"的自傲。以一个渺小的读书人的生死串联的日常生活来表达对于

---

① 《巴金全集》第 8 卷，第 704 页。

不合理制度的控诉以及对于生活的绝望，从"批评家"看来毫无疑问是过于以小博大的，但以一个将伦理从天国和形而上的层面降落到日常生活的无政府主义者看来，这恰恰都是切中肯綮、直指人心的。

延伸阅读

1. 山口守《巴金的〈寒夜〉及其它》（载《名作欣赏》1981 年第 1 期）认为"小说《寒夜》对巴金来说也许是与从前的自己'诀别的歌'，且是由眼泪与极度的温情包裹着的'诀别的歌'"，这一观点值得重视。

2. 金宏宇、彭林祥《〈寒夜〉版本谱系考释》（载《郧阳师范高等专科学校学报》2006 年第 2 期）发现：《寒夜》具有众多版本，构成复杂的版本谱系。在其版本变迁过程中，有两次重大修改。修改带来的异文使我们可以进行重新阐释，也由此可以窥见作者思想的蜕变轨迹。注意版本的变迁，是研究巴金作品的基础工作。

3. 陈思和、李辉著《巴金研究论稿》（复旦大学出版社 2009 年版）融其巴金研究、研究的心路历程、研究的反思于一体，在异彩纷呈的巴金研究中是颇具特色的一部。其观点虽然有待深入，但不失参考价值。

思考题

1. "牺牲"是巴金 20 世纪 40 年代小说叙述中的一个核心观念，请试着梳理一下《寒夜》之外小说中"牺牲"观念的情况。

2. 战争话语和中国现代小说的关系是极其纷繁复杂的，请以《寒夜》为例，作出一定的分析。

第十一讲

《永远的尹雪艳》中的象征

一 什么是象征的文本

文本的概念在总序中已经有过详细的论述，此处不赘述。这里首先要讲清楚什么是象征。

在英语中，象征与符号常用同一词"symbol"，这造成了使用上的混乱。在汉语中，象征和符号是两个词，很容易区分。象征是一种二度修辞格，在本质上原先都是比喻，"是比喻理据性上升到一定程度的结果"[①]。因为象征与被象征之物，可以取其相似性，也可取其邻接性，因此，象征与比喻在本质上无法区别，在语言修辞中难以清楚地区分比喻与象征。例如用明星做广告，就是取其邻接性，让人误以为用了此产品就可以像明星那样具有气质与风度，产品成为风度与气质的象征。而这一点无法在语言修辞学中进行准确的描述。象征与比喻的主要区分是本体与喻体之间关系的区别。象征是比喻的叠加，是比喻的变异与积累，是比喻理据性上升到一定程度的结果，因此象征的意义所指总是比较抽象的，是一种"精神境界"。例如佛教中用莲花象征纯洁，而不是用莲花比喻纯洁；又如西方用橄榄叶象征和平，而不能用其比喻和平。

刘熙载在《艺概·辞概》中说："山之精神写不出，以烟霞写之；春之精神写不出，以草木写之。故诗无气象，则精神无所寓矣。"意思就是

---

① 赵毅衡：《符号学：原理与推演》，南京大学出版社2011年版，第203页。

说，烟霞、草木这些实在之象，象征的是山、春之精神，所指内容属于抽象概念的范畴。在实际操作过程中，我们也可发现这个特点，凡是要用一个具体的意象去指代另一个具体的意象，往往是比喻，而用一个具体的意象去指代一个抽象的概念，往往是象征。例如，月亮意象，如果与眼睛、盘子等关联，则是比喻，可以还原为眼睛像月亮、月亮像盘子等明喻；如果与思念、故乡等抽象意义发生关联，则是象征，不能还原为明喻。我们不能说月亮像思念，月亮像故乡，但可以说月亮象征思念，月亮象征故乡，等等。所以，所有的象征，都是由比喻发展而来，当其发展到抽象概念，就成为象征。

这一理解象征的方式，与西方象征主义诗歌流派的理解基本一致。《罗伯特法语大词典》在解释象征主义的时候，用了瓦莱里（瓦雷里）的定义："象征主义一词一方面让人联想到朦胧、神奇、对艺术的不懈追求；另一方面也从中发现了难以言状的美学精神或可见与不可见的事物之间的应和关系。""可见与不可见事物之间的应和关系"才是重点，"可见的事物"就是上文所说的意象或物象，"不可见的事物"就是这种抽象的精神。后来的让·莫雷亚斯对象征主义的定义与此基本一致："象征主义诗歌反对说教、宣言、错觉、客观描写，力图为理念披上感觉的形式，但是这种形式并非目的，而用来表达理念。"[①] 波德莱尔一般被认为是象征主义的鼻祖，他提出"宇宙是一座象征的森林"的观点，"认为客观世界就是主观世界的象征，文学作品应着重表现人的直觉和幻觉"[②]。按照象征主义的诗歌理论所述，象征的目的是表现不可见的主观理念世界，而这个世界不能直接诉诸我们的感觉，因此需要用可感的客观世界中的物象予以暗示。由于暗示的意义具有不确定性和朦胧性，象征表现的意义往往是晦涩、多义、不确定的。象征主义所说的象征只是一种表现抽象观念的方式，暗示是其基本方法与原则，其实与上文所说的理解基本上是一致的。象征主义所说的象征，既有文化累积起来的象征，又有特定语境中的象征。

由于在不同的文化之中，比喻积累的过程和方式不同，同一意象可能

---

① 户思社、孟长勇：《法国现当代文学流派》，外语教学与研究出版社2008年版，第7页。
② 刘文孝：《外国文学的艺术发展史》，云南人民出版社2009年版，第636页。

具有不同的象征意义。例如在中国文化中，白色可能象征丧事、恐怖，而在西方文化中，白色则象征纯洁。所以，中国丧服多为白色，而西方的新娘子的礼服为白色。象征是文化累积到一定程度的结果。文化可以赋予一个意象较为固定的象征意义，某一主体也可以在特定的语境中将具体的意象或形象用来象征一些抽象的意义，这种象征被称为"私设象征"。私设象征经社会的反复使用，意义累积到一定程度，就成为社会性的象征。例如屈原用"兰草"象征君子的修养与情操，后来就成了一个具有社会性的象征意象。赵毅衡认为，要形成一个携带精神意义的象征，有三种方式：文化原型、社会复用、个人创建[①]，此判断非常全面地概括了一个象征意义产生的过程和形式。

上面所谈的象征，几乎都局限于意象的象征或概念的象征，但是上述象征并不涉及人物比喻或人物象征。一个人物形象，往往被看做一个复杂的意义整体，它既可以是一个比喻，也可以是一个象征。当我们谈论某一个人像另外一个人、一种动物的时候，用的是比喻，但是如果我们把一个人物看做某种抽象的概念的时候，则是用的象征的思维方式。一个叙述文本一定要卷入人物与情节，而人物与情节都不是一个单纯的意象，也不是一个简单的概念，如果人物与情节有了抽象的意义，那么它就演变成一个象征。

所谓象征的小说文本，就是一个小说文本卷入的所有人物和情节，整体上成为一个抽象观念的载体。象征的小说文本与概念化的小说文本的最大区别主要有两点，其一是象征的小说文本不会有叙述者或人物直陈观念；其二是象征的小说文本的意指是多向的，并非只有一解。概念化的小说的人物和情节都是单义的，而象征化的小说文本的人物和情节都是复义的。本讲以台湾小说家白先勇的《永远的尹雪艳》为例，说明象征文本的意义的分析方法。

二 《永远的尹雪艳》中的人物象征

上文说过，任何象征，其本质都是比喻。任何比喻，都以本体和喻体

[①] 赵毅衡：《符号学：原理与推演》，南京大学出版社2011年版，第208页。

之间的相似性或邻接性为连接基础。所以，象征的象征体与被象征体之间也必然以相似性或邻接性为连接基础。例如玉玺象征皇权，是取邻接性；太阳象征热烈，是取相似性；红色象征革命，是相似性与邻接性的叠加。因此，对象征文本进行分析的要义，首先是要选定象征的对象，象征的对象一般是意义朦胧、无法确定其意义的对象。其次是要找到一个抽象的概念，用"试推法"进行相似性和相关性测试，如果能够找到足够多的共同点，那么这一象征对象就很可能是该抽象概念的象征。

《永远的尹雪艳》最让人迷惑不解的就是尹雪艳这一形象。尹雪艳不是一个现实中存在的人，这个人物形象违背现实的常识和常理，她身上有几个让人不易在常识和常理中理解的"谜团"：第一个谜团是她总也不老，是一个"万年青"；第二个谜团是她命犯白虎，凡是占有了她的男人轻则丢官败家，重则丧命，她是一个"煞星儿"；第三个谜团是她极具魅力，人见人爱，迷倒了所有的男人，也迷倒了几乎所有的女人，是一个超级"狐狸精"；第四个谜团是她极其薄情，对一切为其所伤的男人都绝情寡义，毫不同情，是一个"冷血人"。尹雪艳不可能是一个现实人物，"万年青"挑战了人们的时间观念，不合常识，其余几点挑战了常人的情理。所以，尹雪艳只能是一个象征。那么，尹雪艳象征了什么呢？下面提供几种解谜的思路，用以说明象征的小说文本意蕴的丰富性。

（一）"红颜祸水论"的解法

持"红颜祸水论"的学者不少，比较有代表性的文章是严英秀的《浅论白先勇〈永远的尹雪艳〉女性形象塑造的缺失》[①]。该文认为尹雪艳形象是"作者承袭了中国古典文学的红颜祸水论和西方文化中的厌女意识创造出来的一个概念化的人物形象，是男性文化视域下被物品化、符号化的缺失了主体人格的女性形象"。该文论者站在比较纯粹的女性主义立场，将象征性的人物形象与现实中的女性命运联系起来，虽然其观点褊狭，但是却发现了一种颇有意思的读法。用这种读法仍然可以找出上述四谜团的答案：尹雪艳就是"永远存在的红颜"的象征。"万年青"是指红颜存在的永恒性；"煞星儿"就是红颜祸水，红颜永在，则祸水永在；"狐狸精"

---

① 载《华文文学》2004 年第 4 期。

就是说"红颜"永远诱惑男人,是使男人丧失心智、败家送命的根源;"冷血人"就是"红颜"的本质特征,她只管迷人乱性,不管其他。按这个解法,《永远的尹雪艳》是一个阐释"红颜祸水"的文本。其中隐含了一种男权主义思想。用这种思路读小说,自然很难得出令人信服的结论,《永远的尹雪艳》中的女性并不只有尹雪艳一人,为何只有尹雪艳如此迷人?关键是她迷倒的不仅仅是男人,无数的女人也被她迷倒,怎能将其看做"红颜祸水"?所以,"红颜祸水论"看似站在女性角度对女权的维护,实际上是站在男性的角度对女性存在的忽略。尽管如此,这也不失为一种有启发性的分析思路。

(二)"欲望象征论"的解法

"红颜祸水论"之所以显得偏颇,是因为它对尹雪艳形象意义的抽象程度不够。将"红颜"进一步抽象,可得"欲望"之意,于是便有"欲望象征论"的读法。例如刘俊在《论〈永远的尹雪艳〉》[1]一文中说,"如果说作者在尹雪艳身上注入了某种'神性'的话,那它的一个基本特质似乎首先应该是'欲望'",因为被尹雪艳吸引的人主要是被自己的欲望左右。刘燕在《解读"尹雪艳"身上的谜团》[2]一文中也持此看法,认为"对于这些男人来说,尹雪艳就是他们财富、欲念的投射物"。与前一种读法相比,这种解谜方式更加容易让人接受,因为它没有将视点固定在一种性别之内。尹雪艳不仅象征了男性的欲望,也象征了女性的欲望,小说中的其他女人们都希望拥有尹雪艳所拥有的,所以才会千方百计地与她在一起,向她学习迷住男人的本领或获取虚荣。不同性别、年龄与职业的人们,仅仅是欲望不同而已,每一个人在尹雪艳处都可以各取所需。

从这个意义上看,尹雪艳象征人类永远不灭的欲望。"万年青"就是指人类欲望永不终结,只要人存在,欲望就会存在;"煞星儿"就是指人永远被欲望牵引,总会因欲望而招致灾难;"狐狸精"就是指人类欲望美丽动人的幻影和使神为形役的本质特征;"冷血人"就是指人类欲望从不会因欲望肉身的消灭而影响他人欲望的持续。按这个解法,《永远的尹雪

---

[1] 载《镇江师专学报》1998年第1期。
[2] 载《语文学刊》2007年第5期。

艳》阐释了深刻的人生哲理，告诫世人不要被欲望牵引，要控制欲望。小说阐释了人生的悲剧性特征，欲望是人存在的悖论：压抑欲望相当于人生已经终结，放纵欲望会加速人生的终结。

（三）"死神象征论"的解法

"死神象征论"是欧阳子的解法。白先勇的好友欧阳子为《台北人》写了一部评论集，题名为《王谢堂前的燕子》，在评论《永远的尹雪艳》的时候，她写道："尹雪艳，以象征含义来解，不是人，而是魔。她是幽灵，是死神。"[①] 欧阳子非常详细地阐述了《永远的尹雪艳》的死亡主题和尹雪艳的死神象征，见解独到而深刻，文学感悟力极强。例如欧阳子认为作者一再用"风"的意象写尹雪艳，就是为了影射尹雪艳是"魔"，她体态轻盈，是象征她"无实质"，她身上的温度、气味，无不透露出"致命的妖气"；小说在形容尹雪艳的时候，多采用与巫术、庙宇有关的词汇如"女祭司""观世音"等词语；叙述者还借用吴家阿婆之口说"乱世出妖孽"，又写徐壮图的灵堂、僧尼念超度经，等等，这些都烘托出小说的"死亡"主题。不仅如此，小说还用红色象征流血，用白色象征死亡，这一切都将尹雪艳与死神紧紧地捆绑在一起。

欧阳子的分析极有道理，从生命的角度看，尹雪艳的确可以看做死神的象征，用死神象征论也完全可以解释在她身上存在的几个谜团。"万年青"就是指死亡永在，死亡是人的本质，只要人存在，死亡就会存在，死神常伴人之左右。"煞星儿"就是指死亡时时刻刻威胁着人类的生存。"狐狸精"就是指死亡对人类充满了诱惑，人生而具有对未知世界、彼岸世界的向往，因而它永远诱惑着人类向它靠近。"冷血人"就是指死神永远不会同情他夺去性命的生灵。按存在主义的观点，人向死而生，因而人生来就对死亡有天然的亲切感。用宗教的观点看，向死亡的靠近就是向上帝靠近。按这个解法，《永远的尹雪艳》阐释了死亡是人存在的本质这一观念。死亡对人类充满诱惑，但是我们却要对它敬而远之，就如人们应该对尹雪艳敬而远之一样。

[①] 欧阳子：《〈永远的尹雪艳〉之语言与语调》，《白先勇文集2·台北人》，花城出版社2009年版，第149页。

(四)"文化乡愁论"的解法

虽然尹雪艳是一个抽象程度很高的人物形象，但是仍然可以将其与人物所处的特殊地域联系起来。小说中的人物，都有从大陆到台湾的经历，他们之所以喜欢到尹公馆中聚会，是因为在这里可以体验到昔日的荣耀，吃到昔日的美食，勾起对昔日的回忆。大陆的诸多文学史对《永远的尹雪艳》以及它所处的小说集《台北人》的评价，都从文化乡愁的角度入手。有些文学史只是浅浅地一笔带过，但基本意思是强调台湾与大陆的文化隔阂，甚至有论者将《永远的尹雪艳》看做"描写台湾上层社会豪华糜烂、道德沦丧的生活"[①]。这种看法离小说高远的立意已经很远。直接将《永远的尹雪艳》与文化乡愁联系起来的文章有周克平的《从〈永远的尹雪艳〉看白先勇小说的感伤情怀和悲剧色彩》[②]，该文认为小说表达的是虚无主义、宿命论和不可知的悲伤主义情绪，以及面对"传统文化失落"而徒唤奈何的"文化乡愁"。该文的论点是主题论，而不是人物象征论，因此其结论并不适合用来对尹雪艳形象进行解释。

尽管我们不愿用现实主义的眼光将《永远的尹雪艳》狭隘地看做一篇政治文学或简单地抒发文化乡愁的作品，但是我们也不可否认从文化乡愁的角度可以看到小说对文化乡愁的反思性理解。结合上文所说的谜团，我们可以把尹雪艳看做传统文化的象征，是"台北人"的上海记忆、大陆记忆、故乡记忆的象征。"万年青"暗指"台北人"的文化乡愁永远也不会消失，而且他们记忆中的故乡已经定格，不会再发生任何改变，因而"永远不老""永远不变"。"煞星儿"指的是"台北人"对故乡的记忆和思念最终会让他们付出沉重的代价，这是一种对永远记住过往文化的思维方式的警告与反思。"狐狸精"是指对故乡、过往生活方式的记忆对"台北人"永远具有巨大的诱惑。"冷血人"包含了"台北人"的沧桑、凄凉、无奈、悲伤的心态，是他们对现实的感悟，是被文化母体抛弃后对文化母体的体认。按这种理解，尹雪艳象征了一种文化乡愁，乡愁让他们找到了价值母体和记忆，但是被迫远离的现实又让他们的精神无比痛苦。虽然回忆无比

[①] 田中阳、赵树勤：《中国当代文学史》，湖南师范大学出版社1998年版，第648页。
[②] 载《江西广播电视大学学报》2003年第4期。

诱人，但是如果只剩回忆，不抛弃回忆，人们就将为此付出沉重的代价：在现实生活中失去生存意义。

（五）"时间魔术论"的解法

尹雪艳不仅是一个特定空间中的存在，也是一个特定时间中的存在。小说的标题"永远"已经标明尹雪艳可以是一个时间的象征。"永远"可以有两个含义：一是表示时间的无限延续；二是表示时间的凝固不动。因此，尹雪艳就可以同时象征两种时间观念：她既是时间中永恒的存在，又是一个静止的存在，她是变与不变的复合体。对于任何人而言，时间都是这样一个充满悖论性的存在：一方面，时间永远不顾人的脚步，稳稳地向前流动；另一方面，任何人都可以在流动的时间中让时间静止。只要我们停止前进的脚步，时间的流动对我们而言就没有任何意义。所以，时间只是人意识中的一种观念。在人的观念中，时间既可以是动的，也可以是静止的，它极其神秘诱人。尹雪艳之"永远"，隐喻她掌控了时间，她生活在时间之外，而芸芸众生，却仍然在时间之中挣扎。尹雪艳成为时间的象征，自然对其他人就有了最强的诱惑性与摧毁性。

如果把尹雪艳看做永恒而无情的时间的象征，那么"万年青"暗示时间的永恒性，时间之所以永恒，是因为它自身不变，然而居于时间之中的人却永远处于变化之中，追求永恒是向不变的靠拢，但是如果人向不变靠拢，则必将摧毁人自身。"煞星儿"就是指时间摧毁向其不变性靠近的一切人。"狐狸精"暗示时间的永恒性对人的诱惑。"冷血人"暗示时间无情，世事沧桑，然而时间依然会不断向前，它并不会因为任何原因而停止它的脚步。因为时间既是变的，又是不变的，所以人永远只能被时间摧毁，而不可能摧毁时间。萨特曾说："人毕生与时间斗争，时间像酸一样腐蚀人，把他与自己割裂开，是他不能实现他作为人的属性。"萨特对时间的描述，正与尹雪艳揭示的内涵相合。谁占有了"永远"，谁就消灭了自己。人的意义在于他所占有的时间是有限的。

（六）"命运无常论"的解法

上文提到的刘俊文章中的另一个观点，是说尹雪艳既是欲望的象征，又是命运的象征。刘俊认为人的欲望表现后面的终极形态就是命运，所以尹雪艳又是命运之神的暗示和象征。他的主要理由是，命运总是"自在"地存在，总有自己的"旋律"和"节拍"，总在居高临下地俯察人间，这些都与尹雪艳的特点暗合。这个分析很有道理，尹雪艳的谜团确实与命运的特点有合一性。

如果把尹雪艳看做神秘的、迷人的、残酷的、无情的命运的象征，那么"万年青"指的就是命运的本质永远不变，命运恒常。"煞星儿"就是指命运的悲剧性，所有人的命运最终都是悲剧收场，人最终都得走向死亡，人的本质是一种悲剧性的存在。"狐狸精"就是指命运神秘莫测，对人永远具有诱惑性，几乎所有人都试图了解自己的命运。"冷血人"就是指命运无情，命运只按自己的逻辑演进，它能操纵人，而人不能把握命运。按这个解法，《永远的尹雪艳》是对命运的深刻理解。命运深不可测，具有永恒的魅力，但是命运却是残酷无情的，永远按自己的逻辑推进。命运无法被人把握，如果有人试图去了解命运，他面临的将是生存意义的丢失。

（七）"色空论"的解法

上文提到的周克平文章隐约谈到形成白先勇悲伤主义情绪的原因之一是他受到佛家色空观念的影响，但是他并没有继续讨论这一问题。我们之所以能够从《永远的尹雪艳》中读出色与空的内涵，主要有如下几点原因：第一，白先勇本人深受佛教思想的影响；第二，本小说的标题即有色空之意。在中文里，"尹"的意思一是治理，二是官名，三是姓。作者给人物选择这样一个姓，就赋予了人物一个"治理""做主"的内涵。雪为白，暗含"空"之意，这源自《红楼梦》"落了片白茫茫大地真干净"的意指。艳是色彩鲜明、美丽之意，含"色"之意。"尹雪艳"就是"主空色"，既是色与空的复合，又在色空之外。此解虽有咬文嚼字之嫌，但却暗合小说之意。

在佛教中，色空观是基本观念，解释了佛家对世界起源的基本认识。"色"指有形有相的事物，形质之色包括了地水火风"四大"，一切有坚湿暖动性质的东西都是色，人的身体也是"色身"。"空"用来表述"非有""非存在"，物质均属因缘而生，其本质是空。用一个更易理解的说法，色与空类似于道家的有与无，"有"生于"无"，"无"生于"有"，因而"有无相生"。佛教认为"色不异空，空不异色，色即是空，空即是色"，一切的存在，其本质皆是不存在。此观念极具辩证性，《红楼梦》云："假作真时真亦假，无为有处有还无。"有与无是一体两面，色与空也是一体两面。佛教对空的讨论极其复杂，各时期、各派别对空的解释都不一样，但其基本意思趋于一致，空就是不存在、无。"我空"指的是一切事物因不断流转，因而不存在常一的主体；"法空"指一切事物皆因缘而存在，因而事物并无本质规定性；"分析空"从事物的生灭变化上说明事物的不实在；"当体空"指用空的理法观察就可以说明事物的不存在；"但空"指空其实也是有的一种存在形式，即"妙有"；"不但空"指事物既有空的一面，也有不空的一面，空不遣有，有不离空，空中摄有，有内不空。

更简单地讲，所有的"色"（存在）的本质都是"空"（不存在），只要我们观察它的角度与方法发生变化。但是常人只能生活在"色"相中，他们不能认识到自身的存在其实是虚无的。只有悟到空是人的存在本质，才能超越俗人世界的喜怒哀乐，做到不喜不悲，无怨无怒。

上文说过，尹雪艳是色与空的复合，既在色相之中，又在空相之中，然而普通俗人只能看到她的"色"相，看不到她的"空"相，因此对她没有把握与掌控的能力，一旦被她的"色"相吸引而陷入其中，则不能自拔，为情欲所困。若进入"空"相，则认识不到自身存在的意义。尹雪艳过人之处的秘密，在于她能够准确把握每个人的欲望，或让他们为其"色"相所迷，或为其"空"相所迷。说得更直接点，女人几乎都被其色相所迷，"好像尹雪艳周身都透着上海大千世界荣华的麝香一般，熏得这起往事沧桑的中年妇人都进入半醉的状态"；男人既为其"色"相所迷，又为其"空"相所迷，"为着尹雪艳享了重煞的令誉，上海洋场的男士们都对她增加了十分的兴味"。无论尹雪艳为何吸引住这些人，皆是因为这些人无法摆脱自身的欲望与贪婪，生活在"色"的世界。无论是不择手段地战胜竞争者用钻石玛瑙项链把尹雪艳牵回家的王贵生，还是要让尹雪艳在上流社会压倒群芳的洪处长，还是被尹雪艳的美貌与柔情吸引的徐壮图，都是因为抛不去世间的名利与虚荣。尹公馆中的常客，基本上都是要在这里找到昔日的荣耀，而他们在麻将桌上的战斗又是为利所困。尹雪艳之所以永远迷倒他们，是因为他们把尹雪艳看做"上海百乐门时代永恒的象征"，而"百乐门时代"正是他们处于俗世世界的巅峰的时代。对所有这些在"色"的世界中挣扎的人们，尹雪艳总是"以悲天悯人的眼光"看着他们"互相厮杀、互相宰割"，因为尹雪艳既在色相之内，又在色相之外，所以她既能够理解这些人，又能掌控他们并看透他们。

综上所述，尹雪艳是色与空的复合体的象征。台北的"五陵年少"们继续生活在色相世界，而尹雪艳在供给他们色相世界的同时又生活在空的世界之中。尹雪艳身上的谜团可以通过色空论给予合理的解释。

"万年青"指世人对"色"的追求具有永恒性，因而尹雪艳就能永远为他们提供满足其色欲的内容。"煞星儿"指"色"对人具有永恒的伤害，因而凡是占有尹雪艳的人都将落得家败身亡的结局，正所谓"色字头上一把刀"，色在满足欲望的同时也伤害欲望的主体。"狐狸精"指"色"永远对人具有的诱惑，人无法摆脱满足色欲的欲望。"冷血人"说明了世人沉沦在色欲中的同时，色欲对他们绝无同情。因为空才是人存在的本质，既然人因色欲而将其肉身的有化为无，因而也就不需要对此转化抱有同情之心，而是恰恰相反，她帮助沉沦之人摆脱了色的控制，抵达了他的本质。

三 《永远的尹雪艳》中的色彩象征

欧阳子对《永远的尹雪艳》中的色彩讨论得很详细，但结论略显片面，因为她说本小说的色彩，几乎都指向了"死亡"主题。而事实上，任何色彩在不同的文化中都具有不同的象征意义，在同一个文化中也具有多元象征意义，而且很可能具有悖论性的意义。因为我们把《永远的尹雪艳》看做一个象征的文本，所以我们就不愿意将其主题固定在一个维度里，那么文本中的色彩也就不可能只有一种象征意义。下面分别讨论小说中各种不同的颜色可能具有的象征意义，不求全面，但求丰富。

（一）主色：白色

小说中出现"白色"或"银色"的地方一共有二十多处，还不包括"尹雪艳"这个名字中的"雪"。例如：

> 一个夏天，她都浑身银白，净扮的了不得。
> 尹雪艳是有一身雪白的肌肤。

在台北仍旧穿着她那一身蝉翼纱的素白旗袍。

像个通身银白的女祭司，替那些作战的人们祈祷和祭祀。

尹雪艳在人堆子里，像个冰雪化成的精灵，冷艳逼人。

一时亲朋友好的花圈丧悼白簇簇的一直排到殡仪馆的门口来。

尹雪艳以一个白色的精灵的形象出现在我们面前，具有丰富的象征意义。

白色在不同的语境中有不同的象征意义。例如从摄影的角度看，白色是除黑色之外的唯一"极色"。白色象征清净、素雅、圣洁、高尚、善良、哀伤、悲痛、纯洁、娇柔、清白、轻盈等意义。从西方文化的角度来看，白色还可象征高雅纯洁（如新娘要穿白色），诚实正直（如男人要打白领结）、善意（如 white lie 意为善意的谎言）等意。在中国文化中，白色又与"反动""恐怖"等意义有关，例如白色恐怖、白色政权等。克日什托夫·基耶斯洛夫斯基的电影《蓝·红·白》三部曲的创意来源于法国国旗的颜色。蓝象征自由，红象征博爱，白象征平等。所以，颜色的象征意义不可一概而论。具体象征何种意义要结合文本来看。

在本小说中，白色至少有如下象征意义：

象征灾祸（占有尹雪艳则必遇灾祸）；象征死亡（花圈白色、二男人死亡）；象征圣洁（尹雪艳具有圣洁气质，以致男女均为其迷倒）；象征神秘（尹雪艳身上的谜团，几乎所有人都不明白为什么被她迷倒）；象征冷酷（尹雪艳对她的猎物毫无怜悯之心）；象征悲凉（尹雪艳生活群体之中的人无不倍感世事沧桑悲凉）；象征空灵（尹雪艳是空的暗示，又是色空的主宰）；象征超越（尹雪艳入于其中，又超于其外）。这些象征意味并非单独呈现，而是作为复合意义呈现的，甚至是悖论性地呈现的。例如尹雪艳既是圣洁的，又是不洁的、招灾的；她既是死神，又是救主（女祭司）；她既冷酷，又极端热情；她既在色之中，又在色之外。因此，白色在小说中就不可能只有"死亡"的象征意义，而呈现为多组悖论性的象征意义。

（二）次色：红色

小说中比白色出现频率稍少的是红色，与白色一道形成丰富的象征意义层次。红色出现的地方往往是在死亡与威胁来临之前。

为了讨喜气，尹雪艳破例的在右鬓簪上一朵酒杯大**血红**的郁金香。
　　发上那朵**血红**的郁金香颤巍巍的抖动着。
　　尹雪艳亲自盛上一碗冰冻杏仁豆腐捧给徐壮图，上面却放着两颗**鲜红**的樱桃。
　　吴经理眼圈已经开始溃烂，露出**粉红**的肉来。
　　吴经理不停地笑着叫着，眼泪从他烂掉了睫毛的**血红**眼圈一滴滴淌下来。
　　"回头赢了余经理和周董事长他们的钱，我来吃你的**红**！"

　　红色主要出现在尹雪艳与徐壮图以及与吴经理的交往过程中。见徐壮图之时，尹雪艳一反平日满身银白的装束，配戴了血红的郁金香，血红暗示徐壮图的命运。他最后被工人用一把扁钻从前胸刺穿到后背，血红的魔咒应验。吴经理烂眼的红色不断地加深，暗示他正在一步步走向死亡，"吃你的红"暗示死神已经向他张开血盆大口，离他越来越近了。因此，这几处的红色与死亡象征靠得更近。
　　若与前述人物象征意蕴联系起来，红色至少还可以有如下内涵：象征"红颜"，暗示尹雪艳是"红颜祸水"；象征灾难，暗示尹雪艳给人带来厄运灾难；象征死亡，暗示尹雪艳让得到她的人死亡；象征溃烂，吴经理从肉体到精神均已开始溃烂，隐喻台北人精神价值体系的崩溃；象征残忍，暗示上天对台北人的残忍。
　　红色本来是生命或顺境的象征，例如红心、走红，在此处又成为死亡与逆境的象征。所以红色在本小说中也是一个悖论性的象征，徐壮图的死和吴经理的将死都是他们解脱并获得新生的开始，生与死、顺与逆都是同一事物的两面。

（三）辅色：欲望之色

　　《永远的尹雪艳》除白、红二色之外，其他颜色都可看做欲望之色。例如：

　　　　桃红心红木桌椅
　　　　黑丝面子鸳鸯戏水的湘乡靠枕

黑丝面椅垫的沙发
叼着金嘴子的三个九
鞋尖点着两瓣肉色的海棠叶儿

与欲望之色相配合的是，小说中的味也是欲望与诱惑之味。

中山北路的**玫瑰**花店常年都送上选的鲜货。
整个夏天，尹雪艳的客厅中都细细地透着一股**又甜又腻**的晚香玉。
好像尹雪艳周身都透着上海大千世界荣华的**麝香**一般，熏得这起往事沧桑的中年妇人都进入半醉的状态。
到了下半夜，两个姨娘便捧上雪白喷了明星**花露水**的冰面巾。
案上全换上才铰下的晚香玉，徐壮图一踏进去，就嗅中一阵沁人**脑肺的甜香**。

这些色彩是欲望之色、暧昧之色。这些地方的色即是欲，通过色与欲的描写，并与小说中的"味"相配合，指向了尹公馆"温柔的死亡之乡"的意义。欲望与死亡并存，就让《永远的尹雪艳》的意义成为一个悖论性的存在。

象征的小说文本，其意义不是指向实在世界，也不是指向一个单一的概念世界，而是指向丰富的、充满悖论的意义世界。对于象征性文本的理解应该是开放的，不能定于一尊，不能固定其意义。充满悖论性的是，正是意义的不固定让意义固定，也正是意义的矛盾使象征性小说文本的意义达成了统一。就是说，无恒定意义本身，就是象征的小说文本的意义所在。

延伸阅读

1. 赵毅衡：《符号学：原理与推演》第九章《符号修辞》，南京大学出版社2011年版。本章主要讨论符号修辞的特点与类型，其中第5节讨论"象征"，从符号学的角度对象征的概念谈得相当清楚。

2. 欧阳子：《〈永远的尹雪艳〉之语言与语调》，《白先勇文集2·台北人》,花城出版社2009年版。该文从《永远的尹雪艳》的生死主题展开讨论,认为小说通过丰富的表现手段表现了死亡主题。

3. 古继堂:《永不减光芒的艺术形象——尹雪艳》,载《世界华文文学》1999年第2期。该文是20世纪30年代出生的老一代学者政治化解读的代表,文章引用作者本人在《台湾小说发展史》中的观点来评价尹雪艳:"白,象征着妖冶、象征着梦幻、象征着虚无和永恒、象征着残白的雪、象征着酷烈的光。这雪能把一切都埋没,这光能将一切都熔化。因此,有了尹雪艳,国民党的大官小吏,巨商大贾,朝野人物都挨着死,碰着亡,一批批,一个个被那雪吞没,被那光熔化。……她比《西游记》中的白骨精还要厉害十倍百倍。……但奇妙的艺术反差效果,却成了'永远的尹雪艳'之不死,就是国民党之死,因为国民党是没有力量抗拒那雪的吞没和光的熔蚀的。"

4. 刘俊:《情与美:白先勇传》,花城出版社2009年版。该书以时间为序全面介绍了白先勇的人生经历与创作历史,对白先勇感兴趣的同学可以参考。

5. 白先勇:《台北人》,国内有多种版本,推荐人民文学出版社1992年版。这是白先勇最好的短篇小说集之一,也是《永远的尹雪艳》所在的集子。该小说集被认为是20世纪中文小说100强之一,哈佛大学教授韩南赞扬其为"中国当代短篇小说的最高成就"。

思考题

1. 你认为还可以从哪些方面理解尹雪艳形象的象征意义?请举一例。
2. 请另举一个例子说明什么是象征的小说文本。

第十二讲

撬开当代文学性爱闸门的古典人格叙事

从新中国成立后文坛长达三十余年的禁欲主义到90年代的肉欲泛滥，这期间的转换可谓天渊之别，甚至就在80年代的前期与后期之间这样的分别也是明显的，故而寻找这个转换阀门的启动者、这个禁欲主义堡垒的攻破者便显得尤具意义。为什么是它？它是一个内生的孽种抑或是一个迎入城中的特洛伊木马？正因在文坛格局演变后的回观，张贤亮80年代《男人的一半是女人》等作品才具有了追论的必要。他命名为《唯物论启示录》的系列作品对人性自由的解放与"狂欢"的迎接进而开启了其后新时期文学在求道精神、性泛滥等多重路向发展的诸多特征，这种尖锐对立而又融合一体的矛盾令其作品及章永璘人格富有内在张力，并具有了文学母本式的多重阐释性意义。

作为一个特定时代的放逐者和受难者，正如同伤痕、反思文学作为新时期"报春花"的意义一样，张贤亮作品显在的意义是对于特定历史时期专制政治、文化所带来的"阉割"之痛的表现、控诉和告别，但张贤亮作品超越性意义更在于深入哲学层面的人性探索，这尤其体现于受阉文化环境下特定人格典型——章永璘人格的锤炼。正是在特定文化语境下权威主义的"阉割威胁"中，章永璘产生了多层面的受阉缺损型病态人格。它具有忏悔意识、道德受虐意识、求道意识的显在层面，而在人格深层则隐藏着受阉意识、施虐意识、力比多的放纵意识等。在显在层面与隐在层面的冲突与融会中，章永璘人格成为一个传统文化背景下的普通人格标本。

一 受阉下的忏悔：权威主义良心

受阉缺损型人格的逻辑起点首先体现于在权威下的负罪感、忏悔感。

中国文化中没有面对上帝的原罪和现罪的忏悔传统，但面对三纲五常的世俗伦理以及现世权威时的人格罪己却是一种常态。在"卑贱者最高贵""接受贫下中农改造"的政治环境中，知识分子人格中的罪己与忏悔感成为一种必然要求。但这种忏悔与其说是一种涤罪和道德升华的人格升华主体要求，不如说是一种外压下的适应措施和被动变态。

弗洛伊德认为，罪责感来源于恐惧，恐惧导致了"超我"的产生，超我是罪责感的根源。新弗洛伊德主义代表人物卡伦·荷妮说："当家庭关系建立在权威的基础上时，就会禁止对父母进行任何的批评，因为任何批评都会损害父母的威信。这种禁止可能是公开的，禁令通过一些惩罚来加强。或者采取一些更为有效的策略，禁止的机制更为隐秘，并通过道德的基础来加强。于是，孩子的批评不仅受到父母个人的敏感性的检查，而且受到在我们社会里流行的这样一种态度的检查，即批评父母是有罪的。孩子由于受到这一文化心态的影响，而接受了不批评父母的这样一种心理。在这种情况下，一些胆子稍大的孩子可能会表示反抗，但是，相应地他会有罪责感。一些胆小的孩子不敢表示任何怨恨，甚至日益认为父母不可能有错。但是他们感到一定有某人有错，并因此得出结论，既然父母无错，那一定是自己有错。不用说，这不是一种理智的过程。它不是由思维决定的，而是由恐惧决定的。"首先，章永璘作为一个资产阶级血缘的知识分子，已注定了其天然的阶级原罪，而当面对其认同的无产阶级文化之"父"的权威暴虐时，在心理上，无论是作为一个胆大孩子的"反抗"之举，还是作为一个胆小孩子的恐惧，都为他带来了深深的阶级天然负罪感。陈思和指出："随着现实生活的日趋复杂化，尤其是在'左'的思潮袭来，史无前例的'十年浩劫'猝然降临之时，这时期的忏悔意识，原先所包含的现代因素丧失殆尽，甚至连人文主义的因素也荡然无存，终于倒退到中世纪的基督教文化阶段：这是一种充满着愚昧与迷信的忏悔：忏悔的人，忏悔的知识分子。"章永璘这种产生于惩罚与恐惧中的非理性负罪感、忏悔意识是有典型意义的。李泽厚便把张贤亮《绿化树》等作品作为肩负着"原罪意识"的一代资产阶级出身的知识分子的真诚忏悔、改造意识的典范来看，并提升到把颂歌（贺敬之）和忏悔（张贤亮）作为解放一代文学特征的高度上来看待。而不管是颂歌型，还是忏悔型，二者实质上都是对于权威的服从、依附。弗洛姆在著名的《自为的人》一书中把这种

"超我"良心称为权威主义良心，它与作为对人的价值的肯定的人道主义良心有着本质的区别。

如果说权威主义良心产生于外压下的被动迎合，那么久而久之，人便会习惯于这种扭曲人格的变态而安之若素，并自我调整为"求道"的常态人格，在他看来，"这些自我控告表明它具有敏锐的道德判断，能为自己的过错而谴责自己，而这些过错就连他人也没有注意到，因而这些自我控告能使他们感到他是一个真正优秀的人。而且这种自我控告使他得以解脱，因为它们从不涉及他自己真正不满的问题，从而为他自己的解脱留下一个秘密的后门，这使他看起来确实不是一个坏人"。看来，这种自责以求自我解脱罪责，自责以求自尊的忏悔感本质上其实是一种虚伪的自我防护意识与伪装，"它们完成了恢复自信和掩盖真正的问题的双重目的"。

无论变态的被动，还是常态的主动，这种罪责感、忏悔意识的直接逻辑发展便是"道德受虐狂"意识的产生，把受难理解为需要惩罚、赎罪的结果，理解为获得人格超越的必要过程，以此演变为典型的"受难—悟道"模式。

二 道德受虐狂的两个话语模式

(一)"受难—悟道"

对于张贤亮，许多评论家指出其作品"有一种对苦难的病态崇拜"，"那种通过受苦而净化灵魂的观念实质上是一种宗教心理"。《绿化树》题记里以"在清水里泡三次，在血水里浴三次，在碱水里煮三次"来说明其主题"一个……的青年，经过'苦难的历程'，最终变成了一个马克思主义的信仰者"已经清楚地表明：章永璘本质上是一个传统的"受难—悟道"模式人物原型的现代实践。

在专制/反抗，阉割/反阉割的二元对峙传统文明机制中，对自由、理想、真理等一切超越于规范之外东西的向往追求都必然招致精神文化之"父"的严厉惩罚，耶稣的受难，普罗米修斯的盗火与受难，中国文化中的孙悟空被压五指山，凤凰涅槃神话，屈原被逐，司马迁受宫刑等，都是这个逻辑下的必然例证。同时，这种受难的历程又客观上成为反抗和奋斗的反面证实，而且，如同孙悟空的被关老君炉炼出火眼金睛，西游历经八十一难终成正果一样,受难的历程成就了受难者如同普罗米修斯一样的人格力量和悲剧精神,历经苦难终获道德净化(西方),终成正果终于悟"道""朝闻道夕死可矣"(中)。正因为受难与悟道在长期的文化逻辑中逐步演变为合二为一式的话语流水线,故而随着对道的渴望,对"忧国忧民""道"的忧患意识的追求,演化出另一种人格面具,即对受难、被逐的潜在渴望。这种对俄狄浦斯式放逐的渴望、受难意识,既是对"父"残暴与不合理性的证实,对"父"反抗充足理由律的表达,同时也是从地面转入地下寻求力量滋长的渴望,宙斯的被父亲吞噬与反抗,俄狄浦斯式的放逐与回归均是如此。这种受难原型是以俄狄浦斯情结为基础的文明机制下阉割威胁/反阉割二元对立模式下的必然逻辑产物,以对形而上、道的终极追求为特征。章永璘形象从本质上来说,也正是一个俄狄浦斯文明和传统精神承续下的古典人格形象。

"故天将降大任于斯人也,必先苦其心志,劳其筋骨,饿其体肤,空乏其身,行拂乱其所为……"受难—悟道模式可谓根系深远,源远流长。受难意识即意味着对苦难的现实主义化的接受、屈服,并进而在这种苦难秩序的主导下规范和选择自己的思想行为模式,它甚至演化为一种对于苦难、折磨的期待。它存在着迥然相异的多面性:从历史文化角度来说,这是一种历史现实主义的态度;从宗教角度来看,这是一种虔敬的宗教意识;而从心理学角度来看,这显然是一种受虐狂意识——对受虐的期待。受虐的期待中隐含着对虐待行为的认可,甚至向往、期待,这也自然透露着对施虐—受虐关系的承认和接纳。从宗教角度看这种高尚、崇高的虔敬意识如放在历史的政治文化秩序中则变了调——这意味着对于现存统治秩序的诚心接受,对受虐的快感期待甚至意味着对这种统治者施暴的衷心拥护。显然,这不是一种反抗性人格,或曰半吊子反抗,更多地透出奴性人格成分。在人类社会结构的大建筑中,正是这种最广泛存在的受虐狂人格构成了历朝历代统治秩序砖砖瓦瓦的基础。这种虔敬意识中隐含的受虐意识赋予反抗者麻醉、消解功能,各种宗教在人类历史的长河中,为统治者所用之处也正在于此。无论施虐者、受虐者,二者有一共同点,即对于这种暴力关系的认可、接纳,甚至拥护,相应地,受难—悟道意识也透露着与统治者、施暴者的共同之处——对于现存秩序的潜在接纳,甚至拥护或者说部分的拥护。悟道,隐藏着的一面即是对于道——现存秩序的认同，正是此"道"使统治者与被统治者成为同"道"中人。

受难—悟道模式的危险性一方面在于其掩盖下的受虐感，另一方面，更危险的则在于受虐意识掩盖下更深层的施虐意识的转化。受虐经历使其对受难的苦难漠然化，并在自居为"得道"或自居为"道"时将施虐的残酷视之为悟道的必要付出，从而放任、为所欲为，令一切人事更替而施虐—受虐的文化模式却没有改变。多年媳妇熬成婆式的化受虐期待为施虐意向，对于受难受虐的回顾成为一种骄傲、炫耀、资本，正是这样，受虐的资本提供了施虐时免于良心不安和获得心理平衡的借口以及施虐行为的动力。所以说，这种危险的奴性意识的另一副面具可能就是奴隶主意识，受虐倾向乃是被压抑了的施虐倾向，而受虐狂意识可能会方便地转化为施虐意识。这种认同暴力的意识决非简单地像一些人所标榜和认为的那样圣洁、和平，对某个上帝无比虔敬的十字军对另一些上帝子民的暴虐便是最简单直接的例子。章永璘对马缨花的"始乱终弃"，走向红地毯中也正隐含着无意识施虐成分。

（二）始乱终弃

如果说受难—悟道模式尚顶着人格提升的光环，其掩藏下的受虐—施虐也承担着人性扭曲的不得已，那么，始乱终弃无论在世俗世界，还是在灵魂世界都承受着谴责，然而这两种话语模式却奇怪地在章永璘人格中结为一体，这种反差值得探究。

"始乱之，终弃之"的叙事模式古已有之。女主人公肩负着对于受难才子的母性拯救者与心灵滋养者身份。"这是一个美丽圣洁却又虚无缥缈的女性形象系列，她们无一不是张贤亮潜意识中的'阿利玛'在梦想和幻觉中的现形。作为以章永璘为代表的男性受难者们不可或缺的一半，她们其实是'引领'着那拨脆弱的男人们'飞升'的'永恒的女性'。值得注意的是，这些伟大的女性与其说是娇柔万端得让曹植心荡神怡的、女儿性十足的'洛神'，倒不如说是厚德载物般让韩信感恩不已的、母性无边的'漂母'。"在潜意识中受难者一直幻想和渴望着这样一位母性拯救者和灵魂抚慰者的出现。因而，所谓"始乱之"是一直即有的期待，是在无论生命的上升还是下降的不同阶段面对不同对象都有的潜在无意识欲望。这种母性形象接纳他这种"乱"既是他获救和再生的希望，又是他本质力量对象化完成的确证，是完成受难→再生的基础。

没有旧我的死去消亡，新我便难以真正成长。故而，作为"旧我"象征和见证的女主人公的被"终弃之"成为男性成长过程中潜意识欲望里的必然。"始乱之"是在苦难中成长的需要，而"终弃之"也同样是在脱离苦难后成长的需要，这既是超我的道德要求，同时也是来自于本我欲望中的成长需求，故而"终弃之"就那样容易地千篇一律地发生了。爱情由于其当初的母性拯救者形象而发生，亦因母性拯救行为的结束和对新拯救的企盼而转为背叛的必然，这种痛苦悱恻然而最终又义无反顾的决绝正如俄狄浦斯的弑父娶母一样，是其命运发展和人格成长的必然。对于爱情的背叛与忏悔正代表着受难者对于过去、苦难的复杂情感与行为取向，既要固执坚定地抛弃，又有无限的怀念与忏悔。抛弃是为了成长、进取的"放下包袱"，但这并不代表简单的"忘恩负义"。同时，此时的负罪与忏悔不同于一开始的虚假阶级负罪感，更多地带有灵魂慰藉、净化的真诚。

从结构主义叙事学来看，这种叙事模式可图解如下：

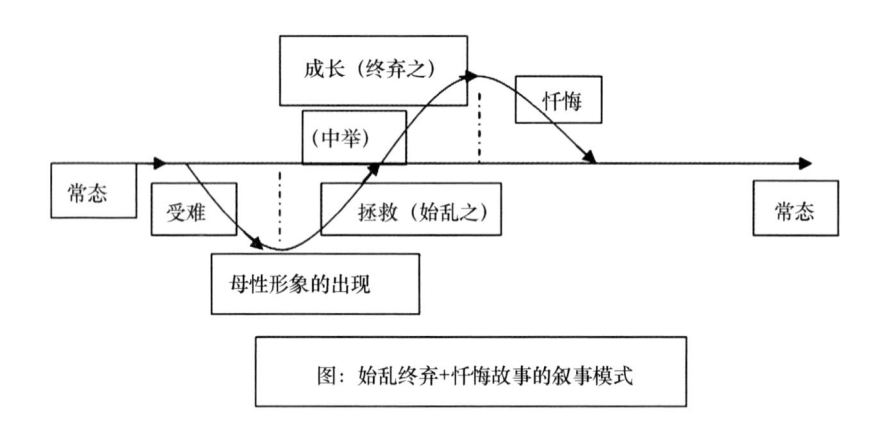

图：始乱终弃+忏悔故事的叙事模式

受难是生命历程中的下降过程，但也是为新的上升做准备的过程；随着母性形象的出现，"始乱之"爱情的发生，拯救的上升叙事开始，同时也是受难者生命力恢复和巩固加强的上升叙事过程。一方面，随着张生们中举、中状元、章永璘性能力的获得，以及政治迫害的告一段落，意味着旧有苦难历程的结束，而主人公在新的成长过程中远离旧受难部分的必要措施就是"终弃之"的背叛，但这会带来灵魂的痛苦和良心的不安，所以便会用忏悔来解脱罪意识,来维系心灵的回复常态;另一方面,因为对于旧母亲形象的抛弃而处于母亲形象的缺失阶段的痛苦与迷惘带来了怀念与忏悔,但这并不排除对新的母亲形象的期待和新一轮叙事历程的开始。

这种始乱终弃+忏悔的叙事模式在所谓知青"还乡情结""小芳情结"的泛滥中成为明显例证。对农村大地、对美丽又善良的小芳的抛弃是义无反顾的,而怀念和忏悔又如此真诚和普及,这乃是为了在城里的今日灵魂的净化、安宁以及新追求。

"始乱之"意味着对受难的拯救过程,而"终弃之"则意味着得道时或将得道时的蜕壳和对受难的抛弃过程,这构成一个完整的苦难叙事历程。由此,以对大地母亲的崇拜与抛弃为支点,在传统的阉割威胁下的传统知识分子人格获得了拯救与新生,在非常态与常态的歧变与恢复中循环延续,而知识分子也通过此历程成为"得道者"。始乱终弃的过程也就是一个受阉人格由受虐向施虐的转化过程,并以"悟道"和忏悔作为掩饰的冠冕。于是,受难—悟道模式与始乱终弃模式构成合二为一的复合叙事。

三 "道"的误读:道德逻各斯与阳物逻各斯

在章永璘所悟的"道"的冠冕堂皇的面具下,除了隐藏着前已分析的受虐—施虐无意识和始乱终弃无意识外,还涉及道德逻各斯与阳物逻各斯的混淆问题。理清此问题对于理解新时期文学中道德理想主义流向和性泛滥媚俗化流向的同源共生而又双流激荡将十分重要。

这个问题还是要从章永璘的性无能说起,性能力的丢失与恢复成为章永璘生命历程的转折中心。首先,作为一个健全的人,为什么会丧失性能力?一方面是外界的压抑、阉割威胁,这不言自明,而很易被忽略的另一方面乃是自己本身所具的受虐欲望、受阉欲望。这既是因为罪恶意识、负疚意识的积淀而产生的忏悔与还债欲望,又是为了从原罪中拯救自己、提升自己、拥抱"道"所要付出的必要代价。这是一个阶段。其次,丧失性能力后他成了什么样子?同样有两面性。丢失了性能力,一方面,既作为一个成功的受阉者,以政治秩序的获胜而获得放行;又以一个苦难的受阉者获得民间力量——马缨花等的同情和接纳。另一方面,作为一个被阉者、无性能力者,他又必然会受到政治"他者"的蔑视,以及民间马缨花的背叛。最后，章永璘性能力的恢复又意味着什么？一方面，意味着他已赎清了阶级的原罪，成为获得了道的圣者，从而开始了新的生命历程；另一方面，他在完成了原罪—忏悔—赎罪—得道的一个循环后，随着抛弃行为的发生犯下新的原罪，又开始新的忏悔、赎罪的轮回。

由上可见，对章永璘来说，性能力的存在与否与道的得到与否正好构成另一个复合叙事。阳物的存在，即原罪的存在和道的缺失，并由此伴生他者阉割的欲望和自我受阉的欲望；而一旦阳物（性能力）丢失，则成为成功的受阉者、圣者，"道"光伴体；当阳物（性能力）再度找回，便开始了新的原罪及新一轮的轮回。

所以，在章永璘人格中，其实一直存在着两个中心的斗争，即阳物逻各斯中心与道德逻各斯中心。这两个中心间的奔波、迁移构成了章永璘的整个生命历程。再进一步简单化地说，阳物逻各斯中心是本我的中心，道德逻各斯中心是超我的中心，在这两者间的奔波则构成自我的现实存在。

很显然，道德逻各斯与阳物逻各斯的分立，再加上政治逻各斯的存在，"道"已经成为一个暧昧的混合物。道为何物？对于当权者来说，对"礼"，对既有集体秩序的维护即为道，而对于章永璘来说，道却是个人道德历练与完善的追求。这二者间本有很大的错位，但章永璘却将二者混为一谈，以对个人道德的追求掩盖了专制秩序的暴虐和对其的服从。在显在层面一直是道德逻各斯中心、政治逻各斯中心占据了他的生活空间，然而从隐在层面说，却一直是阳物逻各斯中心的活动支配着他的潜意识。

此种"道"的含混与误读绝非个案与偶然，在历代人物中都有此倾向。屈原在政治斗争中的坚贞与最终失败成全了他个人道德的圣者形象，范仲淹影响了历代文人的"处江湖之远则忧其君，居庙堂之高则忧其民"同样是以政治关怀作为个人道德的，王安石变法失败后随之归隐同样以个人道德式的"达则兼济，穷则独善"古训来寻求归宿。正是这种个人道德的无所不包演化为泛道德主义，掩盖了政治逻各斯统治的暴虐本质，从各个层面广泛地压抑着人的本性，压抑着阳物逻各斯，实施着阉割基础上的长治久安。

只有破解了这种"道"的含混，我们才能理解围绕张贤亮作品另一个重要的既有趣又有意义的现象：其主题在主观上是悟"道"的哲学启示录、社会主题的反思批判录，而在客观的读者阅读接受上却视为性启蒙读物这二者间的错位。"《男人的一半是女人》毕竟是当代文学中最直接、具体、细致描写性的小说,从性饥渴心理、到肉体的赤裸裸展示,从阳痿到性功能的突然恢复,从通奸到放纵的造爱,这一切,足以使其像《查泰莱夫人的情人》一样,受到公众的误解。《男人的一半是女人》竟然成了80年代中国青年男女的性知识启蒙读物,至于张贤亮试图解释政治压抑与生理压抑的同构共生现象,在政治异化和人性异化的关系中进行的哲学的和历史的思索,没有人理睬。"这种误读绝非偶然,颇具时代意味,同时正所谓别有所求的读者遇上别有用心的作者,正好歪打正着,其间尽在不言中的潜在文化意义比起这个文本本身所要传达的意义更为真实和有效。"是张贤亮煽动了读者大众的情欲,还是说《男人的一半是女人》不过是饱受压抑的中国人期待已久的产品?这可能是双向的。张贤亮这部小说就成为冲破禁区具有颠覆性意义的作品,他在思想观念上的思辨色彩和在精神心理方面的虚假和夸张竟然丝毫也没有影响这部作品成为当代小说关于'性'主题的开创之作,这与其归咎于可怜巴巴的读者,不如归咎于冷冰冰的文明规矩。"

弗莱和荣格的原型理论认为,文本的存在其实早已存在于民族的文化积淀、心理积淀之中,它等待着某个人迟早把它书写出来,荣格由此得出著名的结论:不是歌德创造了《浮士德》,而是《浮士德》创造了歌德。那么从这个意义上,我们也可以说,传统文化中政治与生理的阉割情结在深层积淀的同时,民族的反阉割的狂欢化期待同时也正在一步步对应积淀,期待着破门而出的喷发点,而今终于在新中国成立后几十年来,尤其是"文化大革命"的阉割大丑剧之后,透过一个点爆发出来,这个点选择了张贤亮,他的作品既肩负了政治/社会批判主题,同时也肩负了性阉割与性压抑的批判与解放主题。由此我们可以说,《男人的一半是女人》这个文本其实早已存在于民族的文化心理积淀原型之中,正是《男人的一半是女人》"道"的暧昧与性的暗涌书写了张贤亮,由章永璘这样一个当代文化原型而点破了张贤亮这一个真实存在的大活人。这个点一旦选择张贤亮喷发出来,便点燃了国人的接受热情,从读者的阅读兴奋点看来,正是对反阉割的兴奋体验、破忌体验的热切期盼使《男人的一半是女人》显得与众不同,而道德关注不过是阉割传统下的话语惯性与载体而已。于是一部讲压抑、阉割、阳痿的书,自然成了一部性启蒙的畅销书。读者的阅读期待正是对狂欢的关注与渴望，其关注视角并不在阉割，而在对狂欢的期待。这种误读是一种错位，但却是有意识、有意味的错位，它说明了在民族文化心理积淀中受众的期待、饥渴点，同时它也透露出此后文学发展的潜在支配力量、"看不见的手"。"张贤亮在把爱情主题向'性'推进的时候，同时掺进对'性'的反思，'性'在张贤亮那里成为十年动乱给人留下精神和肉体创伤的原始见证。"它昭示了爱情主题向性爱主题的伸延、变迁，在灵与肉主题的混合暧昧中向肉与灵主题倾斜，前者是灵主题隐藏和负载肉主题，后者则是肉主题负载着灵主题。

在中国文化与文学中长期被幽禁的性爱意识一旦选择张贤亮这个点喷发出来，便迅速泛滥起来，事实上，正是张贤亮作品打开了当代文学中此后性泛滥大潮的闸门，同样也正是借助于这种泛滥我们回望张贤亮才会认识得更加清楚。比如，这里借助于90年代女性文学中突出的女性躯体修辞学策略可同样理解80年代初张贤亮的"男性躯体叙事学"。历史进程是生理阉割→文化、心理阉割，遵循着阉割的进化历程和掩饰历程，而张贤亮则更进一步，将文化、心理阉割的效果极端化为生理阳痿的躯体修辞学效果，从而来了个逆序倒推，由现实之忧揭露出历史之根，由现实的生命萎缩控诉历史、文化的酷烈压迫，同时也对现实阳痿的疗治赋予了反文化阉割的形而上文化主题意义。福柯对性问题的关注是因为"为此必须实现一种真正的权力归并，即权力必须达到人的身体、举动、态度和日常行为。……而性问题的重要性，我认为应归因于这样一个事实，即性处在身体纪律和居民控制的交汇点上"。"正是对历史反思的深化和彻底，张贤亮把政治异化对人的精神摧残推及到对人的生理的压迫，并试图做出哲学的概括"，这便构成了新时期初男性的躯体叙事学。而在90年代，林白、陈染其实是以同样的策略开始，更加大胆和赤裸放纵地打出了女性的躯体修辞学旗号，不过她们是张扬自己的女性性别以反抗男性文化［阳物（菲勒斯）中心主义］的压迫与遮蔽。二者的策略选择、具体途径、文化意味如此相似，张贤亮堪称一代文学中的性启蒙先驱者，不过，80年代反抗的男性已成为90年代女性们反抗的对象。

总之，章永璘的阉割问题成为当代文学与文化中的一个重要问题。他的阳痿代表传统文化压抑与阉割威胁的酷烈，对生命力扼杀的残暴，阳痿以躯体修辞学的方式向专制阉割文化提出血淋淋的控诉，在这个意义上，这阳痿成为控诉的一面旗帜。他的性能力的恢复代表本我的欲望指向，也代表对拯救的渴望，对放纵、自由、狂欢的渴望；而章永璘的"被阉"（阳痿）—恢复性能力，走向狂欢纵欲这两个阶段构成的躯体叙事学既使章永璘成为当代文学中传统人格的代表，又代表了由古典叙事向现代叙事的承前启后式的转换。在当代文学中，章永璘的阳痿、丙崽（韩少功《爸爸爸》）的失语与全面被废、上官金童（莫言《丰乳肥臀》）的恋母与面对现实的无能，构成了一个完整的在历史传统文化背景下的缺损型人格、被阉型人格系列。这个缺损型人格的谱系可以无限上升，被宫的司马迁在被誉为"无韵之《离骚》"的《报任安书》中历数道："文王拘而演《周易》；仲尼厄而作《春秋》；屈原放逐，乃赋《离骚》；左丘失明，厥有《国语》；孙子膑脚，兵法修列；不韦迁蜀，世传《吕览》；韩非囚秦，《说难》《孤愤》；《诗》三百篇，大底圣贤发愤之所为作也……"这种人格构筑起了传统的文明机制，即以俄狄浦斯情结（恋母弑父、阉割威胁下对"父"的既崇拜又恐惧心理）为基础的文明机制。丙崽为这个系列提供了历史传统的深层维度，上官金童提供了现实例证，他们代表了无可救药的传统型人格，正因此受阉缺损型人格代表了无论从现实历史还是心理历史上都很漫长的一个阶段，而章永璘在这个系列中则代表了还可拯救的现代期望和走向后现代的可能。如果说受难—悟道模式，始乱终弃＋忏悔模式都属古典叙事，被阉也是古典叙事，那么，拯救之后性能力的恢复并走向欲望的狂欢化则已标示着一脚跨入了现代叙事之中，从而开启了新时期文学中这个人格谱系的新局面新流向。

延伸阅读

1. 黄子平：《正面展开灵与肉的搏斗——读〈男人的一半是女人〉》，载《文汇报》1985年10月7日。该文比较了张贤亮三部小说的演进："以《灵与肉》为题的那个短篇并不象其题目那样具有哲学深度，没有多少'灵'的气息，更没有多少'肉'的气息。《绿化树》的'饥饿心理学'以及'馍馍上的美丽指纹'赢得了普遍的赞赏！而我们现在谈论的这部中篇小说（指《男人的一半是女人》），则以中国当代文学前所未有的深度，正面地展开'灵与肉'的搏斗及自我搏斗。"该文指出："'性'的饥渴，是小说中最惊心动魄的段落。……封建专制主义（'全面专政'）和禁欲

（禁他人之欲）主义对正常人性的摧残，似乎还从来没有象这样触目惊心地、严肃而勇敢地、深入地得到表现。"

2. 陈晓明：《无边的挑战——中国先锋文学的后现代性》，时代文艺出版社1993年版，第162—167页。陈晓明指出并分析了小说阅读中的误读现象："《男人的一半是女人》竟然成了80年代中国青年男女的性知识启蒙读物，至于张贤亮试图解释政治压抑与生理压抑的同构共生现象，在政治异化和人性异化的关系中进行的哲学的和历史的思索，没有人理睬。""张贤亮在把爱情主题向'性'推进的时候，同时掺进对'性'的反思，'性'在张贤亮那里成为十年动乱给人留下精神和肉体创伤的原始见证。"

3. 李泽厚：《二十世纪中国（大陆）文艺一瞥》，《中国思想史论》（下），安徽文艺出版社1999年版，第1077—1079页。李泽厚把张贤亮《绿化树》等作品作为肩负着"原罪意识"的一代资产阶级出身知识分子的真诚忏悔、改造意识的典范来看，并把颂歌（贺敬之）和忏悔（张贤亮）提升到作为解放一代文学特征的高度来看待。

思考题

1. 如何理解章永璘的"灵"与"肉"？
2. 《男人的一半是女人》突破伤痕文学、反思文学模式的贡献在哪里？它在当代文学的爱情与性爱主题转换中起到了什么作用？

第十三讲

《大淖记事》的诗化问题

一 什么是诗化小说

前面讲过，文学体裁是一种作者与读者之间关于文本的创作与接受方式的契约，它提供一种习惯化的创作与解释的程式。诗与小说并不具有一个标准统一的区别性，因此诗歌可以是小说化的，小说也可以是诗化的。诗歌中包含了小说的某些程式，就可以是小说化的诗，例如史诗；小说中包含了诗的某些程式，就可以是诗化的，例如诗化小说。

任何一个文本都有一个主导结构，主导结构决定了人们更愿意将它纳入哪一种体裁。例如翟永明写过一首诗，叫做《洋盘货的广告词》，虽然该诗的话语方式采用了广告词的体裁，但是因为它的主导结构不具有广告的最基本程式——意动性，所以它的体裁就不是广告。韩少功的《马桥词典》，用词典条目的方式写小说，主导程式是小说，所以体裁还是小说。要讲清楚诗与小说的区别，就必须先弄清楚诗的程式和小说的程式各是什么。

概括地讲，诗歌的程式包含如下几方面的内容：

第一，诗歌一般是分行的。分行迫使诗歌诗句与诗句之间发生声音与意义的断裂从而形成跳跃感和节奏感。哪怕是一张便条、一则新闻，只要分行排列，就会迫使读者将其纳入诗歌的阅读程式，将其按诗歌的解释方式进行解释。但是诗歌分行不是绝对的，就如下述几点都不是绝对的一样，一个程式中的部分元素被打破并不影响它的性质的变化。

第二，诗歌是有音乐性的。音乐性包含两个要素：一是节奏；二是旋律。分行可以形成节奏，押韵可以形成节奏，音节错落搭配可以形成节奏，甚至朗读也可以形成节奏。旋律也有多种获得方式，汉语的平仄、朗诵时的声调强弱变化、复沓与重复手法、文本的结构与调式，都可以使文本具有旋律感。

第三，诗歌语言中的词与词之间的搭配往往是反常规的。按索绪尔的语言学理论，言语的形成机制是横组合轴和纵聚合轴的双轴操作。不论是横组合的连接操作还是纵聚合的选择操作，在日常语言中都有一个常规，如果打破了日常语言常规，话语就会显得陌生、新鲜，语言就具有了诗意。例如，"猫会叫"是一个常规语言组合，但是"猫会唱歌"就是一个反常规的语言组合，这是在纵聚合轴上的反常规操作。"香稻啄余鹦鹉粒，碧梧栖老凤凰枝"，是"鹦鹉啄余香稻粒，凤凰栖老碧梧枝"的颠倒，是横组合轴上的反常规操作。

第四，诗歌语言的能指与所指之间的关系是反常规的。一个语言符号，是由能指与所指构成的心理两面体。在索绪尔那里，能指是指一个声音在心理上留下的印迹，所指是这个声音形象对应的心理概念。能指与所指一起构成符号，一体两面。在一个语言系统中，能指与所指有固定的对应关系。如果通过特殊的语言安排，打破能指与所指的固定对应关系，让一个能指指向一个新的所指，那么这个表达就是陌生化的，这样的语言也可获得诗意。

第五，诗歌是有意境的。诗歌语言中的词语与词语的搭配、能指与所指的关系都发生了反常规的对位关系，因而整个语句和篇章就不会再指向一个固定的意义，而是指向多重意义。诗歌语言产生的本义与变义的复杂交叉，形成一个意义网络，这些意义网络再组织成意义空间，这个意义空间就是意境。接收者浸泡在意义空间之中，便能感觉到意境。按通常理解，诗歌以营造意境为目的。

以上各点并不是诗歌的严格规定或定义，而是人们对诗歌体裁的常规程式的理解。一个文本越是符合这些程式，就越像诗；越不符合这些程式，就越不像诗。

同样的道理，小说也不是一个可以与其他体裁严格区别的体裁类型，而是一个大家都认可的创作与阅读程式。小说的程式大致包含如下几方面内容：

第一，小说必须是一个叙述文本。叙述的底线是必须有人物参与一个变化，必须有一个时间向度，必须有一个意义向度。人物必须是有灵性的，只要是有灵性的，不论它是不是人类，都可以看做一个人物。人物必须参与一个事件的变化，就是说它必须有情节。小说的底线是叙述，非叙述文本不可能被看做小说。

第二，小说是虚构叙述。虚构与真假无关，虚构是作者与读者之间达成的一个关于文本的协议，一个在假定的符号空间中展开叙述的契约。我们对世界有一个感知，将对现实世界的感知用符号再现，区隔了符号世界与经验世界，这是一度区隔。在符号世界中，作者再分裂出一个虚构叙述者人格，在符号世界中再次划出一块虚构叙述空间，他期盼接收者也分裂出一个接收虚构叙述的人格，虚构是在一度区隔中的再次区隔，是再现中的再现，虚构叙述是二度区隔中的叙述。

第三，小说是着重于叙述者动作的虚构叙述。小说以叙述者为中心。如果一个虚构叙述以人物为中心，那么通常被看做寓言，所有的解释围绕人物展开；如果以隐含作者为中心，通常被看做散文，所有解释围绕隐含作者的意图展开；如果以作者为中心，则被看做纪实作品，作者必须对叙述的真实性负责；如果以叙述者为中心，则被看做小说，所有解释都是为理解叙述者的意图。这个区分是相对的，而不是绝对的，许多文体之争都由此产生。例如鲁迅的小说《一件小事》，如果解释都围绕隐含作者（鲁迅的一个人格）展开，它就倾向于散文。如果解释都围绕叙述者"我"展开，那么它就倾向于小说。而寓言之所以是寓言（例如《伊索寓言》），乃是因为几乎所有对寓言的理解都是围绕寓言中的人物展开的。当然，体裁只是一个协议，作者和读者都可以撕毁协议，从而让体裁处于游荡的状态。

所有的程式都是可以被破坏的，所以所有文体都是可以被糅合的。作者可以创建边缘文体，读者也有权力按另一个程式去解读。双方都认可的程式被文本固定，一个社群的人按相同的规则相互理解，形成阐释社群，因此体裁还是可以被大致区分的。

至此，我们就可以给诗化小说一个较为明确的定义：所谓诗化小说，就是以小说程式为主导，在局部糅入了诗的部分程式的文本。对诗化小说的解释，应以小说的解释程式为主导，以诗的解释程式为辅助。

二 为什么《大淖记事》是一个诗化的小说文本

　　首先，我们要确定的问题是，《大淖记事》为何是一篇小说，而不是散文、纪实或寓言。根据上文所述，小说是着重于叙述者的动作的虚构叙述，那么《大淖记事》就是叙述者主导的，为什么呢？

　　如果将其理解为纪实性作品，那么作者汪曾祺就是《大淖记事》的主要负责人，读者就应该关心他所记故事的真实性，汪曾祺就要为其真实性负责。如果故事不是真实的，读者就会指责他是一个骗子。然而没有人如此指责他，所以《大淖记事》不是纪实作品。如果将其理解为散文，那么隐含作者就是作品的主要负责人。隐含作者是作者分裂出的一个人格，它代表了作者人格的一个方面。若如此，读者就有充足的理由对汪曾祺的道德观念进行评论。事实情况是，《大淖记事》中的道德观念在约定中与汪曾祺的任何一个人格都不相关，至今我们看不到因此而对汪曾祺进行道德评价的言论，说明大家都遵守了这个约定。当然，人物也不是主要责任人，因为我们不能从人物的故事中得到任何教训，或者说它的主导因素不是如此，所以它也不是寓言。

　　一个符号的可感知部分是它的能指，意义就是它的所指。对一个文本而言也是如此。一个文本是一个整体符号，文本的意义就是它的所指。任何一个叙述都必须有一个意义向度，一个文学化的叙述必然有一个叙述文本之外的意义。从这个意义上说，任何文学化的叙述都应该是诗化的。事实上，在文学理论中，人们几乎都把文学性与诗性等同，文学性就是诗性，文学理论就是诗学。小说与诗的不同，在于它们处理的意义对象不同，诗歌不专门处理叙述的内容，小说也不专门处理意境的内容。但是，如果一个小说叙述文本兼而处理诗的内容，就容易被看做诗化的小说。

　　《大淖记事》在如下几方面具有诗的特点：

　　第一，《大淖记事》虽然有一个虚构叙述的主线，但是在这个主线之外又用了很大的篇幅讲述主线故事之外的事。第一节是自然环境介绍；第二节是对轮船公司西边住户的人文介绍，并带出男主人公小锡匠十一子；第三节是对轮船公司东边住户的人文介绍；到第四节，故事才开始被讲述,先是叙述女主人公巧云的身世,然后再带出巧云与十一子的交往,并只用一句话迅速交代故事的转折和发展——另外一个人拨开了巧云家的门;第五节又转而花大篇幅介绍保安队,并花小部分篇幅叙述巧云与十一子的继续交往;只有最后一节第六节才是认认真真讲故事,讲刘号长打十一子,锡匠们请愿,县政府处理刘号长。从整个文本的篇幅比重来看,主线故事的叙述篇幅不足一半,大多数的篇幅都用来处理大淖的风土人情。在处理大淖风土人情的时候,作者又用了一种散文式的方式。散文的程式应另作讨论,但有一点是明确的,散文可以没有一个统一连贯的故事,可以是多个场景的拼接。因为材料的不连贯,它的意义就可以是不连贯的,所以散文常常具有本应由诗歌处理的"意境"。《大淖记事》的这种散乱的、介绍式的叙述方式,就会淡化叙述的成分,从而使人产生一种"非小说"的感觉,并因材料之间的断裂而滋生意义空间。

第二,意象不是小说叙述的主要对象,而是诗的主要对象,《大淖记事》总是在情节发展的紧要关口用意象展示代替情节叙述,这就把读者从情节领会引导到意象领会中,并进而用诗的程式去理解文本。例如,巧云落水,十一子救下巧云,送回家,熬水给她喝,然后走了。"巧云起来关了门,躺下。她好像看见自己躺在床上的样子。月亮真好。"此处突然插入一个"月亮真好",虽然与故事情节无关,却恰到好处地把故事意义引导到意象意义上了。类似的例子还有十一子与巧云背着刘号长的第一次约会:

> 过了一会,十一子泅水到了沙洲上。
> 他们在沙洲的茅草丛里一直呆到月到中天。
> 月亮真好啊!

然后戛然而止。月亮再次出现在一个美妙的场合,不得不产生新的意义。如果故事的意义需要依靠意象的意义来实现,那么这个叙述就已经被诗化了。不仅如此,第一节中对大淖的自然环境的描写,也带出许多意象,就使小说成为一个充满意象的文本,这一点是评论者们最爱加以说明的地方,"山水画""风俗画"的特点便是《大淖记事》诗化特征的最佳证据。

第三，《大淖记事》还常用短句来造成语言的断裂并产生节奏感。比如第一段，本可用一句话说完，却被分成很多句：

> 这个地方的地名很奇怪，叫大淖。全县没有几个人认得这个淖字。县境之内，也再没有别的叫做什么淖的地方。据说这是蒙古语。那么这地名大概是元朝留下的。元朝以前这地方有没有，叫做什么，就无从查考了。

短短一段文字，用了六个句号。句号代表的是强制的停顿，它使连续性的表述有了断续性的节奏。《大淖记事》的整个文本都倾向于用短句，加强了语言的节奏感，从而使其具有诗歌程式中的一个特点。

第四，小说中有多处叙述者干预，但给人的感觉却是隐含作者干预。叙述者的任务是叙述，小说的非叙述部分是通过谁之口说出来的呢？这是很有意思、很值得探讨的问题。一般说来，第一人称叙述者是显身的人格化叙述者，第三人称叙述者是隐身的非人格化叙述者，实际上是一个框架。但是，作为框架的叙述者也会突然跳出来发出声音，叙述者突然局部人格化。例如古代小说常常是第三人称叙述，叙述者在讲故事的时候一般不显身，但在结尾时常常发一通评论，还要"有诗为证"，这诗的作者应该是叙述者，还是隐含作者呢？比较让人信服的解释应该是隐含作者，因为叙述者并不声称自己作了这样一首诗。所以，我们更愿意将干预性评论看做隐含作者的显身叙述，而不是叙述者的显身叙述。干预性评论有时可以是叙述者发出的，有时可以是隐含作者发出的，判断的关键要看叙述者是否直接跳出来申言。以同样的理解方式看待《大淖记事》中的干预评论，我们就会发现隐含作者会不时跳出来说话。例如第三节结尾：

> 因此，街里的人说这里"风气不好"。
> 到底是哪里的风气更好一些呢？难说。

"难说"就是一个很明显的指点干预。

在通常情况下，第三人称叙述者只是一个框架，本身不具有人格特征，因此也就不能对人物进行评价。因为隐含作者是具有人格特征的，所以这个人格应该属于隐含作者。叙述学家对此的解释是，这种情况是叙述者与隐含作者合一。对这种解释笔者暂时持保留态度，框架不具人格，因而这个进行指点干预的人格是属于隐含作者的。反过来看也容易理解，正是因为这个人格属于隐含作者，所以我们可以由此推导出汪曾祺的其中一个人格对"这里的风气"持赞赏的态度。

一旦隐含作者跳到文本中发出声音，局部文本的阅读程式就会发生改变，读者就不会再以虚构叙述的程式去理解这一部分内容，因为干预不属于虚构，而且会对隐含读者的人格造成影响。这样，局部文本就破坏了框架协议，进入了另一个区隔空间，这就变成了一个叙述跨层的问题。

笔者认为，叙述跨层不仅是一个叙述的问题，而且它可以转化为一个阅读程式的改变的问题。一旦读者被拉回到一度区隔空间，就会以诗性的眼光审视二度区隔空间中的故事，故事便会带上文学化的色彩，或称为诗化的意义。指点干预在《大淖记事》中还有多处出现，例如：

一二十个姑娘媳妇，挑着一担担紫红的荸荠、碧绿的菱角、雪白的莲藕，走成一长串，风摆柳似的嚓嚓地走过，好看得很！

"好看得很"是一个指点干预，谁才有能力来评论这些姑娘媳妇呢，我们分明听到了隐含作者的声音。又如小说结尾：

十一子的伤会好么？
会。
当然会！

谁在问？谁在答？问者是隐含读者，答者是隐含作者。问与答的行为都已经跳出在故事之外。由此可见，《大淖记事》的叙述者常把隐含作者带出来，化解掉一部分虚构性，从而弱化了小说的程式，为诗和散文的程式让出了空间。

第五，《大淖记事》隐含了古代神话的原型故事和古典抒情传统，从而使其拥有更深的意义空间。有一位叫张晏青的学者写了一篇文章《论

〈大淖记事〉爱情叙事的古典审美情趣》[1]，认为《大淖记事》表达了中国古典的爱情理想，与牛郎织女的故事暗合。巧云的名取自"纤云弄巧"，巧云织席编网合织女织锦缎，巧云又生于七月。十一子之名取自戏剧《白水滩》中的十一郎，"十一"又与"诗意"谐音，从人物命名即可看到诗意。不仅如此，十一子与巧云的爱情故事以及他们的挫折与结合，均与牛郎织女的故事相仿，对大淖景物的描写又多可找到古典诗歌与意象的痕迹。这篇文章的分析有一定的道理，与我们要谈的问题也基本一致，因此特别提出作为一条证据。

三　主线故事的意义

《大淖记事》的主线故事到底是关于十一子与巧云的故事，还是关于整个大淖的故事呢？从叙述学的层面看，这其实不成问题，因为任何叙述必然是关于人物的故事，没有人物参与的只是陈述，而不是叙述。关于大淖的风土人情的部分，是陈述而不是叙述，关于巧云的部分才是叙述，在风土人情介绍中插入的大淖女人的小故事也是叙述。所以，大淖不能成为叙述的对象人物。从汪曾祺自述的角度来看，也是这样。汪曾祺在《〈大淖记事〉是怎样写出来的》一文中对该小说的构思和创作过程作了详细的说明，大淖是一个真实的地方，巧云的故事也是一个真实的故事，大淖的景物也是真实的景物，只不过他对景物、风俗与人物的故事都做了一些细微的加工与改动。还有一点，针对评论界对这篇小说结构的争议，他作了如下解释：之所以要花三节的篇幅来介绍大淖的风土人情，是因为"只有在这样的环境里，才有可能出现这样的人和事"[2]。即是说，写大淖的环境，是小说的主要目的之一，但毕竟人和事才是小说的落脚点。大淖的环境仍然是为人和事服务的。所以，不论从哪个角度看，巧云和十一子的故事都是小说的主线故事。

任何一个虚构叙述，必然有一个叙述意图，不然就不需要叙述。叙述

---

[1] 载贵州省文联文艺理论研究室编《今日文坛》（第12辑），贵州人民出版社2010年版，第74页。
[2] 《汪曾祺文集：汪曾祺散文》，广西人民出版社2006年版，第77页。

意图可以是作者赋予的，也可以是读者从文本中推导出来的。从两个方面考察意图，可以得到更为全面深入的意义理解。

主线故事是一个关于爱情自然萌生、爱情受挫被阻、经斗争与坚持最终有情人终成眷属的故事。这本是一个非常俗套的故事，可以说根本没有摆脱爱情故事的老套路，但这个爱情故事却给我们带来一种新奇的感受，这是为什么呢？仔细辨别，可以发现，巧云的故事之所以与众不同，是因为《大淖记事》中的人物的生活观念、伦理观念与普通爱情故事中的人物不同。

首先说十一子。十一子出场时，除了说他十分的俊俏聪明之外，并无什么特别之处。随着叙述的展开，十一子的性格才逐渐显露出来。十一子憨厚纯朴，心里纯无杂念。他不顾老锡匠的反对，常到巧云家旁边做活，他与巧云之间小小的互相帮衬透露出互相爱慕而又无法明确表达的情景，朦胧的美感中夹杂着单纯的执着。后来十一子偶然救下巧云，虽然巧云有意，十一子的心怦怦地跳，他仍然离开了。十一子的离开表明他有一种更单纯高洁的观念，视爱人为圣女，决不乘人之危。但是巧云的身子却在当夜被刘号长占有。巧云觉得对不起十一子，主动约会了十一子。刘号长认为自己的女人被别人占有而觉丢脸，带了保安队的人狠打了十一子。这时十一子的性格才被完整地塑造出来。十一子紧闭牙关，就是死，也不答应离开大淖、离开巧云，也不向刘号长认错。至此，他性格中的执著、不审时度势的憨直、为了爱情不顾性命的顽强才展现在我们的面前。

再说巧云。巧云首先是属于"东边"住户中的一员，因此她身上有东边女人的特征。这里的女人对男女之事极为随便，要多野有多野，体现了自然生命的粗犷。巧云不像大淖其他女人那样挑担子，但她能织渔网打芦席，心灵手巧。巧云作为一个少女，有矜持的一面，所以就没有主动献身给十一子；但一旦当她被刘号长破了身子，她就成长为一个大淖其他女人那样的少妇，有了粗犷的一面。她对十一子说："晚上你到大淖东边来，我有话跟你说。"晚上，她撑船到淖中的沙洲，对十一子说："你来！"两句"你来"，活脱脱将一个心地依然纯洁的"不洁"女性形象捧在我们面前，让我们看到她身上的坚强、坚持、专一、豪放与柔情。后来十一子被打伤，被用尿碱救过来，巧云给十一子灌下尿碱时，不知为什么，自己也尝了一口。汪曾祺说自己写到此处流下了眼泪，作者被自己塑造的人物感动了，因为巧云身上有一种让人感动的精神。一个简单的动作，表达了同甘共苦、相濡以沫、与爱人身心相融的温情。巧云和十一子，一对柔弱的苦命鸳鸯，为着那一点点真诚的情感，都做了最大可能的努力，巧云义无反顾地承担起照顾残废的父亲和重伤的十一子的责任，这又让我们看到了一个弱女子的责任感。巧云的动人处在于她的责任感与担当精神，贫困没有让她失去生活的信心和对真实情感的坚守，我们看到的是一种弱者的坚持之美。

弱者的坚持，正是大淖人的精神共性，只有在大淖这个地方，才会有这种情形。锡匠们沉默的游行，也是谱写弱者的坚持精神的诗篇，他们通过沉默的、连续数日的行走，让县政府感到了惧怕，最终处理了刘号长。胜利属于弱者，是因为弱者不懈的坚持。人性的美与善之所以能够在弱者处留存，也是因为这种韧性。所以，《大淖记事》的爱情，是一种具有韧性的爱情，就如巧云的工作，她终年与有韧性的芦苇丝、渔网丝打交道，自己也就具有了它们的性质。大淖的文化，是粗犷的文化，也是一种坚持的文化，因为大淖人的坚持，这种文化才得以保存。

汪曾祺也写过文章对此进行描述。汪曾祺在《〈大淖记事〉是怎样写出来的》一文中说，这篇小说的写作动机，是因为一种朦胧的向往。但是汪曾祺没有具体说他向往的是什么，而是说了一个记忆深刻的故事。一个小锡匠与一个保安队的"人"要好，被保安队打死了，后来用尿碱救过来了。后来他去看了那个"巧云"，没看清，只是觉得她美。过了两天，看见锡匠们在街上游行。正是这几件事给他留下了很深的印象，使他很向往。"这点向往是朦胧的，但也是强烈的。这点向往在我心里存留了四十多年，终于促使我写了这篇小说。"[1] 那么，汪曾祺向往的到底是什么呢？汪曾祺说当时还不懂"高尚的品质、优美的情操"这一套，意思是其实他向往的就是高尚的品质与优美的情操。这个向往的内容太过概括，仔细分析，其实就是一种弱者对爱情与正义的坚持，而汪曾祺所述的记忆中的故事，后来成了故事的主线。

---

[1] 《汪曾祺文集：汪曾祺散文》，广西人民出版社2006年版，第75页。

四 诗意人生如何表现

任何一个故事都可以做诗意化处理。前面说过,诗与小说只是两种不同的创作与阅读程式,而这两种程式并非对立关系,而是可以合在一起的。《大淖记事》的诗的程式问题,此处不再讨论,此处讨论一种"诗意的人生"的问题。

怎样的人生才是诗意的人生?这个问题看似简单,其实不容易说清楚。任何人生都必然有一个目的(哪怕是一个虚拟的目的),许多人误认为人生的目的就是人生的意义,其实人生的意义并不在于目的,而在于过程。人完成人生的过程也就是实现其意义的过程。因为人生并非一个实在之物,而是一种经验与记忆的叠加,一个非实在之物,如何具有意义呢?

我们知道,任何有意义指向的东西我们都可以把它叫做符号,符号不是一个物,而是人对物的感知。只要我们能够感知到人生的存在,那么人生就可以是一个被我们认为携带了意义的符号。所以,所谓人生,就是人对存在的感知,就是一个符号。任何符号必然有意义,任何符号都存在于意义不在场处。只有意义不在场,才需要符号。即是说,人生的意义存在于人生之外,人生本身不是意义。但是,因为所有的符号与意义其实是一体两面,所以,只要有人生就一定有意义。那么人生与其意义之间靠什么连接呢?

因为符号与意义是一体两面,所以符号与意义本就是同一的,它们的连接是天然的,无须论证的,就像能指与所指的关系,根本没有办法将它们分开,即使分开也只能是观念上的分开。能指与所指的连接,必须是在一个语境中展开的,没有对意义范围的圈定,能指与所指之间的连接便无从谈起。我们把确定意义范围的语境称做一个"世界",世界就是我们思考符号与意义之间的连接的观念空间。举一个简单的例子:汉字"狗",在汉语观念世界中,它的意义是关于狗的心理概念;在不认识汉字的人的观念世界中,它的意义就是一个"字"而已;在狗的世界中,它什么都不是,其意义只是一些色块与线条;在蛀虫的世界里,它只是一堆油墨。所以,考虑一种人生的意义,首先必须考虑的是把人生的意义范围放在哪一个观念世界。

人思考人生的观念世界，是一个文化赋予我们的思维模式。人类的知识体系决定了文化的存在形态，所以人生的意义问题其实是一个知识体系的问题。人类的文化形态的主要程式有实在的、理性的、艺术的。当我们在实在世界讨论人生意义时，人生意义就是一个"如何存活"的问题，人就成为一个功利性的存在；当我们在理性世界中讨论人生意义时，人生意义就是一个"为什么存在"的问题，人就成为一个道德化的存在；当我们在艺术世界中讨论人生意义时，人生意义就是一个"如何超越生活"的问题，人就成为一个审美的存在。艺术世界中的人生，既超越实在人生，又超越理性的人生。简单地说，诗意的人生既要逃离实在人生，又要逃离对人生意义的追问，要返回人生的本真状态，用一种超越性的眼光审视人生意义本身。当我们有了这样一种认识，再回到《大淖记事》所描绘的人生里，就会明白为什么说《大淖记事》表现了一种诗意的人生。

《大淖记事》从两个方面摆脱了实在人生与理性人生。一个是人物层面的摆脱，一个是叙述者层面的摆脱。

从人物层面来看，大淖人过着一种较为本真的生活。小说从两个层面叙述了大淖人的这种生存状态。一方面，大淖人生活非常贫穷，但是没有一个人因为贫穷而觉得人生是不幸的，他们没有被"存活"的问题困扰。拿巧云来说，父亲瘫痪在床，母亲不知去向，一个弱女子担起了养家的责任，但是她仍然乐观地生活，仍然大胆地追求爱情幸福，"存活"的问题就不再是一个问题了。巧云只是大淖人中的一个例子，所有大淖人都有这种观念，大淖人超越了实在世界。另一方面，大淖人几乎都没读过书，都不知道"子曰诗云"之类的理性，他们在男女关系方面的观念是很随便的。"媳妇，多是自己跑来的；姑娘，一般是自己找人。""这里的女人和男人好，还是恼，只有一个标准：情愿。"情愿就是任己之意而为之，没有什么理性可讲，没有对"为什么"的追问，这种态度因忽视理性而逃离了理性，因不懂规则而超越了规则。因此，大淖人过的是一种有诗意的生活。

从叙述者层面来看，小说的叙述者对大淖人的这种生活状态几乎都持赞赏的态度。大淖的景物被描写得很美，叙述者还不时跳出来（或者把隐含作者拉出来），用赞美的口气对大淖的人物夸奖一番。叙述者没有叙述大淖人生活的贫苦与他们对贫苦的抱怨，也没有对他们的贫苦表现出任何的同情，而只是表明一种态度：叙述者亦与大淖人一样，逃离了实在世界的人生方式。同样，叙述者对大淖人反理性社会的伦理道德观念也不持任何批评意见，反而加以赞美。他仿佛怕读者误解自己的态度，直接进行指点干预，就更加暴露了叙述者的人生态度。

不论是从人物，还是从叙述者或隐含作者的层面看，《大淖记事》都试图将看待人生的视点放在实在世界和理性世界之外，因而它超越了实在世界和理性世界，用审美的眼光衡量、反观人的存在，让人生状态自己显现其意义，人生就是意义本身，符号指向自身。雅各布森在讨论语言符号的六功能时，认为如果符号的表意侧重于自身，那么符号就表现为诗性功能。当人生也指向自身时，人生也就显现为诗意的人生。

综上所述，虽然《大淖记事》的主导结构符合小说的程式，但是由于它在文本建构过程中有多处符合诗的程式，在人生意义的处理方面又表现了一种诗意化的人生，所以它就是一篇诗化小说。当我们用实在世界的方式思考人生时，我们往往得到悲与喜；当我们用理性世界的方式思考人生时，我们往往得到恶与善；当我们用艺术世界的方式思考人生时，我们得到的就是幸福与美。

延伸阅读

1. 汪曾祺：《〈大淖记事〉是怎样写出来的》，载《汪曾祺文集：汪曾祺散文》，广西人民出版社 2006 年版，第 73 页。此文被多种文集收录。该文从创作的角度谈到《大淖记事》的写作缘由和过程，通过它可以了解《大淖记事》的现实背景和创作意图。

2. 翟业军、周玲玲：《我们拿什么渡过苦难——〈大淖记事〉精读》，载《海南师范大学学报》2008 年第 4 期。该文的主要论点是，《大淖记事》以感知生命陷溺于苦难，却被打击得更加优美、坚强这一实质，表现出汪曾祺对于人生该如何优美地渡过苦难的思索。该文认为，汪曾祺相信，苦难打击生命，也使生命坚强，从而优雅地渡过苦难。

3. 王晓华：《〈大淖记事〉的意境美学解读》，载《文艺争鸣》2007 年第 4 期。该文认为《大淖记事》是一篇"意境型小说"，是对抒情诗传统的继续。其意境一是来自于汪曾祺对绘画技巧的借鉴，小说有画境；二是这画境中有隐喻的意义和留白，有一种源自老庄传统的诗学态度；三是在整体上具有起伏的音乐节奏。

4. 王澄霞：《污浊何以成圣洁：从文化批评视角重评汪曾祺〈大淖记事〉》，载《扬州大学学报》（哲学社会科学版）2006年第1期。该文认为，大淖东头妇女那种混乱的两性关系及其所导致的恶劣后果，明明是一滩污浊，却被作者和评论者视为圣洁，触犯了人类的道德底线。巧云与刘号长的性关系，并非刘号长强迫，而是她的自愿，可见她与十一子根本就谈不上有"爱情"。汪曾祺对这种生活观念的赞赏，触犯了人类社会最基本的社会规范和道德底线，反映出中国当代文学中盛行一时的"尚古主义"文化心态和反文明的思想倾向，小说是汪曾祺的青春绮梦，表现出男性文人对女性尤其是年轻貌美女性的病态偏爱，从而导致了自身的社会生活认识上的扭曲。

5. 汪曾祺：《受戒》。不指定版本，许多当代文学作品选和汪曾祺选集中均可找到。该小说与《大淖记事》享有相当的盛誉。

思考题

1. 请阅读"延伸阅读"中推荐的王澄霞的文章，然后谈谈你对该文章所提问题的看法。
2. 你认为《大淖记事》的诗意还可能表现在哪些方面？
3. 请用分析诗化小说的思路分析汪曾祺另一篇小说《受戒》，写一篇小文。

第十四讲

现实背后的"父法"世界

余华，是20世纪80年代先锋小说的主将之一，其作品对人性恶的大肆挖掘与书写深深震撼了当时的文坛，暴力、死亡与冷酷的叙述风格是其显著标志。著名评论家李陀甚至说"余华血管里流着的不是血，而是冰渣子"。《现实一种》是余华前期的代表作。从叙事文本的类型看，该作品属于隐喻型叙事文本。这样的文本并不企图给我们一个逼真的现实世界与我们的客观经验相适应，而是通过独特的意象调度我们的想象去参与、去探索隐藏在文字背后的真意。

一 "父法"缺失之后——传统家庭伦理的颠覆与消解

人类在短暂的母系时代之后，即进入了漫长的父系社会，以男性为轴心的社会关系随之建立。中国传统家庭伦理为人们制定了各种规范与制度。其纲领性的表述即是《礼记·礼运》中所言"父慈、子孝、兄友、弟悌、夫义、妇听、长惠、幼顺、君仁、臣忠，十者谓之人义"。在儒家看来，个体若能做到贯彻礼义，维护并践行纲常正道，其社会行为就是一种"善"的践履。

然而《现实一种》却以暴力背后的人性之恶肆意拆解与颠覆了中国传统家庭伦理。家长权威的丧失、母慈子孝的缺失、兄友弟恭的消解构成了作品最基本的故事元素。

（一）家长权威的丧失

就家庭类型而言，《现实一种》中是一个典型的三代同堂的家庭。自五四新文学以来，传统文化意义上的"家庭"即成为封建文化堡垒的象征，那里有新青年们"冲出家庭"的痛苦呐喊，也有新女性们"打出幽灵塔"的自救呼告。"父亲"往往成为"家"的符号象征，如巴金《家》中的高老太爷、曹禺《北京人》中的曾老太爷、老舍《四世同堂》中的祁老太爷等。他们是传统家庭的权威代表和秩序的维护者，也是传统父系社会男权文化的体现者。因此"弑父"成为五四新文化运动中新青年们共同的文化心理。

而至20世纪末，《现实一种》里的"父亲"似乎早被弑杀而致先天缺失。这意味着"父法"的空白与权威秩序的丧失。然而，"父法"的缺失并未带来"子辈"新生活的开始。这个有着传统三代同堂"外形"的家庭内里已然变质、腐烂。

（二）母慈子孝的缺失

在中国传统家庭文化中，作为长辈的"母亲"通常会在"父亲"缺席情况下成为"父亲"角色的替代品，而获得文化伦理上的认可与尊重。《现实一种》里即出现了这样一位垂垂老矣的老祖母，是"家"里辈分最长者。然而"她"日夜聆听着来自身体坍塌的声音，沉浸在自我颓败的身体世界里，从而丧失了关注"他人"世界的能力，也未能获得来自儿孙的尊敬与爱戴。显然，"父法"之余威似乎也随着"父亲"的缺失而荡然无存。

（三）兄友弟恭的消解

权威与理性的缺失，使得家庭内部所谓的纲常正道已失去了最基本的文化心理基础。兄弟间"沙漏式"的重复杀戮重重地击垮了"兄友弟恭"这一伦理链条。

无人看管而又十分无聊的孩子皮皮无意识之下将小堂弟摔死，山峰为了替儿子讨回公道，趁皮皮趴在地上舔血时飞起一脚踢飞了皮皮。而皮皮的父亲山岗，即是山峰的哥哥，则在山峰身体上涂满了熬好的骨头汤让饥饿了两三天的狗去舔，最终让山峰在不可遏制的笑声中结束了自己的性命。至此，小说中的女性开始加入杀戮循环中。山峰之妻报警，欲为丈夫报仇。山岗则在自己妻子的提醒下出逃。然而最后山岗难逃被枪决的命运，滑稽的是众多移植的器官均以失败而告终，唯有生殖器存活下来。

在这轮杀戮中，余华展现了双重兄弟关系瓦解的过程。山岗和山峰是兄弟，皮皮和堂弟是兄弟，由皮皮引发了这一连环套式的杀戮。

```
山岗 ─────────────▶ 山峰
皮皮 ◀───────────── 山峰之子
```

随着家庭关系中男性关系的崩塌，本就建立于男性关系之上的女性关系（妯娌）也自然解散。三代同堂的"家庭"秩序在非理性暴力冲击下土崩瓦解。

二 末世的暴力狂欢

《现实一种》以暴力和死亡构成人性灾难性场景。而对"重复"叙事手法的反复使用则将"死亡"与"暴力"不断叠加，造成令人战栗而窒息的世纪末地狱般困境。

"暴力"与"重复"相结合，这似乎已成为余华难以摆脱的叙述潜意识。死亡本身的暴力已被渲染到极致，血腥与残酷得到充分展现，然而因为叙述者一再"重复"的叠加，则将死亡这一灾难事件的"恶"与"丑"推向了极端。余华此类作品并不鲜见。譬如《河边的错误》中疯子连续三次走到河边，制造或预备制造杀人的死亡事件；《难逃劫数》《世事如烟》的文本中也贯穿着接连不断的死亡事件。中篇小说《一九八六年》里"历史教师"则试图通过自施"五刑"解剖"历史"之象征的身体。在《往事与刑罚》中，故事情节甚至简化为纯粹的刑罚表演。血淋淋的车裂、宫刑、腰斩、活埋与自缢，将历史中的1958年1月9日、1967年12月1日、1960年8月7日和1971年9月20日永远地推进了残酷的暴力与欲望的深渊。

值得注意的是，余华前期小说中的"暴力"与"重复"相结合的模式往往被放置于封闭式时空境遇之中。时间的停滞、模糊性与空间的闭合式构成"暴力"的不可逃遁以及"死亡"的必然发生。《现实一种》在时间上即选择了一个模糊不清的雨天早晨展开叙述；空间上主要暴力情节的展开则始终凝固于封闭的"家庭"内部。叙述者将接二连三的暴力死亡事件放置于这样逼仄的时空之中，无形地增加了"死亡"无可逃遁的宿命感和神秘性。终结"死亡"无限循环的亦往往是"死亡"。《现实一种》即以山岗的死终结了家庭内部一对一的杀戮。这样的叙述模式在余华的前期小说中屡见不鲜。但余华并不以此为文本终结点，他往往要在这"死亡"后面缀上一个荒诞的尾巴。山岗虽已死去，他的生殖器却意外地在移植者身上存活了下来。这似乎正暗示着新一轮暴力死亡事件即将上演。同样在《河边的错误》中，刑警队长马哲最终举枪射杀了疯子，终结了疯子的系列杀人，然而马哲为了逃避法律制裁而在精神病医生的"帮助"下自己成了疯子。

荒诞性结尾似乎打破了重复命定的暴力死亡怪圈，然而却没有将人物引向理性文明世界，反倒更加深陷于非理性的深渊。传统"父法"的缺席，导致了"家庭"伦理秩序的失范。而现代社会文明之标志——法律亦不过是以"合法性"暴力终结了实施暴力的肉身，而暴力欲望却并未随之消解，反倒走向更深的人性之恶。余华为我们呈现了一幅末世的非理性狂欢图景。

三 暴力——"父"与"子"的精神勾连

《现实一种》里皮皮看似是双手累了之后无意识中将堂弟扔在了地上，是一种孩童式的无辜。然而在扔下堂弟之前，皮皮还曾拍打过堂弟的脸，并从堂弟的哭声中获取心理快感。即是说幼小如皮皮也在"暴力"中体验到了施暴之后的原始快乐。联系其父山岗与叔叔山峰之间的暴力冲突，我们可以说非理性"暴力"欲望已潜藏于皮皮幼小的身体里，成为其精神无意识的一部分。"暴力"成为勾连父辈与子辈内在欲望的链条，"暴力"也就成为父权社会的精神标志。因与权力、道德伦理的勾连，"暴力"既是父辈维护"父法"，戕害下一代的有力工具；也是子辈的"成人入门式"，是子辈战胜父法，构筑自身秩序的合法方式。

在永恒的"父子冲突"中，"暴力"是一个心照不宣的武器。余华对"暴力"的运用和描写，显然继承了这一男性传统，但又暴露了这一传统的实质。他无意中敲开了历史的本来面目——在长久的男权历史发展过程中，暴力是最为原始最为本质也最有效的工具。余华肆意拆解了笼罩于"暴力"之上冠冕堂皇的语义系统。建立在"暴力"之上的神话似的革命、义正词严的历史、言之凿凿的杀戮，也随之展示出它们暴力欲望狂欢的本质。余华既用"五刑"分割了历史，也将理性的历史，包括现代文明还原为暴力与非理性。

余华对理性"父法"系统的拆解是深切的，他看到了其不可改变的非理性、暴力的一面。于是，余华开始相信，自然的东西，比如一把椅子、一棵树都与人有着同样重要的地位，甚至比人更重要。在嘲讽与解构的过程中，余华获得了"弑父"的快感，但同时也使他陷入了深深的焦虑之中。因为"暴力"的主要使用者正是男性自身，赋予"暴力"以合法身份的也正是作为社会强势话语的男性话语。

男性间暴力的循环，势必要让这场狂欢化行动裹挟些末世的颓废与焦虑。"他们"在自己主宰的这个癫狂而抽象的世界里，快意杀伐，一步步走向毁灭，却无法拯救自己的命运。因此，"他们"用暴力肢解理性、文明的时候，也就戕害了"他们"自己的男性权威神话，而焦虑迷狂的精神状态则消解了男性看似强悍的形象外壳。生理与精神两方面破坏的综合作用使他们表现出冷漠性、卑琐性、游戏性以及行动参与性等特征。这些特征与精神病患者的状态是如此接近。因此可以说，余华对暴力的书写，展现了貌似强悍、理性而实则脆弱、紊乱的男性个体的书写，以及对男性个体和整个男性社会间暴力本质联系的揭示。这使得余华在无意中对男性及以男性文化为本位的历史文明进行了自戕式的解剖与质疑。余华试图指向"人"的利剑首先刺向了男性自身。而正是通过对男性文化的拆解，余华"为当代人书写了一篇篇卜文"。（陈思和语）

四　"暴力"书写背后的精神分析

朱伟在其主编的《中国先锋小说》中曾谈道："余华告诉我，他大约六七岁起就是家庭关系中一种不和谐的因素……他一直强烈的感受到被束缚被禁锢。他多梦，梦的最多是周围长满青苔，黑黝黝泛着潮气的井；从井口望下去，是泛着寒光的幽暗；从井底望上去，则是圆圆的象月饼一样苍白的天。他说不清在梦里曾滑到井里多少次。然后就是梦里杀人，没有杀人经过，因此而带来惊险的追捕，于是梦想自己的脑袋会怎样开花，常常吓出一身冷汗。"① 根据弗洛伊德精神分析对梦的研究，认为梦有两个主要特征，即愿望的满足和幻觉的经验。但是很多梦并不是以非常明白、浅显的形式显示某种愿望或经验，通常会通过一系列的"化装"来展现。② 在余华的记忆中，父亲总是手上身上沾满了血，提着血肉模糊的东西从手术室里出来。这是一个连成年人都会感到战栗的情形，何况当时年幼的余华。而出生于60年代的余华在6—16岁这一人生成型期又恰好遭逢了十年"文化大革命"。余华在谈到其最初的写作缘起时，曾说起"文化大革命"时期贴在墙上一层又一层的大字报。从那里，他看到了无数残酷的杀戮、各式的迫害以及全社会的癫狂。

可以说，"暴力"在幼年的余华内心留下了永难抹杀的创伤记忆。在余华的梦之片断中我们更可了解梦者内心的骇异以及由此造成的内心创伤。白日里无法摆脱的"暴力恐惧"在夜间终于冲破重重束缚在其梦中演变为暴力体验。一开始，这种充满男性特征（暴力、攻击、破坏欲）的意识心理受到了社会伦理道德的监督。检查机制（即未完全沉睡的意识）并未完全让位于潜意识所遵循的"快乐原则"，"吓出一身冷汗"正说明了梦者对这种超越伦理道德、法律的"恶"所持有的恐惧和防御心理。然而正如弗洛伊德所说："邪恶并不是梦的本性。……放弃对梦的片面的道德观的评价，是有助于对人性善恶作出更正确的发现的。"③

作为60年代出生的余华恰好遇上了新中国政治思想文化史上极为动荡不安的年代。青年一代正在精神父亲的带领下，上演着颠覆现存秩序的戏码。然而这场超秩序之父的狂欢最终却以子辈的消隐而告终。权威之父与子辈之间"弑父"与"杀子"的复杂关系在同一场运动中交织存在，整个社会文化陷入失范状态。这时的余华虽未真正自觉投入其中，对运动的心灵体验可能更多的是作为懵懂少年无法理解的心灵图像而记载于内心的。社会精神价值的失范与崩溃，对于此时寻找生存价值，寻找健全社会

---

① 朱伟编：《中国先锋小说》，广州花城出版社1990年版，第90页。
② ［奥］西格蒙德·弗洛伊德：《精神分析引论》，高觉敷译，商务印书馆1984年版，第97、107页。
③ ［奥］西格蒙德·弗洛伊德：《精神分析导论讲演新篇》，程小平、王希勇译，国际文化出版公司2000年版，第86页。

评价机制以确立自我的少年而言，无疑昭示着自我精神的放逐和救赎的无望。恰逢这样的年代，加之个人的生存境遇，"暴力"深深地映了余华的内心，几乎没有任何防御能力的他在恐惧中体味着"暴力"的杀伤力。而"父亲"与暴力之间纠缠不清的关系，使得他先天地对"父亲"缺乏认同感。由此，他的潜意识里形成了对处在社会意识形态中心的成年男性的恐惧与最初始的反叛心理。就男性心理学而言，这是一种"阉割情结"，即指少年对进入成人世界所要遭遇的来自父亲对自身身体施暴的恐惧。这种情结体现在文化心理上则是对身体暴力的恐惧延伸出来的，对"父之名"的象征秩序的恐惧和不得不适应的焦虑。但同时"暴力"也给予子辈冲破束缚与禁锢的动力与方式。

至这里，我们重新审视《现实一种》，就会发现代表着权力与秩序的"父亲"为什么会先天缺失。那是因为子辈深深的"阉割情结"所致。而丧失"父法"之后的子辈，却因与"父法"内在的精神勾连而走上了同样的暴力之路。对于余华而言，这样大肆书写暴力与死亡，则近于"以毒攻毒"式的宣泄了他痛楚的历史记忆以及对男权社会自戕式的消解。

五　重建"父法"之努力

从《活着》《许三观卖血记》中可窥到余华为当代重建"父法"的企图。

随着90年代的两部长篇小说《在细雨中呼喊》和《活着》的问世，余华创作的另一个阶段到来了。虽然"死亡"仍然是其小说挥之不去的主题，然而血腥、神经质的暴力场面减少了许多，符号化的人物开始逐渐有了具体的历史文化内涵，虽然他们仍然谈不上血肉丰满，仍然带着寓言化的隐喻色彩。而长篇小说带来的更加广阔的时空范畴似乎也在一定程度上打破了以往过于促狭的时空所造成的阴郁与压抑。更重要的是，作者余华面对暴力、悲剧、苦难的姿态，已悄然经由先锋转向更加朴实的现实描写。

与《现实一种》形成对比的是后期的转型之作《活着》。这部长篇小说将此前短篇小说中虚化的时间具体化为当代，敞开的、现实而具体的空间替换了寓言化的封闭场景。绵延的时间和敞开的空间，在一定程度上缓解了因死亡而带来的腐烂气息和恶心感。《现实一种》无疑是暴力与冷酷的，而《活着》却因这叠加的"死亡"绵延出生命韧性的光芒。

此时的"父亲"抛弃了以前"父亲"专制、阴险、诡秘的特点，他们变得依赖亲人、眷恋家庭；他们不再以肢解身体这种惨烈的方式应对内外的压力，柔韧、和谐替代了对峙和分裂，宽容、善良、忍辱负重构成了"父亲"的主要精神气质。我们可称这种气质为"地母"气质。这一气质是原始崇拜中女性的原初生殖特点和社会文化发展中"女性"这一性别所积淀的社会内蕴的结合体。随着社会发展，女性繁衍生殖的特点逐渐在"地母"内涵中淡化，女性的社会文化积淀则逐渐占据了中心位置。这种积淀又与整个父权制的男性文化密切相关。汉代儒学家董仲舒提出"三纲五常"，三纲即是：君为臣纲，父为子纲，夫为妻纲。与道家的阴阳之说相结合，君、父、夫处在阳极，臣、子、妻则为"阴"。《庄子·天道篇》云："静而与阴同德，动而与阳为波。"[①] 在中国传统文化里，"静"与安宁、从容、平和乃至顺从、隐忍等文化特性是密切相关的，并由此形成中国特定的"阴柔文化"。不可否认，这种文化有它和谐、含蓄、优美的一面，但由于与君臣、父子、夫妻这一系列政治、伦理的等级秩序有着割不断的联系，就不可避免地存在乐天知命、忍辱负重、顺从卑微等阴柔文化内涵。女性往往是这一负面特点的集中体现者。然而余华仍然选择了男性，选择了"父亲"作为承载这一特性的文化符号。

余华在确立了"现实父亲"如福贵等形象后，"精神父亲"（理性的、权威的、历史的父亲）不再像前期作品中那样隐而不显，以象征性的力量昭示它的存在，而是以一系列具体的社会灾难显示其存在。可以说，"现实父亲"已从"精神父亲"中分化出来，不再是精神之父的化身，从而与"精神之父"相割裂，并以在"精神之父"设置的灾难世界中顽强生存获得了自身的存在价值。于是，从精神文化意义上提出的"杀子""弑父"就在"现实父亲"的世界里消失了。纠缠余华多年的恐惧和焦虑——"现实父亲"与"精神父亲"界限的模糊而导致的认同感缺失，终于因为对"现实父亲"的肯定而得到缓解。更重要的是，"现实父亲"的确立，弥合了他消解男性神话后与男性及男性中心社会之间形成的裂缝。

[①] 郭庆藩辑：《庄子》，中华书局1961年版，第462页。

小说的主人公福贵的生命历程其实同时遭遇着自我与他人的"死亡"。而为了达成这一叙述目的，余华再次使用了看似最简单的方式——重复。重复叠加的"死亡"以及福贵自身对"死亡"的体验，构成了小说的核心事件，也构成了福贵生存中所要面临的外在境遇，而余华在《活着》中并没有苦苦探寻导致苦难人生的原因，他将人物的生存状态朴实生动地展现出来，从而折射出人类普遍的生存状态，成为人类基本生存境遇的象征。

虽然在《活着》中，死亡仍然充满了荒诞的意味，但因为余华在重复叠加的"死亡"之外还设置了"活着"这一生命的底色，从而让"死亡"这一沉重的生存形态有了某种严肃庄严的色彩。而"活着"也因为"死亡"重复叠加后的"重"，迸发出某种人性的光辉。所以，如果说前期的余华是用"死亡"描写"死亡"，那么《活着》中的余华则是用"死亡"同情的目光看待世界。与此同时，余华则在为主人公福贵寻找着承受和接纳苦难的有效途径与方法。余华曾说："作家的使命不是发泄，不是控诉或者揭露，他应该向人们展示高尚。这里所说的高尚不是那种单纯的美好，而是对一切事物理解之后的超然，对善与恶一视同仁。""超然"应该是余华所寻找的一种重要的生存哲学。这种"超然"建立在对人性善恶的充分了解，对生存苦难的深切体味之后。它淡化、稀释了苦难带给生命个体的惨烈与荒诞，将生存之"恶"逐渐推向背景。但同时余华却要在这"恶之花"中提炼出与之对抗的"善"与"美"。因此，这"善"与"美"就不再是单向度的审美之维，因为有了"荒诞""恶"做底色而增加了复杂的价值内涵。余华的所谓"超然"，其实潜藏着道家"齐物论"之后"逍遥游"的精神指向。然而，"超然"只是精神层面的至高追求，身体与精神还必须经受住现实境遇不断发出的挑战。或者说，在主体进入"超然"状态之前，还需要经过现实的锤炼，因此，在具体的现实生活中，"忍耐"就成为走向"超然"的必经"炼狱"过程。整个小说的叙述都因为这种阔达的"忍耐"而变得沉郁、悲痛而且坚定。

这一"韧性"来源于福贵几经波折的生命磨炼后的人生经验，更来源于中国的文化传统。孔子曰："不知生焉知死。"而余华在回应这一传统命题时，却从相反方向开始。整篇小说以"不知死焉知生"的生存询问展开，以"死亡"的不断降临考问生命的韧性和强度。这与臧克家诗歌中呈现出来的"坚忍主义"有着相似的精神内涵。臧克家著名的诗歌《老马》

正是这种"坚忍主义"人生态度的最好写照。但是，余华笔下的福贵却没有给我们留下"这刻不知道下刻的命/它有泪只往心里咽/眼里飘来一道鞭影/它抬起头望望前面"这样血泪淋淋、忍辱负重的形象。

与此同时，我们还可以将福贵的生存形态与加缪笔下的"西绪弗斯"作一比较。受到神的惩罚，西绪弗斯需要终日推着石头上山。只是，石头推上去，又会落下来，西绪弗斯必须再次把石头推上去。于是西绪弗斯的生命似乎被"石化"了。作为存在主义哲学的代表人物之一，加缪认为，世界是荒诞的，人生是荒谬的。面对如此的生存境遇，人的救赎之路在哪里呢？加缪用现代哲学重新诠释了古老的神话。推上去又落下来的石头正是荒诞人生的隐喻。但是在"推"与"落"之间，加缪选择强化了"推"这一周而复始的动作。西绪弗斯看似已绝望透顶、荒谬无意义的人生，因为这"推"的动作而被赋予了"幸福"的价值。"推"，成为西绪弗斯"活着"的证明。那么，余华笔下的福贵"活着"的证明是什么呢？如果重复叠加的"死亡"就是不断跌落的命运之石，那么，福贵是用什么来抵挡这从天而降的苦难呢？那就是前文已分析过的——忍耐，承受这一切，容纳这一切。我们不能不说福贵在面对苦难时，缺少来自主体自觉的认知与思考，而更多的是一种"习惯性"的接纳和顺势而为地生存样态。因此，我们没有在福贵身上看到臧克家笔下传统中国农民式的勤劳、朴实与硬朗，也就没有饱受苦难后的悲剧崇高感。因为福贵是"为活着而活着"，所以我们也就很难看到主体自觉意识促动下的外在表现形式，譬如经加缪哲学化的"推"这一主动生存姿态。

但至少于余华而言，通过"福贵"这一人物形象，他重新建构起了《现实一种》里缺失的"父亲"，并建立起迥异于以"暴力"为精神标志的父法秩序。

延伸阅读

1. 徐江南、朱伟华：《"由死向生"的过渡，"六维感觉"的盛宴——论余华〈现实一种〉的先锋叙述》，《当代文坛》2013年第4期。该文认为余华的先锋创作《现实一种》，将亲人间完全丧失理性的残杀场面展现在人们面前，以"零度写作"的冷静呈现"不介入"的观看模式，让读者与他一起感受"人性恶"的绝望与伤痛。然而通过这种深度绝望的书写，作品显现的是一种"由死向生"的生命过渡，作者通过"六维感觉"的盛宴冲击读者的感官和心灵，体现一种先锋实验精神，憧憬人性的美好与复归。

2. 李光辉：《论余华〈现实一种〉的重复叙述》，《安徽文学》（下半月）2012年第1期。该文对《现实一种》的重复叙述有较详尽的分析和论述。

3. 倪伟：《鲜血梅花：余华小说中的暴力叙述》，《当代作家评论》2000年第4期。该文认为《现实一种》比较充分地展现了余华对于暴力的思考。暴力倾向作为一种根植于人内心之中的结构性因素，不能仅仅视为兽性的遗留，而是得到了人类社会某些古老规范的有力支持和暗中鼓励。无形的暴力隐藏于社会的每一个角落。

思考题

1. 《现实一种》里还体现了作者怎样的文化心理？
2. 余华的暴力书写与其所受文学，尤其是日本文学的影响有何联系？

第十五讲

《黄金时代》——叙述在否定中展开

叙述情节推进的动力是否定性的。王小波的《黄金时代》[①]的情节逻辑，上半篇可以用佛家的"四句破"来解释，其中的否定已经非常复杂。但是情节的进一步展开需要更加根本的否定性，格雷马斯方阵提供了一个静态的多重否定方式。但是《黄金时代》的叙述逻辑证明，有必要把它改造成一个在纯否定中运动的开放过程。在多层往复的否定运动之后，就有可能穿透文本，看到历史运动留在叙述缝隙中的痕迹。

一

王小波的中篇小说《黄金时代》可以分成两半：上半篇是王二与陈清扬"搞破鞋"的前前后后，下半篇是两人为此罪名而遭到农场军代表和"革命群众"等的批斗、写交代、认罪的经过。故事相接相扣浑然一体，只是从情节逻辑上可以分成两段来分析。

王二是第一人称叙述者，小说开始，农村医生陈清扬来找在云南接受再教育的知青王二。陈清扬已婚但独居，在附近一带群众中有"破鞋"名声，她要王二"证明"她是无辜的，不是破鞋，王二却想用行动证明她是破鞋。陈清扬开头很生气，后来两个人发生了性关系，经常来往。"自从她当众暴露了她是破鞋，我是她的野汉子后，再没有人说她是破鞋……大家对这种明火执仗的破鞋行径是如此害怕，以致连说都不敢啦"，连陈清

[①] 王小波：《黄金时代》，陕西师范大学出版社2003年版。

扬自己也觉得得到了解脱,"用不着再去想自己为什么是破鞋"。

小说第5节,他们被抓获关起来。军代表要王二写交代,不断指责王二细节写得不够详尽,而且"只写出我们多么坏",王二只好把一次次"非法性交"的经过详细一一道来,弄得人事干部个个抢着读,然后一次次把他们捆起来"斗破鞋"。但是陈清扬不在乎,"她对这罪恶一无所知"。王二写了很长时间交代,领导总说交代得不彻底,王二觉得他会用一辈子写交代了。最后陈清扬写出一份交代,承认她爱上了王二,"这是真实情况,一字都不能改"。由于爱情"比一切都坏",领导找不到惩罚如此严重罪行的办法,只好放了二人。

王小波的作品之所以迷人,相当重要的一个原因是:他的叙述逻辑是暴露的,也就是说,他在小说中公开讲述他的小说依循什么逻辑展开情节,有什么必要添这个人物,加那段叙述。这种做法在别的作者笔下会成为炫技,或是画蛇添足,"甩包袱"过多。但是在王小波笔下,叙述的魅力不仅在于情节,而且在于情节的构筑与分解:小说中的所谓"生活",裂为各种元素,分解成环环连接的表意行为。

这种叙述描述叙述自身,以情节构筑为主题的小说,我们往往称为"元小说",即关于小说的小说。但是王小波写的不是一般的"暴露叙述痕迹"的元小说,而是关于叙述规律的讽喻。当然,也正如一切讽喻一样,喻的对象一旦过于直明,就是枯燥而抽象的,比喻本身才是作品的兴趣所在,而《黄金时代》中的元小说主旨,深深隐藏在有趣的情节后面。这也形成了一个奇怪的局面:一直没有人讨论王小波作品中的"叙述寓言"。而读不出这层意思,恐怕不能说真正理解王小波,也不会明白究竟为什么王小波自己说《黄金时代》这篇不长的作品,是他的"宠儿"[①]。《黄金时代》可以被读成一篇典范的叙述寓言,本文依据这篇小说解析推动叙述展开的究竟是什么力量。

从本文开头的简要情节复述中可以看到,这两段情节都卷入了否定,而且是连续否定,累加否定之后情节被推入新境界。黑格尔式的"正题—反提—合题",即否定之否定演变成肯定,在这里似乎不适用,因为在《黄金时代》情节展开中,没有任何肯定,能看到的只是一个不断在否定

[①] 李银河:《写在前面》,《黄金时代》,陕西师范大学出版社2003年版,第1页。

中展开的叙述逻辑。

二

为了给叙述的否定展开寻找分析工具，首先我们想到的是佛教中观派哲学大师龙树（Nagarjuna，生卒约公元3—4世纪）著名的"四句破"（梵文catuskoti，此词佛经中译名各别，另译有"四句分别""四歧式"，或"四句门"等，西语一般译作Tetralemma）。龙树借佛陀之名推广的这个逻辑方式，把传统的二元对立分解成四元：纯肯定、纯否定、复合肯定（佛理称为第三俱句，或双亦句）、复合否定（佛理称为第四俱非句，或双非句）。观察同一事物的这四种完全对立的立场，可以总结成如下图式：

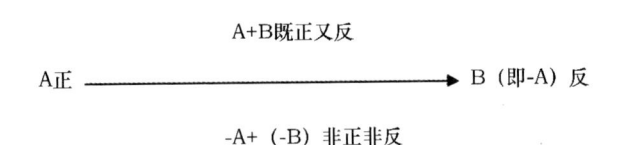

```
              A+B既正又反
A正 ————————————————→ B（即-A）反
            -A+（-B）非正非反
```

这种四句破完全突破了形式逻辑的"不矛盾律"（不能既反又正）和"排中律"（不能非反亦非正）。佛理中对任何二元对立——有与空、常与无常、自与他等——均可依此四句加以分解。

佛教诸经论中，常以此四句法之形式解释各种义理，如《俱舍论》卷二十五"厌而非离、离而非厌、亦厌亦离、非厌非离"[1]，《成唯识论》卷一有"一、异、亦一亦异、非一非异"[2]，《法华文句》卷三云"权、实、亦权亦实、非权非实"[3]，《发智论》七卷云"有正智非择法觉支。谓世俗正智。有择法觉支非正智，谓无漏忍。有正智亦择法觉支，谓除无漏忍，余无漏慧。有非正智亦非择法觉支，谓除前相"[4]。

---

[1]《阿毗达摩俱舍论》，玄奘译，《大藏经》，编号1558，第29册，第6页。
[2]《成唯识论》，玄奘译，《大藏经》，编号1585，第31册，卷1，第1页。
[3]《法华文句记》，湛然述，《大藏经》，编号1719，第34册，卷3，第151页。
[4]《阿毗达摩发智论》，玄奘译，《大藏经》，编号1544，第26册，卷9，第918页。

如果这些说得比较抽象,《华严经》举了一个切实易明的例子。如来世尊灭后,究竟是否在世,对这个问题可以有四种看法:"如来灭后有,如来灭后无,如来灭后亦有亦无,如来灭后非有非无。"① 这个说法非常精彩,而且恐怕是唯一说得清楚的看法:可以说如来灭后既在世又非在世,但最适当的看法是双否定:非有非无,根本不能以在世与否论之。

《黄金时代》上半篇中王二与陈清扬关系的变化,几乎是一个完美的四句破关系。

王二的思考方式非常"理性",尊重亚里士多德式的形式逻辑。陈清扬要求王二为她"证明不是破鞋",王二就动脑筋从逻辑上证伪这个命题。这个二元对立在人情上虽然怪异而幽默,在逻辑上却很清晰。但是一旦卷入"生活事件",形式逻辑就不中用了,对他们俩的新关系,出现了复杂的四种观点立场,小说中的各方各执一词:

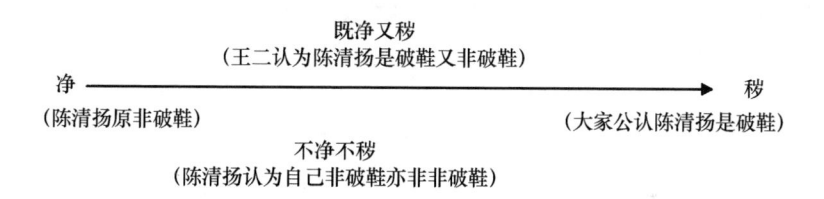

```
              既净又秽
        (王二认为陈清扬是破鞋又非破鞋)
净 ─────────────────────────────────→ 秽
(陈清扬原非破鞋)              (大家公认陈清扬是破鞋)
              不净不秽
        (陈清扬认为自己非破鞋亦非非破鞋)
```

四句破破坏了二元对立,与黑格尔提出否定之否定(即正题—反题—合题)对比,可以看到四句破复杂得多了:除了对立二相的综合(既承认肯定又承认否定),现在出现了双重否定(既不承认肯定,又不承认否定)。"第四俱非句"的双重否定,提出了一种超越二元对立的可能,超越了是非之上。破鞋的定义是"偷汉子",如果不"偷"而与某个男人有染,"明火执仗"搞破鞋,就进入"俱非句",由此陈清扬精神上得到解脱,"用不着再去想自己为什么是破鞋"。这种理解最为大气:无论周围人们对"破鞋"如何理解,如何鄙薄攻击,一旦她否定这个定义之有,也否定这个定义之无,她就站到概念的抓捕训罚范围之外。

但是,四句破关系式还不是纯然的否定,只有两个半否定,也就是

---

① 《大方广佛华严经》,佛驮跋陀罗译,《大藏经》,编号 0278,第 9 册,第 359 页。

说，有"第三俱句"，体现在王二身上，就是既有自己的看法（陈清扬不是破鞋），又被迫接受俗见（陈清扬是破鞋），结果是依违在肯定与否定之间，无法自辩。

而且，随着《黄金时代》情节的进一步推进，我们发现钻石式四句破中的肯定否定，缺乏展开方式，四项之间缺少互相转换的渠道。没有各项之间的互动，情节单元就无法向前推进成叙述。

后世的佛教教理在龙树的中观论基础上发展得很远，实际上龙树自己也一再强调四句破，无法把握真理，因为真理在无而不在有，在空而不在色。空无无法仅用此四句分辨而把握之，因其为空不可得。因此马鸣（Asvaghosa）提出"百非"否定式改造四句破："非有相，非无相，非非有无相，非非有相非无相。"[①]

但是如果一切从"非有"开始，就不仅无肯定项可言，甚至无起点可言。没有起点（陈清扬是干净的）的肯定，否定也就失去了依凭，进一步的否定也就落在空无上了。无起点，同样就无叙述，因为整个否定运动缺少了开始的推动。

三

此时，符号方阵（Semiotic Square）的图式就可能更有用。符号方阵，又称"格雷马斯矩阵"（Greimasian Rectangle）。[②] 这是出生于立陶宛的法国符号学家格雷马斯（Algirdas Julien Greimas，1917—1992）首先提出并创用的，他改造了欧洲思想史上几种逻辑图式[③]，看来也包括四句破传入欧洲所化成的钻石图式（Diamond Schema），提出了这个符号图式。

[①] 《大乘起信论》，实叉难陀译，《大藏经》，编号1667，第32册，第586页。
[②] 格雷马斯在1966年出版的《结构语义学》（*Semantique Structurale*）中第一次提出这个方阵图式，他在1970年的名著《论意义》（*Du Sens*）中又改造了这个矩阵图式。百花文艺出版社2005年的译本《论意义》下册译自《论意义》1980年版本，其中包括了格雷马斯在70年代写的若干论文，其中反复使用此方阵，而且用来分析一些小说作品。
[③] 格雷马斯说他提出这个方阵，是改造了R. Blanche的逻辑六边形，数学上的Klein群，心理学上的Piaget群等（格雷马斯：《论意义》上册，百花文艺出版社2005年版，第142页）。

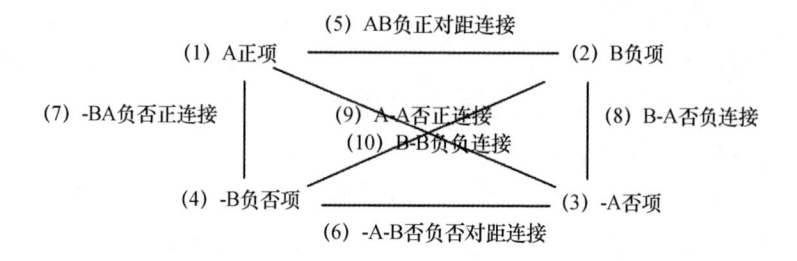

第十五讲 《黄金时代》——叙述在否定中展开 / 247

```
                    (5) AB负正对距连接
    (1) A正项 ─────────────────── (2) B负项
                    ╲           ╱
                     ╲         ╱
    (7) -BA负否正连接   (9) A-A否正连接   (8) B-A否负连接
                     (10) D-B负负连接
                     ╱         ╲
                    ╱           ╲
    (4) -B负否项 ─────────────────── (3) -A否项
                    (6) -A-B否负否对距连接
```

这个方阵的图式有四个基本项：(1) A 正项与 (2) B 负项，两个对立项；(3) －A 否项与 (4) －B 负否项，两个否定项。在这四项之外，还有六个连接项：(5) AB 负正对距连接；(6) －A－B 否负否对距连接；(7) A－B 负否正连接；(8) B－A 否负连接；(9) A－A 否正连接；(10) B－B 负负连接。两相组合。这样合起来就形成十元素格局。

需要说明的是：以上解释不是格雷马斯原用命名法，也不是他的理解：格雷马斯自己并不认为各项连接全是否定，他对符号方阵的解释一直是静态的：他认为 B－A 连接与－BA 连接是"互补关系"（complementariety），也就是说，－A 与 B，－B 与 A 之间互相补充，并不是互相否定。[①] 格雷马斯派符号学家，经常使用这个方阵，他们并不认为这是一个纯然否定的关系图式。

笔者参照龙树从四句向"百非"延伸的意图，把这个方阵理解为否定方阵：表面上符号方阵似乎只是取消了四句破的俱亦句，分开了俱非句。实际上，方阵中不仅任何相关项都是否定的，甚至所有连接也都是否定连接，由此把一对二元对立，演化成十种因素：在一个正项上，可以一层层累加否定，否定成为延续递进变化的基本构筑法。

而且，符号方阵不仅取消了二元之间妥协的可能，而且展开了一个流程，把简单的二元对立，变成十个因素的否定互动。按照杰姆逊的说法，就是"让每一个项产生逻辑否定，或'矛盾'"[②]，从而"开拓出实践真正

[①] Winnifried Noth, ed., *Handbook of Semiotics* (Bloomington and Indianapolis: Indiana University Press, 1990), p. 318; 也有学者称－BA 轴为"正相"（Positive Deixis）。

[②] 杰姆逊：《政治无意识》，中国社会科学出版社 1999 年版，第 240 页。

的辩证否定的空间"①。经过屡次否定后，从－B不可能再转回原来的起点。因为逻辑展开有个因果级差，正如叙述展开有个时间级差一样。本来，在叙述中，时间链与因果链实际上是无法区分的：一个过程在时间中被连续否定，其轨迹就无法回到初始原因的位置。因此这是一种无限否定图式，方阵无法回到肯定项。

应用符号方阵的领域很多，尤其在逻辑学、语言学、文化研究、性别研究等学科中，但是本文对把符号方阵应用于小说叙述研究特别感兴趣。这方面有很多人做过杰出的努力。例如刘海波用来分析《祝福》②，李春青用来分析《三国演义》中的曹、刘、孙与其他军阀的对抗关系③；蔡淑玲用来分析杜拉斯《情人》的爱情与种族关系；齐泽克用来解释性虐与同性恋④；杰姆逊对格雷马斯方阵情有独钟，从他的成名作《政治无意识》用符号方阵分析巴尔扎克和康拉德小说开始，到在北京大学演讲中用其分析聊斋故事中的"资本主义商品关系"⑤，他一直坚持在方阵中寻找辩证法的新解。

但是所有这些应用都是把两元对立，变成四元对峙，最后形成一个结构：用杰姆逊本人的话来说，应用格雷马斯方阵，"故事开始时是为了解决一对 X 与 Y 的矛盾，但却由此派生引发出大量新的可能性。而当所有的可能性都出现了之后，便有了封闭的感觉，故事也就完了"⑥。杰姆逊并不认为格雷马斯方阵可以产生不断延续的否定运动，他每次用格雷马斯方阵，都会列出全部十项，取得对小说意识形态分析的结论。刘海波描述祥林嫂如何"挣扎在格雷马斯方阵中"，也是把这四元对峙看成一个意识形态的封闭系统。

笔者则希望把这个方阵变成一个不断运动展开的过程，而且为了适应

---

① 杰姆逊：《政治无意识》，中国社会科学出版社1999年版，第38页。
② 《挣扎在格雷马斯方阵中的祥林嫂——对〈祝福〉的另一种解读》，《济南大学学报（社科版）》2001年第5期。
③ 李春青：《在文本与历史之间——中国古代诗学意义生成模式探微》，北京大学出版社2005年版，第67页。
④ 齐泽克：《快感大转移：妇女与因果性六论》，江苏人民出版社2004年版，第54页。
⑤ 杰姆逊：《后现代主义与文化理论——北大学术演讲丛书之4》，北京大学出版社1997年版，第120—130页。
⑥ 同上书，第119页。

叙述本身的多变，不至于落入封闭结构，方阵的任何一项都可以作为起点，而且情节发展可以走任何途径，因为只要每一项都被否定连接所包围，任何运动的下一步必然是否定，叙述就能在运动中走向任何新的环节。换句话说，这个方阵可显示一个不断借否定进行构造的，无法封闭的过程：只要叙述向前推进，就必须保持开放的势态。这样理解，结构封闭的格雷马斯方阵就成为"全否定"性的符号方阵。

王小波《黄金时代》的叙述逻辑，为理解"全否定"性的符号方阵提供了有趣的思路：王二与陈清扬被抓回农场，军代表布置农场当局对陈清扬进行"斗破鞋"，而王二则被勒令无穷无尽写交代，"有罪"与"无罪"可以作为向前推进的第一对立面。

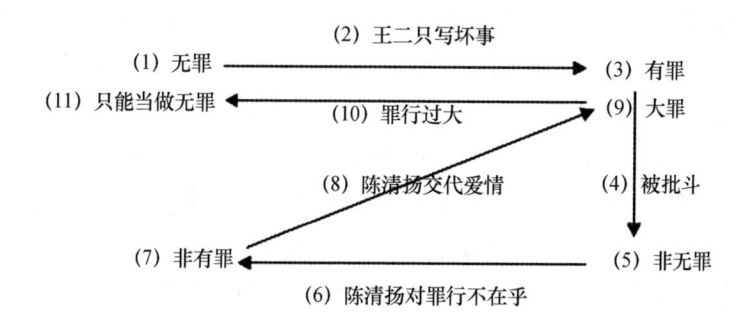

```
                    (2) 王二只写坏事
    (1) 无罪 ─────────────────────────→ (3) 有罪
    (11) 只能当做无罪 ←──────────────── (9) 大罪
                    (10) 罪行过大        ↗
                    (8) 陈清扬交代爱情   │
                                       (4) 被批斗
                                         ↓
    (7) 非有罪 ←──────────────────────── (5) 非无罪
                    (6) 陈清扬对罪行不在乎
```

1. 王二和陈清扬的关系本来无罪。
2. 王二写交代只写坏事，
3. 把自己写成有罪，档案袋巨大。
4. 于是他们被不断批斗。
5. 陈清扬挂了破鞋准备被斗。
6. 但是她"一点不在乎"，满足于并非无罪，
7. 也并非有罪的局面。
8. 结束这个局面的是最后陈清扬写了一篇交代，"从此以后再也没让我们写材料"，一切批斗也结束了。陈清扬在20年后告诉王二，她写的是她"真实的罪孽"，就是爱上了王二。
9. "承认了这个，就等于承认了一切罪孽"。
10. "谁也不允许这样写交代"，因为爱情是罪上之罪，罪行过大。

11. 谁也无法处理如此大罪，只能放了他们。

最后一个否定是《黄金时代》画龙点睛的一笔：陈清扬借大罪否定有罪，叙述回到起点，陈清扬的交代材料被抽了出来，回到无罪纯净状态。王二诧异地看到陈清扬"她那破裂的处女膜长了起来"。

这一篇叙述结束了，这文本的意义却没有终结。情节已经不可复原，只是貌似回到无罪原点而已。经过这样复杂的否定推动，经过这样一场"文化大革命"的狂热破坏，有些东西不可避免地改变了。

四

《黄金时代》写的是"文化革命"吗？我们免不了有疑问。这些知青未免日子过得太逍遥，可以耽迷于"搞破鞋"，可以逃亡进山，可以捉弄队长；哪怕无穷无尽写交代，至多不过是"像个专业作家"；批斗会虽然被捆得紧，还可以"继续犯错误"。这样的性狂欢情节，在"文化大革命"中绝对不可能发生，尤其不可能发生在被批斗对象身上：我们体验到的"文化大革命"酷行，完全无法写成如此酒神式的狂欢叙述。王小波把"文化大革命"写得如此轻松，完全是扭曲历史。

在这个方面，王小波一直是一个谜：他不屑"反映现实"，他鄙视"历史事实"，但是他比任何作家都洞察了中国文化的真正运作规律，比谁都更了解中国历史的运动方式。《黄金时代》的故事的确荒唐，语言狂放恣肆，这种荒唐恣肆远远不仅是为了增加小说的乐趣，王小波写的是讽喻小说：他讽喻的对象是中国历史中藏得很深的一些东西。

全篇上半部分，是主人公违反社会道德"搞破鞋"的经过，可以读成在讨论违规之"行"的可能；下半部分，是交代与批斗，可以看成是各种讲述权裁判权的决斗，是达到违规之"知"的过程。对比一下就可以看到，违犯社会之规的"行"还是有可能的，违规之"知"，即挑战话语权，是绝对禁止的。有权者对事件的讲述权，是非的判决权，概念的定义权，郑重其事地当做权中之权加以看护。

在《黄金时代》中，"犯"公认道德之行，表现为性违规之行，只是"生活"的狂欢；而"犯"公认道德之言，才变成了叙述的狂欢。于是小说从"四句"，进入"百非"，不仅坦荡地暴露了狂野否定之行，更是恣扬地挥洒了尖刻否定之言。

对于社会规范而言，只要是"犯"，都必须严防，必须训罚，不然规范就会崩塌。但是《黄金时代》点出了："做这事和（说）喜欢这事大不一样，该五马分尸千刀万剐。""行"之违规，到顶不过是"干破鞋"，批斗，肉体惩罚，社会边缘化，把他们赶进深山，都是有效的惩罚办法。借不断否定而叙述违规，最后堂而皇之地把"干破鞋"叫做"爱情"而予以彻底颠覆，这才是《黄金时代》的深长意味之所在，这才是这个不长的中篇所发出的真正冲击力。

由此我们可以看到，应用符号方阵描述叙述，远非一项机械的技术操作，方阵没有预设结构，没有画地为牢。分析者在文本中，只是选中一对可能的关键概念（例如笔者为《黄金时代》选中"罪—非罪"），然后在无尽延伸的语义场中进行多重否定，找出叙述运动路线。而叙述在各种否定连接中运转时，经常是不对称的，关键概念选得比较好，整个叙述在运动中就会反复回向源头概念，导致源头概念被不同连接数次否定。

但是我承认，可供选择的这对出发概念，虽然是主题性的，但不是唯一的。例如，可以从"偷汉—恋爱"这一对立面出发，那时否定逻辑走的路线会很不同，方阵所揭示的意义也会不尽相同。

在上面的分析中，一开始"无罪"被"破鞋罪"否定，但是最终被"爱情大罪"否定。此时的无罪，已经不是作为出发概念的无罪，而是超出"犯"之上的"善心所作，甚非犯"。到这个境界，道德从心，由心而生。此时，可笑荒唐的就是"斗破鞋"之类的社会规范，而不再是男女主人公的恣意违规。

陈清扬不仅行其所行，不惮"破鞋"之罪名，她不仅毫不在乎，我行我素，而且在王二不断交代检查（即同水平否定）时，对"知"（社会基本共识）提出挑战，直陈爱情。这就是佛家说的"作而非犯""不作而犯"之间的区别。[①] 她在更高的层次上否定了"破鞋罪"，回到无罪。这样回到原点，就是对公认意识形态提出了全面的否定，就像如来普济众生后，回到非生非死，不仅对神圣提出了全新的定义，而且颠覆了俗世的生死观。叙述者对陈清扬"像苏格拉底对一切都一无所知"。就是说，她像苏

---

① 《菩萨戒本宗要》，太贤撰，《大藏经》，编号1906，第45册，第915页。

格拉底一样，把罪恶看得透彻极了，只是不愿直说给愚人听而已。

王小波的作品常常是对女性的颂歌，但他不是从男性角度赞美女性的某种品质，而是女性在各方面都比男性洒脱。《黄金时代》中的这一对，正如在王小波的其他作品中一样女人比男人高明：女性本能地摆脱执著，达到"双非"境界。无怪乎杰姆逊称这个双非项"经常很神秘，开启了跃向新意义系统的可能"[1]，格雷马斯本人也把-B项称做"爆破项"（Explosive Term）[2]，无独有偶，汉传佛教译为四句"破"，几乎用词都一样。

从这个角度看，符号方阵就不再是一个"结构主义"式的封闭系统分析，而是一种充满批判精神的开放文本图式。

马克思主义者杰姆逊对这个符号方阵的理解就经历了一个变化。在1972年的《语言的囚牢》一书中，他认为这个方阵只是重申了黑格尔的否定之否定："此模式的发展，就成为对失落项的寻找——这失落项不是别的，就是否定之否定。"[3] 但是十年后，在《政治无意识》中，他强调指出，应用在文学研究中，这个方阵依然会引出文本无法控制的表意能力（informing power）："文学结构，远远不能在任何一个层次上完全实现，因此强力地倾向于'非思'（impense）或'无言'（non-dit）的底下（underside），也就是政治无意识，此时被意识形态封闭格局模式（他指符号方阵。——笔者注）重构分散开的意义元，会坚持把我们引向各种力量和各种对立的表意力量，而这是文本无法完全加以控制或主宰的。"[4]

应当再次指出，杰姆逊本人一直静止地使用方阵，他没有用方阵找出叙述展开的轨迹。即使这样，他依然能得出结论：深入意识形态的否定，才是永恒的否定之真髓。例如在巴尔扎克《老姑娘》中，杰姆逊发现"潜

---

[1] Frederic Jameson, *The Prison House of Language: A Critical Account of Vtructuralicm and Russian Formalism* (Princeton Uniuersity Press, 1972), p. 39.

[2] Timothy Lenoir, "Was the Last Turn the Right Turn?" *Configuration*, Vol. 2 (1994), 11, p. 165.

[3] Frederic Jameson, *The Prison House of Language: A Critical Account of Vtructuralicm and Russian Formalism* (Princeton Uniuersity Press, 1972), pp. 166-167.

[4] 参见詹姆逊《政治无意识》，中国社会科学出版社1999年版，第38页。这段文字经过笔者重译。Frederic Jameson, *The Political Unconscious, Narrative as a Socially Symbolic Act* (Ithaca: Cornell University Press), 1981, p. 49.

第十五讲 《黄金时代》——叙述在否定中展开 / 253

在的意识形态矛盾显然可以通过历史的思考来表达"①；分析康拉德《诺斯特拉姆》时，他发现资本主义来到，造成"真实的历史""拉丁美洲的本质"的断裂，"而这种断裂正是《诺斯特拉姆》的终极叙事内容"②。但是杰姆逊在分析《吉姆爷》时，杰姆逊看出静止的四元对峙不够了，因为他不仅找出资本主义的基本逻辑——活动—价值之对立——而且他指出"这种模式不能弥合叙事文本的意识形态深层结构与逐字逐句的生活之间的裂隙"。③

杰姆逊认为《吉姆爷》可以读成一个"得天独厚的……元文本"（meta-text），即是能揭示文本内在结构的文本："《吉姆爷》中的事件，是对事件的分析和消解"④。《黄金时代》更是这样一部"得天独厚的文本"。要读懂这篇小说，引向超越文本的阅读，必须坚持寻找叙述的否定运动。因此，符号方阵最后被打开了。在不断否定的压力下，叙述形式产生裂隙，从而给我们窥视的机会，在表意的裂隙之中，在文本的底下（就是杰姆逊认为可以找到"政治无意识"的地方）找到历史运动。

《黄金时代》对"文化大革命"的残酷暴力的欢乐消解固然是一种"性爱乌托邦"幻想，但是它犀利的讽喻指向了中国历史上一种实实在在的更残酷的暴力，即话语控制权。在格雷马斯方阵的否定游戏中，话语控制变得可笑荒谬，因为任何项，不管是肯定项还是否定项，都被三种否定连接项所包围，叙述不可能从任何肯定的路线逃遁，任何保卫话语权的努力，都落在不间断地否定的摧毁力之中。

讨论到这里，我们自然想起法兰克福学派所提倡的"否定辩证法"。马尔库塞坚持认为："理性是一种颠覆力量，否定力量，在理论上实践上建立人和物的真相——这是人和物得以构成的条件。"⑤ 而阿多诺则雄辩地说："在黑格尔那里，在辩证法的最核心之处，占了优势的是一种反辩证法的原则（即否定之否定等于肯定。——笔者注）……如果整体是

---

① 詹姆逊：《政治无意识》，中国社会科学出版社 1999 年版，第 152 页。
② 同上书，第 265 页。
③ 杰姆逊：《政治无意识》，第 242 页。
④ 同上书，第 243 页。
⑤ Herbert Marcuse, *One Dimentional Men* (Ark Paperback), 1964, pp. 123-24.

否定的,那么对概括在此整体中的特殊物的否定,就仍然是否定的。"①但是法兰克福学派只是认为资本主义社会必须用不断否定才能摧毁,他们并没有发现这种不断否定只能发生在小说中,因为只有虚构客体才能有意丢落元语言。

《黄金时代》证明,小说叙述的本质,是一个连续否定的过程,叙述即否定。

在《黄金时代》的结尾,陈清扬承认爱情后,"对我也冷淡起来",爱情本身否定了性,乌托邦式性狂欢,也只能就此结束。符号方阵最终把否定游戏结束在一个更高的回归上:纯净的无罪状态已经不可能恢复,破裂的处女膜只是在幻象中"长了起来"。

当我们解开四句破或符号方阵,撕开叙述形式,此时只剩下一种可能,佛家常说的话头,就是"离四句,绝百非":跳出肯定之后,也要跳出否定。之后,《黄金时代》的否定游戏推演出来的,就不再是历史事实的再现,而是再现之不可能。在连续否定所造成的张力中,叙述最后让我们看到的,正是历史车轮的沉重擦痕。

延伸阅读

1. 王小波:《〈黄金时代〉后记》。这是王小波为《黄金时代》小说集写的后记,该小说集包括《黄金时代》《革命时期的爱情》《我的阴阳两界》三篇。王小波向来以幽默与智慧著称,他举例说曾经有个印象派画家将伦敦的天空画成红色,别人以为他标新立异,结果出来一看,伦敦的天空果然是红色的。他写的生活本不该是他写的那样,结果生活正是这样。王小波认为,小说不一定要积极向上,至少不应时刻把积极向上挂在嘴上,而是应该写得好看,不应夹杂一个说教的主题,他相信国人有一个较高的智力与道德水平。

2. 孟繁华:《生命之流的从容叙事——评王小波的〈黄金时代〉》,载孟繁华《想象的盛宴》,云南人民出版社2001年版,第59页。这是一篇带有随笔性质的评论文章。该文首先谈了王小波的身份问题,认为王小波

---

① Theodor W. Adorno, *Negative Dialectics* (London: Routledge & Kegan Paul), 1973, p.184.

并非如有些人想象得那样"自由",而是密切地联系着20世纪知识分子的精神传统,有一种入世的、批判的精神和无意识的精英身份。王小波的小说使他从杂文的现实世界进入一个想象的世界,体现了他的才华和智慧。《黄金时代》是王小波最好的作品,不仅有趣好读,而且为阐释和批评提供了巨大的空间和可能。王小波用小说揭示出"文化大革命"的文化机制。该文还分析了"性"话语的意义和小说的有节制的叙事特点,认为《黄金时代》体现了王小波的浪漫和诗意。

3. 艾晓明:《重说〈黄金时代〉》,载艾晓明、李银河编《浪漫骑士——记忆王小波》,中国青年出版社1997年版,第270页。该文分为三个部分,"走出混沌"论述《黄金时代》的价值取向——性爱、历史、生命与艺术融为一体,敞开了王小波用强光投射出的一个价值境界。"自由叙事"部分论述其处理题材的方式:自由叙事揭示出现代中国人种种古怪荒诞的文化心理。"语言颠覆"部分论述王小波的叙述语言的特征:戏谑的比喻加上反讽的思辨。

4. 李银河:《王小波十年祭》,江苏美术出版社2007年版。该书是李银河在1997年纪念文集的基础上重新选编的论文合集,包括回忆文章和评论文章,是王小波研究的重要参考文献。

思考题

1. 用叙述靠否定推进的原理分析一篇小说。
2. 你如何看待《黄金时代》中的逻辑问题?

后 记

本教材是由四川师范大学教务处和四川师范大学文学院重点资助的教材项目，也是四川师范大学"中国现当代文学与文化"创新团队的科研成果之一。2013年6月开始筹划，2014年1月完成初稿，2014年3月完成定稿。教材写作经过了集体研讨决定篇目、示范讨论体例、集体修改等过程。由于作者的文风与观点差异，教材风格难于做到完全统一，但编者已经尽最大可能完成了预定目标，使本教材"养成与训练细读的习惯和能力"的宗旨得以实现。

本教材作者分工如下：谭光辉撰写丛书总论与小说卷总论，并撰写第一、三、四、十、十三讲，段从学撰写第二、五、六、七、八讲，白浩撰写第十二讲，刘永丽撰写第九讲，李琴撰写第十四讲（以上作者单位均为四川师范大学文学院）。李国华撰写第十讲（上海同济大学人文学院），赵毅衡撰写第十五讲（四川大学文学与新闻学院）。谭光辉通读全书并统稿。包括两篇总论在内，本教材共计17讲，可作为一个学期的选修课教材。本教材可用做大学专、本科选修课教材，亦可作为研究生选修课教材，还可作为研究中国现当代文学作品的专业人员的参考书。时间仓促，水平有限，错讹之处在所难免，望方家不吝赐教指正。

编　者
2014年3月